钟摆书系

蜂鸟与螈

［美］杰夫·范德米尔（Jeff VanderMeer）著
秦瑞宇 译

中国出版集团
中译出版社

【0】

假设在你看到这个的时候我已经死了。既然你发现了我，那么就假设是一道闪光，一丝烟雾，一个你无法从脑袋里赶出去的东西告诉了你这一切。最初，不是我，而是你，在一个冬日，城市街道上，接到一个信封，里面有一把钥匙……天气冷极了，呼吸都疼，你的喉咙出呼哧呼哧的声音。

当地咖啡店里的咖啡师探身到人行道上来，说了一句："我差点忘了。"这句话没头没尾，你卡在了中间。"我差点儿忘了。"那就是他并没忘，而是受到了指使要这样做。"时效性。"

收到某人留给你的东西，你会感到惊讶，但不会拒绝。身体的工作机制如此——别人递给你东西，你接过来，本能反应。接过之后你才会担心是什么。

或者担心是谁想让你拿到它。因为咖啡师不知道是谁，咖啡店里没有人知道。信出现在前一天晚上，店里轮班与往日不同。没有证据链。咖啡师突然退回店里，仿佛被一个怪物一口咬住，把他拉了回去。就好像他从一开始就没想和你说话，不过有人出钱雇他。是谁？出了多少钱？没有答案。

你独自留下，手里拿着信封，像个老烟枪一样吞云吐雾。周围的树掉光了叶子，被困在混凝土里。你整只手冻得灼痛起来，指甲急切地划开信封口，发出摩擦声。

你有暗中的仰慕者吗？那种感觉既新鲜又熟悉，就像你三次按掉了闹钟，而睡在你身边的丈夫在嘟囔。枯燥乏味、有点儿糟心的日常生活持续太久了。

信封里有一个地址和一个数字，数字7，连同一把钥匙。钥匙是一个陷阱，但你还没能意识到。信封背面潦草地写着："如果你收到了这封信，就意味着我已经不在了。你要靠你自己。但你并不孤单。"

也许你身体的热量随着寒冷急速流走，绝对会的，但是一股难以抑制的强烈情感涌上来：你并不孤单。

去上班的想法比以往任何时候都模糊遥远，让一层又一层的衣服裹住了。你冰凉的手攥皱了信封，这段自以为是的话令你暗暗生气。

你站在人行道上。黑色的雪泥推到了街道两侧。路边排水沟里有只死去的知更鸟，一只断了的翅膀张开，冲着下水道的方向，似乎在邀请你进入地下世界。

另一个冬日的早晨，在太平洋西北部[①]的一个城市里。

究竟是哪里？我不会告诉你。

我是谁？我不会完全告诉你。

你可以叫我简。

如果对你有帮助，叫我简·史密斯。

我在这里带你看世界如何终结。

---

① 主要指美国俄勒冈州和华盛顿州。

第一部分

蜂　鸟

标本展

【1】

我按照信上的地址找去，因为不想上班。有车来接我，黑色车身搭配镀铬装饰，线条流畅，车的黑影渗出来，从一个个快餐店、加油站和日光浴沙龙的窗户上流过。收音机里低声讲着选举造成的恐慌局面，我的司机主动轻声开口，想象黑色的无人机在夜里聚集，窃听我们的谈话。然而我从工作中知道这是旧新闻了。

我没必要记住司机。当时，我为自己捕捉到的所有细节而自觉聪明，但其实有很多从未留意之处。司机蓄着胡子，可能有口音。我记得，我担心他来自我们正在轰炸的某个地方。

我们没有谈论任何重要的事情。为什么要谈呢？

司机可能认为我是一个通情达理的人，一个正常人，只不过比大多数人的体型大一点。那段日子里，我穿的都是定制的灰色职业套装，因为从商店里买的衣服不合身。我有一件昂贵的黑色羽绒服，它的柔软来自哪里，代价是什么，我并没有过多考虑。我的鞋子不是高跟鞋，却能以假乱真：穿着舒服，又可以保持女性的某些着装礼仪。

我最出格的是拿着一个巨大的手提包，也可以当背包用的那种。我老板背地里称之为“铲子猪”。他这是用另一种方式称我提铲子的猪，因为我让他感到害怕。

“那么，你是做什么工作的？”司机问。

“在一家技术公司当经理。”我回答。这样回答起来简单，细说就不简单了。

司机开始告诉我他所知道的关于计算机的一切，我盯着窗外。我能感受到他最需要的，或者说我最需要的是独自在公园里坐一个小时，像石头一样安静。

市中心消失了，摩天大楼和高档复式公寓消失了，经过规划杂乱、花里胡哨的反主流文化街区，郊区出现了。司机不再说话。那么多坡顶平房，附带平坦的草坪，碎石车道透过一层薄雪闪着光。山脉如同曲折穿出灰雾的预兆，遥远却逐渐清晰。

我没有调查信上的地址。那感觉太像在工作，不能让我的脉搏加速。

车开到金漆剥落的大门前，我才知道信封里除了有地址还有钥匙的原因。大门上方有一行字：“皇家储藏宫”。由于我不得不说个名字出来，鉴于这个地方经历过辉煌时期，如果你乐意，就叫它“辉煌一时储藏宫”吧。我敢打包票，等你找到这个地方的时候，字肯定已经没了。

汽车顺着修葺平整的路滑行，路边是两排杉树，没有挂任何节日装饰，前面是一片陡峭的山麓丘陵，长满松树，我们离丘陵脚下越来越近了。杉树隧道里的光线变暗了。哪怕车后座上有难闻的烟味，我也能闻见新鲜空气的味道。山坡上的浓雾里什么都可能存在，广袤的森林、兄弟科技公司。但再往山上走，多半是砍光了树的山坡，是遍布老树桩和碎石头的地狱，令人痛心。

入口处的灯柱仅仅给道路增添了一些散漫的光线。储藏宫很大，建筑正面由人造大理石堆砌而成，显得厚重沉静。浓雾像是分散注意力的戏法。雾气在掩盖什么？故作特别的多立克式圆柱，还是台阶两旁塑料草皮上的黑色霉斑？

中庭破旧的红地毯一览无余，边角磨薄了，松果的碎片和松鼠踩出的小道成了地毯的花纹。

这是一片两层高的建筑群，在建筑阴影不及之处，有一道更高的墨绿色墙壁。墙壁紧贴着汽车，压力感令我心跳加速。

这个地方与世隔绝，我差点就没下车，但是为时已晚。和别人给你东西你就要接过来的惯性一样，一旦到了目的地，你就得下车。

为时已晚的原因还有一个，那就是世界犹如一张粘苍蝇纸：你避免不了陷入进退两难的境地。在你不知道的地方，有人在监视你。

“需要我在这儿等你吗？”司机问道。

我没理会，径自从后座上磕磕绊绊地下了车。我身高 6.23 英尺[①]，从不会被误认成娇小的女人，就像没人会把高山认成峡谷，把重量级拳击手认成体操运动员。我起身下车需要时间。

“确定不用等你吗？”司机隔着副驾驶，透过开了一半的车窗问。

我弯下腰，摸清了司机的胆量，反问道：“你难道不知道自己干的什么差事？”

司机扔下我走了，用我祖父的话说就是“猛踩油门全速开”。

我有时候很像祖父。

---

① 1 英尺约合 30.5 厘米。

【2】

储藏宫里，金色的墙纸褪成了小便黄色。边缘翘起的红地毯从两张华丽的老式椅子中间铺过去，椅子脚雕成了狮爪形状。地毯铺到一件狭小的接待室，那里像是碉堡的前哨站：一个突出来的笼子，上半截是栅栏，下半截是黑色柜台，柜台后的女士注视着我。她的身后有一条拱廊，穿过拱廊是很多间储藏室。头顶上方有一条老土的横幅，上面写着："宝物护卫，始于 1972。"

"你需要什么？"没有任何寒暄，前台女士直接问道，就像我可能什么都不需要似的。

"你看呢？"我说。

我一边在劣质的脚垫上擦鞋，一边向她出示钥匙。

"号码？"

"7 号。"

"有身份证件吗？"

"有钥匙。"

"有和钥匙配套的身份证件吗？"

"有钥匙。"

她伸出手："请出示身份证明，我查一下名单。"

我考虑要不要从柜台上给她推过去 20 美元，这个念头怪怪的，但是让她知道我的名字也很奇怪。

我把驾照递给了她。

她比我年轻许多，穿大面积黑色的衣服，戴着几样穿刺饰品，化了眼妆，让眼睛显得更大，嘴唇涂成紫色。这穿着打扮得跟城里一些地方的女人差不多。

她的头发是深棕色的。我记得她脸上的表情，无聊，困在这里无事可做——而我并没有让她的生活减少一丁点儿无聊。

“我走了很远的路才到。”我说。这话会很快成真。我本应该走很远的。

“如果你在名单上就好了。”她用手指从下向上划动一张名单，上面的字小到不可思议。

“对，在就好了。”我突然意识到语言能有多空洞。但后来我记得跟她的对话，却记不清她的长相。

她用圆珠笔在单子上划出一行，把驾照还给了我。

“行了，进去吧。”她说。

仿佛我在闲逛。

“去哪儿？”

“那儿。”

她往右一指，右边立着一扇门，叫褪色的黄墙纸遮掩了一半。

走之前我盯着她看了一会儿，她旁若无人地拿起一本杂志。不知怎的，我需要一张人生选择清单，这位前台女士在此时此刻出现在这里，选择拿走我的驾照，选择对我视而不见，选择郁郁寡欢、平平无奇。

我在出去的路上不会见到她了，笼子里会空空荡荡，仿佛不曾有过人。

仿佛我消失几年又重新出现，这片地方已经全部荒废了。

一排又一排门，那么多，不是常见的铝制卷帘门，更像疗养院或者青少年拘留中心的那种厚实的矩形门，镶嵌一块脏乎乎的田字窗户，后来又有人用胶布在门上贴了一个号码。

不是所有的门都喷成了统一的颜色，有的是蓝绿色，有的是紫红色，看着更像公共机构了。发霉的味道加重。有古怪的声响，像一扇扇门后的杂物正摇晃着做自我介绍。

我了解储藏室吗？不了解。我只知道我们母亲有一个储藏室，为了不让父亲不满就租出去了，因为父亲不想变成囤积狂。但是，只是有可能，你如果一路开到郊区，开到大山边上寄存东西，那就是想跟这东西保持一定距离。意欲远观的东西可能很珍贵，或者像回忆一样易碎，哪怕是不好的回忆。

9 号到 11 号，接着是 1 号到 3 号。我错过了哪条过道吗？这里狭小拥挤，还有几个岔路口。也许储藏室没有尽头，山体里面的空间曲折蜿蜒，无穷无尽，叫人害怕。一想到在这里面迷路就一阵恐慌，我脚步不停，找不到 7 号门。

但我还是找到了正确的那扇门。

或是错误的门，那得看你怎么想了。

【3】

“命中注定”是一剂强力药。跨过 7 号储藏室的门槛，我没法告诉你什么是注定，什么是偶然，或者可能要花多长时间才能把这两者区分开。

储藏室里，第一眼看去就是空，光秃秃的方形小房间，和审讯室一个模一样。房间里面的天花板上有一盏忽明忽暗的荧光灯，灯下放着一把朴素的木头椅子，椅子上有一个中等大小的纸箱。

我站在门口，看了好一会儿椅子上的纸箱。身后的门一直开着，我有一种门会突然关上的直觉，不是疑心多虑，哪里都可能是陷阱。房间里过于安静，异常整洁，只有对面墙上一块石板发了霉。我甚至不记得屋子里有过一粒灰尘，像是擦拭干净的犯罪现场。

在靠近椅子之前，我先检查了远离椅子的昏暗角落和天花板。我干过不少这种事。

椅子上放的就是一个普通纸箱，纸箱盖子是折起来关上的。我试探地轻轻推了一下纸箱，很轻，里面也没有声音。不是小狗小猫之类的活物，我大大松了一口气。

我放下提包，逐一打开盖子折板。我觉得自己紧张地笑出声来了。

没给我时间误会和害怕躲闪，一件小东西躺在箱底。古董？就像母亲曾经收集的小型马摆件。这个想法让我觉得这一切是个精心设计的恶作剧。

盒子里蹲着一只很小的鸟，不是活的，是标本。

一只飞行途中的蜂鸟，被粗金属丝固定在小底座上。翅膀不动，眼睛不动，羽毛闪着虹彩。

蜂鸟旁边有一张纸，纸上有两个词和一个签名。

蜂鸟

……

蝾螈

——西尔维娜

哦，西尔维娜，感谢你没有在纸条下边草草写上“找到我”。

感谢你知道没有写的必要。

【4】

接我回家的司机有可能是前一个司机的兄弟，开的车比送我来的那辆更没特点，颜色更深。沿路的风景向后退得更快些，似乎被压缩了，我们回城也更快些，不然就是我的心思不在这了。

蜂鸟，蝾螈。一个放在储藏室了，一个没在。没在的蝾螈是我自小熟知的动物。很久以前我们一次次去探险，翻开石头寻找，河水打着旋，小水草在摇曳，还有深绿色的青苔。

我默默坐在后排，把纸箱放在膝头，用双臂轻轻抱住，以免挤坏里面的东西。它死了，但在某种意义上还活着，会受伤。我不敢打开盖子，怕被司机发现。我没有想法，任何想法都没有，或者可能还陷在模糊的回忆里，那些回忆是我已经抛在脑后的。我想起了祖父愤怒的面孔，河边我哥哥松弛苍白的身体。

没有心理治疗师告诉我应该忘记儿时回忆，因为我讨厌心理治疗师，从没去看过。但我知道遗忘是最好的选择。忘记的就不要再想起，把还记得的也忘掉，放下过去向前走。

不是纸箱，也不是储藏室，我不知道是什么试图把我拉回那山里，把我困住。但我知道有什么东西失控了。

【5】

下午，时间尚早，家里没人。我已经给老板发短信请了病假。我把手提包放在厨房的岛台上，箱子放在旁边，去客厅把大衣扔到沙发上，又回到岛台前，犹豫了一下……然后打开箱子取出了蜂鸟。

坐在实木和大理石岛台边，凳子摇摇晃晃，我打量着这只蜂鸟。厨房里有干净的不锈钢刀，两个洗碗槽，带轮子的切菜桌，闪亮的黑白色炉灶，一台我故意弄坏数据传回功能的智能冰箱。

不知道为什么，蜂鸟占据了那个空间，超出其小小的身体，甚至超出了我当时对其意义的理解。

蜂鸟有凶猛的一面，黑亮的羽毛顺滑而浓密。鸟喙细长，让我联想起刀刃和抽血的针头。我幻想有十几只蜂鸟在某人的头上盘旋，像守卫，也像荆棘皇冠。很难想象这个物种会娴熟地从一朵花中啜饮花蜜。但我对蜂鸟知之甚少，我们住的地方没有蜂鸟，我上过的任何学校附近也没有，小时候的农场里也极为罕见，农场没有种很多花。

固定蜂鸟的粗金属丝呈暗银色，底座接近深红色，看起来很有光泽。底座背面简单粗糙地刻着字母“R. S.”。是谁刻的，制作标本的人还是西尔维娜？

对我来说，动物标本很陌生，用标本传达的语言毫无意义。我不喜欢那些把鹿或熊的一部分当作战利品挂在墙上，以此显示“男子汉气概”的酒吧和餐馆。这种病态的做法令人毛骨悚然。但是这个——这个蜂鸟标本出自完全不同的动机，神秘且难以捉摸。那份沉静，那双并不空茫，而是在凝视我的眼睛。这只蜂鸟的躯壳带来一种脱离世界之感。

我们在台面上相隔的距离越拉越大，沉默变得难以忍受。“西尔维娜”是谁？她为什么要给我一只蜂鸟？蝾螈在哪里？我感到蝾螈是针对我的。好像我不认识的这个女人做了调查，明白不需要把真的蝾螈放在储藏室里，明白仅凭一个词就可以唤醒我的意识和冲动。

有些事物，即使你一直琢磨着，仍然是神秘的。

蝾螈，躲在河里的木头和石块下，是一种不想被发现的生物。

我喝了一杯水，吃了一个苹果、一大碗剩下的鸡肉沙拉，之后在手提包里翻找口香糖，试图摆脱我体内不断积聚的东西，不管那是什么。但是蜂鸟挑衅地盯着我。我不得不有所应对。

我克制住用手机上网搜索“西尔维娜”和“蜂鸟”的想法。“R. S.”的搜索页面没有显示任何有用的信息，翻了三页之后出现了“人傻”。但是我对搜索“R. S.”加上西尔维娜这个名字感到担忧，一想到会暴露，就突然感到一阵强烈的不安。比起数据，我更需要背景资料，但不想打开一个能追踪到我的渠道。数月前曾出台过关于用户违反规定使用搜索功能的条款，但这不能帮我把搜索的风险合理化。

蜂鸟“hummingbird”是代码吗？还是只有两个像书立的字母“h”和“d”有用？两个字母之间好像裂开了一道鸿沟。我脑中的空白感觉是有意为之，似乎正是西尔维娜所希望的。

【6】

在校车把女儿送回家之前，我把蜂鸟放回箱子里，藏进车后备箱里的几条旧毯子下。我很清楚要装作一切正常，询问女儿一天过得如何，并像平时一样，忽略她边脱运动鞋边翻白眼和耸肩。

“挺好的。情绪很高。”总是“挺好的”，再简短地加上讽刺的话。“情绪很高”，青春期焦虑的情绪很高，对父母不耐烦的情绪很高。一塌糊涂的成绩说明她是个有创造力的孩子，注意力不集中，没有耐心，还有太多令人不愿去想的天赋。

背包和脱下的鞋子一起随意扔在角落里。

我女儿生性不谨慎，从小胆子大，会从街对面的树上跳到我们的屋顶上。我花了三十二个小时生她，最后还是剖宫产解决的。我不介意身上的伤疤，只不过多了一条而已。我只是希望她有时能脾气好点。我过去会从她那里收到短信，但最近除了“好了，来接我”以外，就没有别的了。

她咕哝一声，就算对圣诞树下的一堆礼物表示了感谢。那是我和丈夫趁她去上学，悄悄放过去的。她爬上楼梯回到自己的洞穴里去。我没能看到她的阔脸和我非常喜爱的浓黑眉毛。

很快，我丈夫就开着一辆新款棕色轿车回来了。车子整洁、体面、结实，如果他的房地产客户看到能有个好印象。但他是在自欺欺人。我嫁给了一座看起来乱糟糟的肉山，他总是让我觉得我的体型很正常。

不管我丈夫多长时间刮一次胡子，脸上总是有一片青茬。他身上有一股好闻的味道，从来不对我高声大气地说话。

曾几何时，我仍然可以想象他会在外出一天后冲进家门，我会微笑着迎接他。他把我拉近，一座山靠近另一座山，在我的脖子、脸颊、嘴巴上狠狠地吻一吻，再拉开距离看着我的脸，放心后便飞快穿过房间去找女儿，上演一出寻找女儿的戏码。当他找到女儿，举止夸张，想要来个用力的拥抱，惹得她直生气，但她随后气着气着就微微咧嘴笑了。

之后我丈夫会去做晚饭，一直都是他做，因为我只会煮鸡蛋。在漫长而坎坷的女性生涯中，我从来没想过要提高厨艺。

我丈夫在厨房里看起来就像一头科迪亚克棕熊，正欢快地接受训练，做着享有美名的法国菜，一只毛茸茸的爪子随意端着一杯马尔贝克葡萄酒，另一只拿着刀。我总觉得他会打翻一切我不会打翻的东西，也许会点火把房子烧掉。他倒是没有，只不过把盘子和厨具用了个遍，弄得厨房一团糟。

混乱过后，我会在厨房的餐桌旁坐下来吃一顿美味的饭菜——猪排配芦笋和烤土豆？丈夫、女儿和我会聊聊这一天是怎么过的，不然就是我和丈夫两个人聊，再一起哄女儿讲她觉得重要的事情，或事情的某个版本。吃完饭后我洗碗，有时帮女儿一块做作业。睡前，我们会下下棋，看看愚蠢的电视节目。

我还记得，这些曾经貌似是真实的，占据了我生活的一大部分。

持续了很长时间。

你永远不会得知我丈夫和女儿的名字。我不能让自己想起他们的名字，哪怕是代号。当我打下名字的那一刻，他们就不再属于我，而属于你了。我想我知道你什么时候会读到这篇文章，但不能确定。

即便在那时，他们俩对我的了解也不多，只知道我抛弃了过往和我抛弃过往的部分原因，有个影影绰绰的印象，不完全清楚。

后来，镜子里看着你的那张脸与年轻时大不相同。像风吹去麸皮那样，有些东西消失了，有些东西正在停止运转。有些东西被夺走了，而你不知道是什么，只知道那东西再也没有了。取而代之的是经验、心计、先见之明。没有你寻找的东西。

在开始诉诸隐喻或背离真相之前，头脑可以理解多少东西呢？这也是如何估量你还保留了多少自己的方法，看看你在洪流里迷失了多少。

我不知道未来会怎么样，但很难不把我的解谜工作带回家。我想到我会被监视，估计我会为了探寻这个谜团，可能得迷惑监视者，声东击西骗过他们。我知道我们是怎么把自己暴露给他人的。但是我即使小心翼翼，也还是太天真了，没想到我们的信息会在夜色中泄露。

直到晚餐后，我也没有坦白关于蜂鸟、蝾螈和储藏室的事。也许因为西尔维娜不是我向丈夫隐瞒的第一个秘密。

【7】

我很少自己开车上班，然而我有一些疑心，不愿打电话叫车。我在家人醒来之前离开，他们已经习惯了。如果必须在家吃早餐，我大概会崩溃。我开车时，蜂鸟似乎压坠了后备厢。电梯在上行时嗡嗡抱怨，比起我抱着的蜂鸟，更可能是在抱怨我。

公司办公室的一切设计都展现了“安全”和“牢固”的特点。这是一个像无人机内部一样无害的大厅，灰色的消音地毯微微闪光，隔间的黑曜石板亮晶晶的，抽象画为白色外墙增添了柔和的色彩。激情？没有这种具有威胁性的东西。激情被裹上塑料布，扔在不知道哪个壁橱里。除了不理智的时候，我们都只保留纯粹的理智。

我有意让那个没有空子可钻的地方中和一下我桌子上的箱子，将其压制住。或者我认为这是个玩笑，一种消遣，一种避免无聊的办法。我不记得当时的想法了，不记得——才是可怕的事情。

我往我的办公室走，一路没人问起这个箱子。这个大小的箱子看起来能装一盏台灯。为了不让工作场所过于乏味，我以前带来过几盏台灯。把箱子里的东西说成是别的东西，这个解释是合理的，哪怕我还不知道箱子里的是什么，算不上真正知道。

几分钟后，我的老板从门口探出脑袋。我们就叫他“亚历克斯”吧，因为他长得像叫亚历克斯的，通情达理，高大结实，不太知道如何点亮幽默的灯泡，一年里只能亮上几回。他的蓝西装、白衬衫和红领带没什么记忆点，也不破旧，应该看起来像一面褪色的人形美国国旗。所以亚历克斯看起来像是一面有过美好时光的旗子。

我总能提前知道他什么时候来，因为有很浓的须后水味儿。他的眼镜是做作的装饰，大部分时间都不戴，因为他也知道很做作。亚历克斯在开安全公司之前，开过一家虚拟现实公司，后来倒闭了。

“感觉好点了吗？”亚历克斯问道，或者是说道。

“很好！好多了！”我知道他想要得到感情充沛、活力四射的回应。

“早上去健身房了吗？”

“还是有点不舒服。”

“行吧。”他说。他用“行吧”和“别担心”一带而过了下属的许多错误，意思是我原谅你，你得到了原谅，下不为例。

“你去了吗？”我知道他想让我问他。

“我去了。”他说，“仰卧推举大重量，做了引体向上，还有……”

我走神了。自从亚历克斯发现我当过健美运动员，在他眼中我就从一个近于肥胖的怪人变成了不正常的健身房常客。他认为我是个怪胎，或者他可能只是不肯轻易放过他知道的、唯一一件我的私事。

亚历克斯说完话，像过了好几个月。“听起来不错！”我说。“好—— 一会儿见。下午开战略会议。”

我猜亚历克斯像运动爱好者一样在门上打了一拳，之后就走了。门总是受他的虐待。

然而我还没有自由。

“箱子里是什么？”

“拉里。”走廊转过弯去是个死胡同，拉里的办公室在那附近。我们两个没有上下级关系，是平等的，就是亚历克斯总在春天邀请拉里坐他的船去钓鱼。拉迪·拉里，脸面发红，一头和面色不相称的浓密棕色头发。去年在圣诞派对上，他站得离我太近了，偶然与我肩膀的相撞其实经过了精心计算，我不得不走开。

“箱子里是什么？”

我没有回答，拉里就变得像一个难用的开罐器。

“尸体。”

拉里笑了，“那箱子太小了吧。”

我耸了耸肩，看着他，没再说话。我一直不认为蜂鸟是同事的恶作剧，现在也不这样想。这不是他们的标准操作程序。

“又是一个台灯？”拉里问。

我没说话。

拉里心里一慌就挂相，犹如有人把一个隐形的装满老鼠的笼子绑在了他头上。

慢慢地，他从我门口退开了。

我从来不了解男人的世界什么样，他们如何互相利用，如何激励自己。我是说，我知道他们那么做的目的，但我摸索男人世界的方式好比宇航员探索外星球。我尽量不跟他们扎堆呼吸相同的空气，当然这是避无可避的。

我刚开始工作的时候，公司里仅有两名不是秘书的女性，我是其中之一。我担任经理，这个想法似乎很荒谬，但对于没有相关经验的我来说，这个职位的薪水不错。

很长一段时间里，我都认为自己是秘密特工，潜伏在公司里，只不过我唯一的上线是另一个我自己。我会从同事的谈话里收集情报，比如我不在场时亚历克斯讲的新口号、他们一起打猎时聊的新管理策略，来判断我在不在决策圈子里，以及我在或不在是否重要。我永远不知道他们在男厕所里交流了什么信息，但我对脏兮兮的情报毫无兴趣。

拉里离开后，我窗下远处的公园里，一只孤独的鸟振翅飞向灰色的天空。那时我无法告诉你那只鸟的品种，也说不出为什么你应该关心它们的数量在过去三年中下降了百分之五十。

我们公司到底是做什么的？这里有个提示：亚历克斯曾经说过我们是“把果园卖给苹果”，苹果总是需要果园才能生长，客户靠我们的业务才能生存。这是一种骗局，但也像侦探工作——客户的公司如何运作，不听客户嘴上讲，要弄清楚实际情况，发现安全漏洞，贩卖恐惧。安全漏洞永远都有。

互联网是沥水器，而你是水。用来打比方的话每周都变，但并不是总能讲得通。

【8】

“我想迷失在某个地方，”西尔维娜曾经写道，“我想在任何地方之外，那里没有地图，指南针会失灵狂转。当我回来的时候，如果我还回来，你要知道我已经改变了，而这种改变意味着我去哪里都带着‘迷失’的属性，即使是去城市的中心。我永远迷失了，迷失就是我们需要变成的样子。社会找不到我们，无法摧毁我们，我们的头脑得以保持清醒。”这段话摘自我后来发现的第一批资料，但现在就可以给你看。

西尔维娜写这段话的背景是什么？二十一岁时，她沿着一个多世纪前著名博物学家亚历山大·冯·洪堡的路线，向大河上游走去，前往基多，逃离她的贵族父母。西尔维娜出生于阿根廷，但被家里赶去了美国的寄宿学校。从美国回来，她没有回家，而是前往厄瓜多尔。她足够聪明，知道要与家人保持距离，离开他们的势力范围，要不就是她害怕她父亲。

从九岁左右开始，西尔维娜变得对光和声音很敏感，深受其扰。为了健康，她需要远离都市、城镇、人群。但很多时候她的身体并不健康。

“我们这些与众不同的人更了解这个世界，更了解世界的真面目。我们做不到忽略世界的某些样子，包括人们最熟视无睹的恐怖和美丽。你拥有高度敏感的感官，就无法视而不见，还会看到我们与……一切断开了联系。”

我敢肯定，她对去基多的旅程有过美好的想象。想象中的景象，与洪堡在一个半世纪前看到的一样原始。也许她的确看到了一些原始景象，见到了土著活动家和更自由的教会领袖，参观了成功的生态保护案例，到过位于飓风行进路线上的群岛。

但是，大多数情况下，西尔维娜见到的是未来景象。石油公司和采矿业已经阻断了她的部分路线。由于很多原因，这些景象令她感到陌生。那一刻她意识到自己跑不掉，躲不了，讨厌的东西总是挡在面前。

“迷失的意义在于混乱，混乱才是通往真实的入口。有些人永远不会失去迷失的感觉，但大多数人都失去了。必须用真正的危险，用震惊将其唤醒。要制造真正的、未知的危险。”

理想主义？或许吧，但我被打动了。

即使我从来没有那样迷失过，或者与一切断联。充其量，我们有时会暗中计划在森林深处买一块僻静的地方，在荒野中造一座房子，通过一条土路与城镇相连。童年半农村式生活的知识告诉我要装一台应急发电机。在森林中取材，卷起袖子自给自足。不过我们要有通畅的互联网，而且到了周末，我们会开车去当地酒吧，吃的饭菜是从田间直接到餐桌的，喝的限量啤酒是附近干净优质的井水酿成的。我们不会再盲目顺从，没有债务，还清信用卡，摆脱一直让我紧张的还款负担。

我们讨论这件事，但从来没有付诸行动。在内心深处，我们喜欢让我们舒服的普通房子，熟练地忘记花了多少钱。这就像陷进舒适的皮沙发的垫子里一样容易，而我们有两个皮沙发。

我们生活在平凡的现实里，住在市郊，房子跟同一街区以及后面街区里其他的房子几乎没有不同。你可以叫我们的街区“草地河区”“树荫路区”“湖畔区”。如果觉得这些名字太长，那么你想怎么叫就怎么叫。因为我们的街区没有草地、树荫、湖泊，今后都不会有了。

“很难记得要遗忘什么。”西尔维娜写道，像能读懂我的心思。即使是现在，我也经常想她在基多的生活。那短短的时日，大约两个月或五十九天，如何改变了她，从她身上偷走了什么。关于那段日子，她再也不能讲出来的是什么，给她带来了什么。

【9】

我打电话给助理“艾莉”，叫她来我的办公室。我们就说她穿黑衣服，打了耳洞，化了眼妆，显得眼睛更大些，嘴唇涂成紫色。有时她会穿深色印花连衣裙和厚袜子来御寒。我没让她对接过客户。

或者我可能让艾莉对接过。也许她傲慢、大胆，一点也不瘦小。姑且认为她很高，不，又矮又壮。她是白人，不，她不是。艾莉被抹去了，我把她忘了，忘记最安全。你觉得她什么样就把她想成什么样。我就是这么做的，不得不这么做。

“把‘辉煌一时储藏宫’加入你的调查清单。”我告诉她，“关键词是‘西尔维娜’。只要是与储藏宫相关的西尔维娜的资料，什么都可以。”我确保自己直视对方的眼睛；我只有说谎的时候才会移开视线。有些人认为我面无表情，我觉得是因为他们过多关注我的身形，而不是我的脸。

我只是说出“西尔维娜”这个名字，就感觉越界了。我不是有意要大声说出来，我还不想说。这个名字在我和艾莉之间飘浮着。我是认为艾莉会因为年轻且无关紧要而不会受到影响吗？难道我不知道什么是附带损失吗?

“优先级?”艾莉问道。我们有一单产品要在短短一周内交付给客户，是一百万美元的合同。

我犹豫了一下。

“高优先级。”我没有详细说明，尽管艾莉从不八卦，也不过度分享私事。

“那交付会逾期。”艾莉说。

“没关系。”

“而且可能会影响——”

“我不在乎。”我说完，又注意了一下语气。我从没高声跟她讲过话，除了我没做到的时候。“我的意思是，你可以逾期，也可以交给哪个实习生做。我会让亚历克斯授权。”

艾莉缓缓点头，我看得出来她很不自在。

“是什么客户?”她问。通常，我会从这一点着手，作为工作的锚点。

算了，我想说，资料可以等等再说。但我说不出口。“优先级低”可能意味着需要一周时间得到更多信息，我等不了那么久。不知为何，我感觉需要情报和背景资料，越快越好，理由是用于评估有多大威胁，至少我是这样合理化的。

“潜在的新客户。目前不能说太多。”

艾莉点点头，说:“明白了。”但她真的明白吗?

我还没意识到，交给艾莉这个任务，可能会把她牵扯进她不可能认同的一种信念、一项事业里去，并为之做出牺牲。

还是我其实意识到了?这不正是我给她任务的原因吗，让她代我去做？

想象一下，你以分析安全协议为生，帮助客户减少违规行为，打心底里认为自己是专家。但是某件事从意想不到的方向袭来，你需要一段时间才能理解那是什么，意味着什么，如何改变了一切。

在这段空当里，你不知所措。

【10】

我在高中练摔跤，在大学练举重，之后的几年做半职业健美运动员。虽然只是把我们三个女生插进了男子摔跤队里，但摔跤在某种程度上救了我的命。我随摔跤队出行，天黑坐公交车，远离家里的农场，熬夜训练来减少在家的时间，跟队友有了难以割舍的感情，尽管我现在与他们失去了联系。

我之所以成为一名摔跤手，部分原因是我喜欢某种由侵略性而生的喜悦。我的身体是为摔跤训练和比赛而生的。比赛是唯一考验我身体的事情，让我的身体保持在应有的状态。那时如果可以一周运动七天，每天二十四小时，我会很喜欢。

只是我做不到不停歇的运动。好比熊总是会受伤，受伤是生存的状态，我也总受伤，扭伤肩膀、脚踝或者别的部位。受伤让我快乐，告诉我应该成为什么人，就像现在疼痛会告诉我不再年轻一样。

我通过运动发泄内心的愤怒，而这愤怒不是我与生俱来的。虽然愤怒之火在心底闷烧，我也努力想扑灭，但是它从没有彻底熄灭，而是蛰伏等待。

我离开了那个家，再也不回去了，于是做健美运动员已经没意义了。我需要的根本不是表演，不是站在舞台上摆姿势。我需要站在地面上，保留个人隐私。

我不在乎自己变胖后又变瘦了。午休时间，我去健身房锻炼，缓解压力。中午健身房人很多，天空阴沉，路上泥泞，让我希望自己能住在更温暖、更僻静的地方，只要那地方天气不至于炎热就行。

山下公路边的商业街有个坑坑洼洼的停车场。我喜欢把车停在停车场中间的一个路灯下。停好车，我松开了一直紧握方向盘的双手，休息一会儿。停车场有一股汽油还是机油的味道。

很久以前，我对我家附近整洁过头的健身房感到失望，就找到了现在这个。这里离我平时走的路有些距离，我喜欢这一点。这是一个便宜的健身房，街对面有一个廉价酒吧。大概每月一两次，我下班后会冒险去喝酒。光顾健身房的是一些老人和可疑的人，邻近的社区曾是中产阶级社区，现在成了冰毒搜查行动的练习场。我来这里没有别的意图，但我可能正在体验着贫民窟的生活。

经过一段跋涉，就到了脏兮兮的玻璃门前，门上积了灰，贴着已停产能量饮料的商标。门内的健身器械由于使用清洁剂留下了尖细划痕，划痕不断受到汗水侵蚀，变得断断续续。一些器械上有WD-40防锈剂挥之不去的刺鼻气味。自由重量训练器上的锈迹侵蚀掉了银漆，像出土的古董。老板一直用杂牌零件修理这些老式的鹦鹉螺牌设备。里面还有几条长凳，但没有镜子，没有电视。

大多数时候，一个叫查理的黑人老头都在健身房里，兼任看守和保安。他最喜欢坐的椅子后面的墙上挂着一面安提瓜国旗，我以为那是他的领地。我们没怎么说过话。通常我到健身房的时候，查理在运动，点头打个招呼就可以了。

几乎所有人都会避开我。那些男人一看见我的卧推重量是 360 磅[1]，还有一次是 420 磅，就消失了。我硬拉举重的时候更显眼，也更隐形。这些我都无所谓，没人对我说蠢话就行。

想象一下，我每隔一天去健身房，沉浸在自己的思绪中。如果是早上，就穿上我的盔甲；如果是晚上，就卸下来。

想象一下，我做背部下拉或深蹲的时候，即使我努力克制，也止不住地想一个箱子里有一只蜂鸟。

因为我随身带着装蜂鸟的箱子，打算锁进健身房的寄存柜里。我甚至为了更安全，买了一把特制锁。蜂鸟不能放在办公室，不能放在家，不能去银行专门开保险柜——那夸张得不像现实。放在健身房可能也不安全，但我还不知道，哪个地方都不安全。

想象一下，我在尝试创造健身房的几项新纪录，查理无动于衷地值守。我的尝试与其他任何人都无关。我用尽全力，直到酸疼得厉害，甚至都感觉不到疼痛了。

但是运动之后，至少刚结束的时候，我会感觉好多了。在情况再次变得更糟之前，我总是感觉好多了。

【11】

我第一次见到西尔维娜，不是在档案的照片上。西尔维娜总是后背疼，在所有的照片中，她看起来僵硬、不自然，像一具尸体，靠在椅子上、阳台栏杆上。她要么不喜欢拍照，要么不喜欢摄影师，要么她告诉摄影师不要拍，但他们还是拍了。

---

① 1 磅约为 0.45 公斤。

我是在一段二十秒的模糊视频里第一次见到了西尔维娜。有人把一部老自然纪录片传到了网上，视频是纪录片的片段。我不记得找到蜂鸟后的第几天找到的这段视频。视频里，考虑到西尔维娜不能见强光，拍摄灯光刻意被调得很暗。西尔维娜那头狂野的黑发让我震惊了，她不愿意打理一下，更别说把头发梳顺或者扎成马尾辫了。她不知道该把胳膊放在哪里，一会儿放在椅子上，一会儿交叉放在腿上。她的手很大，粗糙有力，长满老茧。

西尔维娜一直低着头向下看，避开镜头，所以我几乎看不到她的脸。但在视频最后，她抬起了头，露出紧绷的颧骨，坚实有棱角的下巴，既坚决又危险。

她的眼睛是深色的，近乎黑色，很迷人，生在一张有点过于窄长的脸上。她即使在微笑的时候，表情也略带悲伤和冷淡。但是微笑也舒展了她的脸庞，有几分美丽。

她穿的衣服很实用，差点就赶上军队的作训服了，如果不是衬衫上印了花，她也许能给某些部队当发言人。当她把腿翘起来，可以看到卡其布裤子塞进了登山靴里。她的右手腕上戴着一个银手镯，身上再无别的饰品。老花镜用链子挂着垂在胸前，显得她像个坐在摇椅上的老太太。

后来我才知道西尔维娜的手镯是她母亲送的，是她唯一不会丢弃的跟过去有关的物件。西尔维娜在任何照片中都没有微笑过，仅在这段视频的最后笑了一下。拍摄视频的时间正是在她因爆炸事件被起诉之后。不管她有没有制造爆炸，直到庭审前，她一直被这件事纠缠着，摆脱不掉。

那一刻，我没有动——在未来的某个时刻，我也停住了。我重看视频，看着西尔维娜微笑。她的微笑让我心碎，因为知道我永远见不到她真正的样子，也许她的微笑是最接近真实的了。其实这个想法是情感和理智的双重谎言，西尔维娜一直都是西尔维娜，我早该知道的。

【12】

回到办公室，我应该开始审查一家天然气管道公司的工作流程和组织结构。客户认为我是“漏洞评估员”或“漏洞分析员”。我如果能想出如何破坏他们的安全系统，或者弄清楚有无人为因素导致的漏洞，也就能帮他们解决问题。我完成分析后，一个真正的黑客会做“武力工作”。这是亚历克斯的说法，是“使用钝力挫伤”“使用武力”的意思。你必须让客户感到不安全才能强迫他维持安全，大部分是自反性安全管理策略，像蜥蜴为求生而断的尾巴。只是黑客们更喜欢“渗透测试员”的称呼。

但我没有干活，决定用一用拉里的办公室。我在拉里的电脑上悄悄装了临时的间谍软件，解锁了屏幕。男同事们防我的方式不止这一种，但大多数时候都用这招。但我喜欢把拉里的办公室标记为我的领地，磨炼我的安全技能，同时自我感觉良好。有时我喜欢自我感觉良好。

下午，拉里和一个客户出去了。他的办公室很安全，因为隐蔽在过道尽头，而且没人愿意去。一旦去了他那儿，得花半个小时才能从那里脱身。拉里是个话痨，说半天话，其实什么也没说。

在拉里的计算机上搜索蜂鸟是个有用的尝试。我不能让艾莉搜索，以防这个任务变成午餐时间闲聊的结束语，“然后她让我浪费了一个下午点击这只鸟”。我离开拉里办公室后，可以远程检查他的电脑，看看我的搜索是否引起了任何人注意。我事先有意胡乱操作一番，隐藏了看似随意且无辜的搜索记录。搜索记录淹没在数据流里，受到公司防火墙的保护。

我花了半个小时浏览了所有令人厌烦的网页，看晦涩的鸟类学论文和古怪的研究，但是一无所获停下网页搜索，转而搜索图片，凭直觉添上关键词“濒危”，蜂鸟就出现了。我惊讶于只用了这么短的时间。

与蜂鸟有关的信息里没有提到“西尔维娜”，但有几个科学家的名字，一篇南美本土研究偷猎情况的论文，还模糊地提到在迈阿密缉获了野生动物走私品。

我按下打印键，靠在拉里的椅子上打哈欠。拉里出现了，站在门口盯着我。我猛地坐起来，椅子弹簧一阵尴尬的弹响。“吓死我了，拉里！该死的，吓出心脏病了。”

拉里的脸绷得像一块铁板，但我说完话他蒙了，因为我没有在办公室骂过人。拉里无论想说什么，都停顿了一下，歪了歪头，就像我是个陌生人，需要重新认识。我不喜欢他眼睛里的那种亮光。

“所以，我不在的时候会这样。”他的声调毫无起伏，死气沉沉。

“抱歉——我的打印机坏了。”我说。

拉里真去检查我的打印机就不妙了。我按下删除键，蜂鸟的页面从屏幕上消失，但搜索历史没时间清理了。拉里会做什么？向管理部门抱怨我在他的笔记本电脑上查一只蜂鸟？

“你打印机坏了。”拉里堵在门口。当爱说话的男人安静下来，不露声色，我开始想怎么把他放倒、锁喉。

“我得问问……你是怎么摸上我的电脑的？从头说。”

“我急用，正好你没锁屏。”说对不起的感觉就像承认图谋不轨。

“我没锁？真没锁？有这种可能？”

“怎么，你担心里面存的黄片？”我开玩笑似的笑了。但这不是玩笑。

拉里脸色刷白，身子晃了一下。

我从打印机上一把抓过那几张纸，站到门口，比他个子还高一些。我本可以把拉里抓起来放进屋里，然后出去，但他让开了。

“下次想用我的电脑或许可以问一声，”他说，“我肯定说不行。”

我一言不发地从他身边过去，确保撞到他的肩膀。我回到办公室把门锁上，感觉孤立无援，非常难堪。我完成了管道公司项目的一项重要工作，交给了亚历克斯审批。亚历克斯喜欢参与重要的工作，尽管那不是该他处理的细节事务。

等到五点多，我肯定拉里已经离开公司了。这是他们全都去两个街区外的酒吧的时间，早早地喝个烂醉。拉里绝不会错过。

【13】

公司是一个整体，还是由个人组成的松散的、不断变化的联盟？

我不知道。但我在农场看到，动物不是独活的，而是与同类成群结队。

在我成长的过程中，母亲、父亲、祖父每天都这样告诉我。这是我从家里长辈的一言一行里，学的时间最长、次数最多的一课。

这是整个世界运行的方式，也许更冷酷无情。在农场——或者至少在我们的农场——你尊重动物，动物也回馈给你蛋、奶、肉。你的山羊有名字，但有一天你会宰了他们。你抓挠猪背上的粗毛，猪舒服地咕哝。你知道每头猪的个性和习惯，但某天早上你父亲会帮陌生人把它们运上卡车，它们就永远消失了。

最重要的是，我有十年是西尔维娜认为的“灌输教条”时期。从开始抚养女儿，我们就鼓励她去喜欢YouTube上可爱动物的视频，从没想过视频的拍摄背景或原因。动画电影里，鸟儿像人一样说话和微笑，也许它是反派，也许不是，但会说话、做鬼脸，为了融入人类世界用尽办法。视频里播的是未经验证的情节，或是常识，但应该注意特例。单一文化的有毒产物让我远离了原本对动物的有益认识。

“从‘我们’的角度去思考自然环境的问题，会抹去‘我们’所有的差异。”西尔维娜曾说，“许多土著民族不这样思考，反主流文化也不总是这样思考。现有的哲学、知识和政策已经能解决‘我们’的问题了。”

回家前，我在公司停车场里锁上车门，翻看打印的资料。也许在那时，我最初感受到了奇异神秘的战栗。我警惕着停车场里的每一个动静，以防是拉里。

“蜂鸟对美和氧气的追求极其执着。”我找到的网站资料上说，“它们微小的身体像飞毯一样在空中盘旋。刚才是有一只嗖地飞过去了吗？蜂鸟在安第斯山脉的高处进化，活动范围逐渐向低海拔和更广纬度的地区扩大，特别是向北扩展，最终到达遥远的加拿大和阿拉斯加。蜂鸟只在美洲生存，三百多种中的绝大多数都栖息在南美洲。”

“信息不是故事。”西尔维娜写道，“任何动物都不应该被浓缩成百科全书里的一段简介。”但我一开始就只有信息和一只鸟的尸体，因为这就是西尔维娜给我的一切。

“那伊阿得蜂鸟（Selastrephes griffin）体型适中（体长接近 12 厘米），超长的迁徙距离令其迁徙范围内勤奋的观鸟者感到高兴。人类很难发现和观察到那伊阿得蜂鸟。雄性那伊阿得蜂鸟的羽毛有着鲜艳的色彩和花纹，是为了吸引配偶而进行的自然适应。”

那么，我的这只是雌鸟的标本，羽毛乌黑，不搞花里胡哨那一套。

“那伊阿得蜂鸟有出色的运动能力，掌握倒退飞行、悬停和在强阵风中精准行动等特技。它们在太平洋西北部和阿根廷之间迁徙，相当于连续跑数次超级马拉松。”

我试着想象为了适应自然，要飞那么远，穿越这么多不同类型的地形。这是史诗级别的旅程——而且要完成这个旅程，只有经历难以置信的生物特化才行。人类如果不带装备居住在蜂鸟栖息的地方，也必须经历生物特化。这种变化难道不会改变人的想法吗？难道不会脱胎换骨？

跟许多偏好在北方山脉繁衍的物种一样，那伊阿得蜂鸟是一种候鸟，会迁徙到南美洲的近亲附近过冬。12 月至次年 3 月，那伊阿得蜂鸟会在安第斯山脉度过，那里是夏季。在海拔大于 2000 米的高山上以及迁徙过程中，都缺少充足的氧气，但那伊阿得蜂鸟仍保持着很高的新陈代谢率，靠的是有适应能力的血红蛋白，能将氧与铁结合。在安第斯山脉上和迁徙中，它们血红蛋白会发生变化，但在北美洲海拔较低的地区就不会。

迁徙的旅程和鲜花、鸟巢，所有关于蜂鸟的一切，一旦我有时间真正沉浸其中，就出乎意料地被吸引住了，不单是因为蜂鸟的神秘，还有那些数字。谁不会被细节打动？也许只有我会，也许是因为我首次找到了关于蜂鸟的真正信息。

生存状态：未知。最后一次有记录的目击地点是不列颠哥伦比亚省的斯坦河谷公园。鸟类学界在寻找那伊阿得蜂鸟相关的资料、照片、电话记录。

这种蜂鸟不仅罕见，而且据推测已经灭绝，人们最后一次目击时间是 2007 年。我感到一阵疼痛，类似于扭伤的疼痛。但这扭伤本可以预料到。像打了一针疫苗一样，痛感没有持续多久就开始消退了。

疼痛不会持续，像是自体接种。

那个月，南方白犀牛和一种穿山甲灭绝了；有五个国家发生野火，动物们爬到公路边，向开车飞驰而过的人讨水。人们惧怕流行病，就毒杀秃鹫，射杀空中的蝙蝠。你关心更多事物，就像在大脑中卡着一颗子弹。所以跟许多人一样，我学会了不去关心。西尔维娜称之为“致命的适应”。

我独自一人思考着，感觉这一切都令人担忧和不安。

激动、喜悦、悲伤、焦虑一齐出现。

即使是现在，我也无法解释清楚这一切有什么联系，也无法解释为什么我的心中生起波澜。

所以我专注于寻找原因。

为什么一个叫西尔维娜的人会把这个独特的动物标本留给我？

我认为蜂鸟迁徙的路线是线索。太平洋西北部地区。一年中，蜂鸟有部分时间留在本地，甚至可能直接飞过我们的社区，在半夜赶往某个地方，那里的人们足够关心环境，会为蜂鸟准备糖水或种上野花。

什么样的人会发出这种信息？有时，创业老板的心理会反映在他们的公司中，从而反映在他们处理安全问题的方式上。但发出这种信息不是下意识的事，发信人做不到直截了当，或者不信任我，但是出于某种原因，又不得不透露一二。这个人受限于我还无从知晓的游戏规则。

通常，信息不意味着消极被动。通常在某种程度上，如此令人惊讶的信息是在催人行动，但西尔维娜并没有提出任何要求。我想，她是让我跟着线索走。

在那里，在停车场里，我爱着那只蜂鸟，一种强烈而充满保护欲的爱，但是也对它爆发了怨恨，因为我既不能扔，也不能留。西尔维娜替我做了某个极为重要的决定，负担随之而来。

西尔维娜给我的标本是非法的，属于违禁品。

如果被抓到，如果我没看错法律条款，我可能会遭到起诉。

我应该销毁蜂鸟，找个办法自救，保持麻木的状态。

但是我没有。不是因为“蝾螈”这个词的谜团，而是因为蜂鸟和蝾螈之间关联不起来的空白。

我越是盯着那张纸，这行……就越困扰我。有什么东西在这行坐标上注视着我，如果有什么东西在注视我，我就已经卷入这件事了。

是密码还是象征符号？是求救还是警告？

【14】

接下来的一周，我似乎在异国生活。也许是因为我生活的国家并不真实存在，或者它真实的样子跟我们想的不一样。

像家庭晚餐之类的重复活动说明了我们多么喜欢例行日常仪式。

晚饭是猪排、芦笋和小金土豆，外皮酥脆，浸在黄油中。我吃了一盘，两盘，三盘。

“今天很累？”我丈夫问。

“对，午饭忘了吃。”

他有些意外，向后靠在椅背上。

甚至我女儿也从她的电子设备上抬起头来。

“心烦？”

“是的。”

我健身房的储物柜里有一只鸟。微不足道的谎言正变得越来越严重。微不足道的拉里，在那次意外相遇后的余波里变得越来越让人在意。

“是吗？为什么烦？”我丈夫是一只熊，但说到打听事，他更像是一只会挖洞的獾。他有他的道理。

那个箱子像脉搏一跳一跳地，发着光摇晃，里面的东西极度渴望打开盖子，飞出来转化成言语。

“她要做很难的决定。”女儿说，省得我回答了。

“你什么意思？”我问，语气过于尖锐了。

她耸了耸肩，“你总是这样。”

在她看来是这样吗？我那时笑了，但现在回想女儿的眼神，我很伤心。她知道一些我不知道的事吗？

我丈夫点点头，好像女儿已经向他解释了我的一天，我没有补充了。我又吃了些芦笋，切成脆片的土豆，再喝一口马尔贝克红酒。

我写笔记告诉过女儿我的工作，不像她总是隐瞒在学校做了什么。让她知道一些事情——比如在我进入就业市场时，几乎没有女性做我这类工作，在我公司里从事管理工作的女性寥寥无几。我是真的想让她知晓。

我问丈夫那天过得如何，因为不想再冒险谈论我的事。他开始讲已经带一个潜在的顽固客户看了六处完美的住房，边讲边冲女儿做怪相。女儿笑了，我又安全了。

我坐在客厅打牌熬时间，女儿上楼洗澡睡觉。我与我爱的熊例行日常活动，我可以拥抱这只熟悉的野兽，靠着他，咬他的耳朵。

树下的礼物要等到未来再开，直到如今仍然在等待。

【15】

记不清什么原因了，可能是在公司或在家犯了疑心病，我在路上买了一个应急包，放进了健身房的储物柜里，让那个厚实的包躺在柜子底发霉。我没多想，但不嫌麻烦地提前买了，用的是一张我丈夫不知道的信用卡，我从来没有告诉过他。

这并不意味着我打算离开家人。我想我只是为了保护他们，让他们避开忧虑、不良刺激和晚间新闻里讲的动荡局面，不让他们知道我相信我们可能将经历这一切。

所以我把蜂鸟的义眼挖出来，再全都藏在健身房储物柜的应急包里。在拿到蜂鸟第一周的某天，我锁了健身房男女通用洗手间的门，坐在破旧的马桶盖上，花了很长时间用指甲刀尖和牙签拆蜂鸟的眼睛。每次有可能弄坏它时，我都会停一停。

多么残忍的行为，违背道德和法律……但是公司的一个案例启发了我，有个客户的泰迪熊眼中安装了摄像头。

我用放大镜细致地观察标本，发现了支持我这么做的证据。我仔细检查时，看到蜂鸟的一只眼睛上渗出了一丝胶水。我晃了晃它，想听听有没有零件脱落的咔嗒声。

我的肾上腺素飙升，好像取得了什么成就一般，似乎对西尔维娜选择我的原因有所觉察。

蜂鸟眼珠下的眼窝里，隐约刻着纤细的小字，即使用放大镜也很难辨认。

是两个数字：23、51。

是数码组合还是密码？

我展开想象，有时想象会有所帮助。我试着从上帝视角看我自己：在简陋的洗手间里，狂热地挖出蜂鸟的眼睛。这个高大笨重的影子对一只小巧玲珑的蜂鸟做残忍的事。这种行为无论如何都是不对的。

那个人做了什么设想？下面这个人可能会错过什么？

有一个可能：数字只是标本编号，或者指代某个制造商，与西尔维娜无关。

尽管如此，我还是在一张纸条上记下了数字，把纸条塞进钱包，再把钱包塞进手提包。第二天，我会把眼睛粘回去，因为一想到蜂鸟没了眼睛，我就无法忍受。

先不理会这个谜团，不去拨弄连接它的线。但是一直以来，这根线都在拉扯着我。

【16】

对于已知的事情，我无法撤销或忘记。了解关于它们的事情令我伤心。

由于偷猎、栖息地丧失和气候变化，那伊阿得蜂鸟已经灭绝。野生动物贩运联盟制造消费需求——他们告诉那些愿意购买的人，这种或那种动物代表好运，或者即将为新贵所追捧。他们撬开那些装作视而不见的国家的金库。他们的交易量很大，因此在边境被缴获一两批货物算不上什么麻烦。

他们假借拉丁美洲有关爱情药水的独特传统，致使墨西哥每年被猎杀的鸟由原本的数百只增加到成千上万只，贩卖到世界各地。鸟儿被塞进小塑料袋里，有时不仅做了脱水处理，还清理得足够干净，用作项链的吊坠。兔子脚、整只死去的动物也可以做项链坠。话说回来，人一直都在穿戴动物制品。

因为人类不计后果的扩张，蜂鸟的迁徙之路变得更加艰辛可怕，它们前往夏季栖息地途中的休息站被一一夺走，不得不在食物和水源之间飞得更远。在迁徙途中死亡的蜂鸟变多了。同时，在南美洲，气候变暖导致蜂鸟偏爱的栖息地升到了山腰。其他物种也在寻找更凉爽的栖息地，导致更激烈的相互竞争，生存环境恶化。少数生物种群对疾病易感，造成小范围流行病，但对解决总体的问题没有帮助。各地大量使用杀虫剂和除草剂对生物造成了伤害。

最后一点，与其说是这种凶猛的鸟放弃了，屈服了，不如说是它们的数量太少了。由于气候变化，一些鸟类现在可以在南加州过冬。即使如此，对于太小的种群来说，这样的迁徙距离还是太长了。

我试图像西尔维娜一样想象，想象蜂鸟的最后一个探险小队，最后一个小种群出发了，也许只有十几只，甚至更少，尽最大努力克服路上的障碍。每一只都开始了史诗般的旅程。回不来的单向旅程。

但是也有快乐。即便如此艰辛，旅程中也一定有快乐和满足的时候，有避难所和饮食充足的时候。这不仅仅是一次筛选，还是一种生活。我坚持这一点，哪怕是自私地为了我自己。

【17】

日常生活是财富，是多是少都很珍贵，但在失去这种日常而真正为之痛惜前，你感受不到它的价值。

第二天晚上，我丈夫的姐姐一家三口来了——他们住在车程三个小时以外的地方，距离刚好，不会经常过来。他们要在我们这里住一周。我丈夫知道我只能这样坚持几天，不然幽闭恐惧症会发作，但一到周末我就能离开了。

外甥总是能激发我女儿当导游的兴致，所以他们经常在外面转。姐夫很少说话，姐姐则说得太多，虽然我很喜欢她。他们是两个极端，因此会打乱你的阵脚。姐姐在制药公司上班，一直认为我们是同行，因为我们都会用“策略”这个词。我一直问自己，是什么策略指导我毁坏了一只死蜂鸟。

晚上我不能放松地穿睡衣，有些不方便。过去的经历让我讨厌“欢度佳节”的气氛，那些折叠床、蒲团和狭窄的浴室。听了丈夫和他姐姐过去的不愉快，我翻了个白眼，因为我丈夫并不能一直意识到他过得有多好，我是指在家庭关系方面。我们每顿晚餐都配了太多红酒和啤酒，因为我们和姐姐一家相处得不总是很舒服。

姐夫是保育生物学[①]家，工作不容易，但当时我对生物学家不满。他们的关注点狭隘，世间还有那么多美好的事物呢。就算世界无法变好，生活也有变好的办法。自然灾害引发的灾难不过是暂时的，与 LED 灯、无人驾驶汽车共存，也不妨碍人们利用经过基因编辑的农作物帮穷人脱贫。

壁炉上放着热红酒，挂着圣诞袜。砍下来摆进屋子的冷杉有六英尺高，散发出清新的气味，挂着塑料和玻璃做的小装饰品，这些小玩意儿破坏了房子的风格。冷杉树在节庆里死去，在我们家的房间里死去。

我也许在丈夫亲戚来串门的时候沉默寡言，在外面的时候则是放松合群。谁知道呢？不过，我知道我的女儿像个行脚僧，无法停在一个地方不动。不扮演主人招待客人的时候，她会不停地帮我做家务，在厨房里帮忙，或者去买过节用的东西。到了现在回想起来，她的活力中带有一种狂热，就像在弥补我的某些不足一样。

壁炉和热可可，温暖着脸、手和肚子。晚餐是火鸡和炖红薯，颇为丰盛。饭后，大家穿着圣诞毛衣围坐在 U 形沙发上说话，一旁的电视上体育节目解说滔滔不绝，甜蜜的喧闹。

---

① 保育生物学是研究地球生物多样性的学科，致力于保护各个生物物种、栖息地和生态环境免遭灭绝。

这些真实发生过吗？是真的吗？

每天上班前，我会先去健身房。我休假的丈夫，甚至在我打开电脑之前就发来短信，需要我在回去的路上给家里买东西，跟我确认晚餐时间，或者他想到的别的什么事。即使我坐在办公桌前，也还紧紧地被抱在他的怀里，被家人包围着。

这种生活常态本应把蜂鸟跟我分开，越分越远，把西尔维娜的想法从我身上推走。尽管西尔维娜的世界已经开始侵占我的世界，我也可以拥有这种隐秘的生活，且不怕被吞噬。但是恰恰相反，我一直在想蜂鸟和西尔维娜的事。

“你幸福吗？”一天深夜，我在厨房桌子旁问丈夫。孩子睡着了，大人吃完剩下的饭菜后昏昏欲睡，面前的电视放着选秀节目。

他吻了吻我，我闻到他须后水的檀香味和身上的汗味，因为他知道我在说我觉得幸福。他仿佛必须监测这点。

但是，在内心深处，我知道我会跟随西尔维娜的线索，只是没有意识到那会带我走多远。

【18】

啊，那些花，西尔维娜，所有那些花。我在一次性手机上看到的视频让我着迷。这个手机是从应急包里拿出来的，我还不知道这个应急包将来会有别的用途。

这个造物跟我毫无相似之处，迥然不同。然而，因为它的顽强和它创造的奇迹，我的内心充满同情。这也是西尔维娜给我的礼物吗？世界是如何展现的？世界如何不断展现在我面前？

蜂鸟由于需要消耗大量卡路里，每晚都会进入一种假死状态，或“短时冬眠”状态。“蛰眠”是我脑袋里没有出现过的词，比如用在这句话里：“蜂鸟蛰眠时的新陈代谢会降低 90%，心率降低到平时的 1/15，体温从一百多华氏度[①]降到与环境相同。”

蛰眠时，蜂鸟的体温起初逐渐升高，变得很热，但随后变得很冷，像山里的石头一样冰冷。它们紧紧抓着树枝，隐藏在树叶后。它们会做梦吗？梦见了什么？从某种意义上说，蜂鸟每天死去一次，又在太阳下复活，花蜜就是它们的命。太神奇了，我了解得越多就越爱蜂鸟，越爱西尔维娜。我的感受一定与她相同，虽然我不可能知道她的感受。

还有那些花，还有将蜂鸟与我不认识的那些花联系在一起的词，比如“食蜜”。

> 那伊阿得蜂鸟的生活方式与同类一般无二，它们与开花植物，尤其是茄科植物保持共生关系。在太平洋西北部，它们通常采食高山飞燕草蜜，但也吃耧斗菜、柳叶菜和欧石南的花蜜。每朵花都提供了含糖零食，可以填满蜂鸟的小燃料箱以满足它们的高消耗，但也仅仅是够用，所以蜂鸟需要频繁采食许多花蜜，促进了授粉。

飞燕草！耧斗菜！柳叶菜！“小燃料箱”“高消耗”。所有这些新词都点燃了我内心的小火苗，我很高兴。我一般难以取悦，但这些

① 100 华氏度约合 37 摄氏度。

新的信息让我高兴。

蜂鸟会享用一种特殊的花，“安第斯山脉中海拔地区溪谷里，生长的蛾蝶花属茄科植物的花（英语俗称‘小兰花’，西班牙语俗称‘蝶花’）”。花中含强效生物碱，对人类有致幻作用。这种花对蜂鸟的进化产生了很大影响。蜂鸟头部的形状适应了“更好地帮助不能移动的花朵搬运花粉，相应地，花萼也适应了鸟喙的形状”。了不起的细节。

那伊阿得蜂鸟的舌头分叉，能有效地舔食花蜜。共同进化也影响了花朵，花的颜色、大小、开花朝向和花蜜含量是为了更好地吸引蜂鸟，利用蜂鸟将花粉传给繁殖对象。蛾蝶花作为一种鸟媒花，会将花药（雄蕊顶端部分）里的花粉全部释放到蜂鸟的头上，提高传粉的成功率。

这些花不挑选，也遇不到另一半，靠媒人蜂鸟心血来潮地促成配对。但雌性那伊阿得蜂鸟的配偶是精心挑选的。雌鸟拥有绝对主动权，想与之交配的雄鸟必须多才多艺才能赢得青睐——求偶是唱歌、跳舞和选美的全能比赛。

唱歌、跳舞、选美，与我的工作和生活格格不入，我该怎么对待这种空灵的生活方式，如何理解？

蜂鸟难道不是一个奇迹吗？

如果不将蜂鸟视为奇迹并好好保护，难道不是我们的损失吗？

【19】

第二天，或者第三天——有些记不清了——我装在拉里电脑上的间谍软件发出了警报，拉里的电脑遭到恶意攻击，但被安保系统防住了。我仔细查看，发现这次攻击只是个幌子，一个未知实体已经把他的文件翻了个遍，实际上，是隐藏了这些文件。

翻找文件的证据像危险的诱饵一样在屏幕上跳动。理论上，有能力破坏我们安全系统的人也应该能删除这些证据，但是这个入侵者没删。而且恰恰相反，入侵路径格外显眼。这是地狱的入口，我不会走进去。这次不像西尔维娜的谜团那样难懂。“入侵者是谁？”不值得为这个问题的答案而踏入陷阱。

我靠在椅子上，头晕目眩。要把这事告诉拉里或亚历克斯吗？不，否则我就得承认监控了拉里的电脑。我在房间里转来转去，思考怎么解释才合理，没有采取任何行动。最后，我判定拉里应该没事。公司的信息技术部有例行检查，确保员工的信息没有泄露。如果这真的是武器化的恶意攻击，信息技术部很快就会查清。

我在思考，艾莉带着关于西尔维娜的资料走了进来。当她把文件夹递过来时，我开始替她担心了。

“去让信息技术部检查一下你的电脑有没有恶意软件。”我说。

艾莉听了一愣，“怎么了？”

“让你去你就去。根据最新一批客户的情况，我认为提高检查频率是谨慎的预防措施。”

“好吧。”她看着我，像是在找某个神秘标志或象征符号，以得到更多信息。她慢慢开口，“顺便说一句，没多少。”

“什么没多少？”

“西尔维娜的资料，也许够了。但她家族的信息比她个人的多。她家不仅有钱，还有势力——储藏宫只是他们在那个地区的产业之一。维尔卡潘帕公司，她家族经营的跨国公司，在四十个国家有业务。我觉得他们会眼也不眨地抹掉数据。”

抹掉数据正是我们为客户执行的任务，以保护他们的名誉。我感到一阵恐慌，产生了一个昏暗压抑的念头，也许西尔维娜是通过公司认识我的。但是后来我调查得知不是。

“有可能。”我把文件夹放在桌上，试图以我笨拙的方式表现得随意一些。“再次感谢。”

但艾莉还没说完。

“我不知道你叫我查的是个恐怖分子。”

我抬起了头，“什么？”

“跟野生动物走私作斗争的动物权利活动家。在阿根廷制造爆炸杀了人，至少是外面是这么传的。她甚至还有一份宣言。”

我能理解艾莉的困惑。通常，异常的刺激会导致道德上的模棱两可或者伦理上的混乱。强盗资本家、科技富豪、华尔街大亨制造杀戮时，会远远地施展手段，而且不会亲自动手。

“宣言？”

“对，‘解放地球，不惜一切代价，得到自由或死亡——死亡属于反对者’之类的内容。我从西班牙语翻译过来。非常有煽动性。”

“也许有很多议论？”

艾莉双臂交叉抱在胸前，细细打量我。“就像我说的，她因谋杀和组织恐怖活动受到审判。虽然无罪释放了，但仍然……她过去有追随者，现在可能还有，就像一个邪教组织。据我所知，追随者里包括那些不喜欢被打探隐私的人。”

我想了想，点了点头，努力摆出一副扑克脸，想就此结束谈话。“知道了。再次感谢。”

但实际上我惊呆了。我不知情，猜不到，因为蜂鸟是那么的漂亮。

恐怖分子？杀人犯？

“我应该送花吗？”艾莉还站在那里。

“什么？”我不知道她是不是在说反话。

“给她家里送花。”

“为什么？”

“因为她去世了，就在最近。”

巨大的冲击。

但是为什么我会心痛？那张纸条不是已经告诉我了吗？西尔维娜不是用她的方式亲自告诉我了吗？然而，不知为何，我原以为我的任务是找到西尔维娜，找到她的人，不是她的魂。

“还有这个。”艾莉递给我一张黑白照片。照片上是一个男人，站在游艇船头，暗棕色头发，奇怪的西瓜头发型，胡子刮得干干净净，眼睛半睁半闭，小鼻子，穿着短袖系扣花衬衫和工装短裤，脖子上挂着一条显眼的金链子。他的嘴里含着东西，薄薄的嘴唇翘起，令我不喜。如果不看衣服，他就像变色龙，你可能不会在人群中注意到他。

“这是谁？”

“本·兰格。”

“我应该认识他吗？”

“你总说‘可信威胁’‘循环抵押贷款’。搜索这些，本·兰格的名字总是蹦出来。他在一家进出口公司工作，西尔维娜认为他那家公司走私野生动物，还涉嫌使用非法生物技术和交易毒品。兰格可能在替公司干脏活。”

“找得好。”我说。

“兰格是那种最恶劣的机会主义者，说好听点是一个反社会分子。”

艾莉的注解似乎过头了。我们一半的客户是反社会分子。

“所以呢？”

“我的意思是，西尔维娜的朋友很危险，西尔维娜的敌人也很危险。整件事都令人担心。”

“合理的看法。”我说。

我把照片放在桌子上，忍住不把照片反过来扣住。

“这样就可以了，对吧？”艾莉问，两只胳膊仍然抱在胸前。

这是恼怒的表现，隐藏着不安，她因为被动陷入负面心理状态而恼怒。在我们的社会中，犯罪活动不该摆到明面上。

我应该停下来吗？对我来说，继续下去似乎并无妨害，我只是顺势而为，收集数据，不找相关的人问话，做得不明显。所以我对自己的回答充满信心。

“继续挖，”我说，“风险很低。现在这些都只是表层信息。”

“继续挖，”她的声音平淡，“你要我继续……挖。”

“对，继续，肯定不止一张照片和——”我翻了翻文件夹，“区区十几页的资料。”

艾莉没说话。

刚才提到的西尔维娜父亲的公司引起了我的注意。

“核查维尔卡潘帕公司资产，空壳公司等等。”

“不。”艾莉说。

我放下文件。

“不？”

“这与工作无关。”艾莉说，“拉里告诉我了。”

拉里什么都不知道。拉里不是你的上司。

“拉里不——”

“管道公司的项目怎么办？”她问。

“花一个小时查一下维尔卡潘帕公司，死不了人的。”

“那就告诉我客户是谁，西尔维娜已经死了。”

我叹了口气。好吧，演戏演到底。

“你已经注意到了，维尔卡潘帕的公司在本地开了很多家，西尔维娜的死可能打开了一个机会。”

有说话这么冷酷的吗？从艾莉注视我的目光来看，她一定这么想。

我突然想起来，我没有试过将艾莉和我绑定，没有做过什么事来让她忠诚于我，因为那像在耍诡计、设陷阱。现在，我发现我一点都不了解她，对她的个人生活一无所知，很少带她去吃午饭。我的兴趣对我很重要，但对她可能不重要。现在是我要付出代价吗？这是办公室政治？拉里多半是出于同情才告诉了她。

“就一两个小时。”艾莉妥协了，但我想知道她真妥协了还是装的。她出去了。

怪了——我希望艾莉独立，我本希望她质问我，而现在……

直到后来，我才怀疑她当时已有更多发现，却没放进文件夹里。

那些发现让她不安。

【20】

那时的我体力充沛，误以为力量能当盔甲。我像吸了毒，力量往外溢，又像能量一样流回体内。拥有力量让我在某种程度上忘乎所以，心怀侥幸，有了找借口的理由。

更糟糕的是，在调查西尔维娜时，我为自己学过犯罪学和心理学而骄傲过头，仿佛凭借于此，我就能在一个迷雾重重的世界里生存，甚至过得很好。我上大学时就知道练健美不能当饭吃，或者我不确定能不能，更确切的说法是：如何让锻炼力量不仅仅是一个爱好。

我模糊的想法是当警察，或许有一天会当侦探。不管来多少个男的我都能提膝击倒。我可能很显眼，但看起来也不好惹。我会加入那群小伙子，至少假装是其中一员。但是，你所面对的事不总能符合设想。所有的事都不直截了当，你的力量可能无法与之匹敌，就像拳击手不知道怎么与摔跤手战斗一样。

但在表面之下：即使不去破案，即使没能成为侦探，我也会是拥有最多信息和最大控制权的人。如果你无法理解死亡的意义，那么别人也不会真正理解，可能牧师除外。但我没有转向存在主义或宗教。我们家没有存在主义者，也没有宗教信仰。我的哥哥较为接近，但在他身上表现出来的更像是一种灵性，一种看到星空的敬畏。“宇宙过分广阔。”哥哥从来没有搞明白过这个世界，但他并不为此所困扰。

心理学是犯罪学的表亲，也许我内心的某处也想找办法了解我们的祖父。我看不起他，但有时想唤起他那种纯粹、粗暴、直接的危险气息。

但是，随着时间的推移，我破案的热情已经消退，露出了愤怒和悲伤。

哥哥的死因鉴定为溺亡。

我不信。

【21】

艾莉只找到一份西尔维娜的讣告，登在布宜诺斯艾利斯的一份利基党左派报纸上，报纸有网络版。讣告寥寥几句，没有照片。仍然有掩盖真相、清除数据的感觉。

艾莉先把西班牙语的讣告用机器翻译成英语，再进行整理。讣告里说西尔维娜于一周前去世，但没有说死因。“网上没有查到挪用公款的事。”艾莉在页边空白处写道。

维尔卡潘帕，环境和动物权利的热心捍卫者，著名实业家和商人的女儿，终年54岁。维尔卡潘帕生于布宜诺斯艾利斯，长于佛罗里达，后赴太平洋西北部地区高校求学。20世纪90年代，五名涉嫌走私野生动物者失踪。维尔卡潘帕受指控谋杀了五人，遭到逮捕，后因证据不足被释放。后不久，维尔卡潘帕回到美国帮其父管理数家公司。21世纪初，维尔卡潘帕被怀疑犯下更多罪行，包括从其父一家公司挪用公款，但没有证据。近期，维尔卡潘帕因涉嫌与生物恐怖主义组织联系而受到调查。

“生物恐怖主义”引起了我的注意。我知道激进主义是如何变成恐怖主义的——部分原因是法律界定的变动。但西尔维娜的生态恐怖主义是怎么变成生物恐怖主义的呢？在最新一轮含糊不清的指控之后，西尔维娜被禁止回到出生国，但是美国允许她留下来。为什么？

不知道什么原因，西尔维娜的父亲设法避免自己的名字出现，就算在这么一段简短的文字里也不行。害怕媒体还是被施压了？

艾莉还发现了一份当地的交通报告，报告中称，“西尔维娜·维尔卡潘帕”是七天前“肇事逃逸”的受害者，警方正在搜寻一辆SUV或小型货车。“没有其他当地消息。”艾莉写道，“没找到葬礼的消息。”不知道西尔维娜是被埋葬还是火化了。交通报告没有跟踪报道，这很可疑。通常情况下，报纸会在交通报告或警方搜捕下方写跟进的情况。难道西尔维娜父亲又插手了？

我尽力不去想象一辆汽车撞到人体的暴力画面，翻过了这一页。

六七年前，西尔维娜利用维尔卡潘帕公司创建的非营利艺术组织开始了某种社区服务。她在尝试与老维尔卡潘帕和解？她曾短暂地资助过“生态艺术家”，生态艺术家们用再生塑料在野外的湖里造了一个小岛，在岛上组建了自己的社区，名为“统一乌托邦”。视频中的西尔维娜会给他们搞的那一套贴上“资产阶级”的标签。看过视频后，这事让我觉得很可笑，但在当时它极大地影响了西尔维娜的自我认知。

这个社区成立得快，散得也快。

过去四五年来，西尔维娜不知所踪，活动不详，目的不明。

我能感觉到自己血压飙升，那封信和储藏室钥匙更加令人紧张了。

现在肯定没人关心统一乌托邦的事了吧？尽管如此，午休时我还是乔装去了一家破烂的小网吧，检查统一乌托邦的网站是否还活跃。不再惹拉里心烦。

网站没有更新，但还在。大部分内容是小岛的照片，排版华丽流畅，有一种经过品牌推广公司设计的感觉，也的确是经过了公司设计的。

网站上有一张平面图，看起来更像是一艘宇宙飞船或大教堂的布局图。图中是一个长而宽的空间，两侧分布着圆形和半圆形的房间，最终通往主厅，一个巨大的穹顶，罩着访客中心和自然环境展厅，展厅被宣传为具有“不亚于天文馆的震撼”。但是宣传片已经没有了，只剩一些文字，讲述统一乌托邦如何受到了博物学家洪堡的图表的启发。图表画的是一座山，从山谷直到缺氧的山顶，按海拔高度标示了全球丰富的栖息地类型。西尔维娜用“统一乌托邦”来表述荒野将人类纳入其中的理念，整体观的思想。这并非洪堡的用词，而是西尔维娜的，这是她对散佚经典的贡献。

然后我注意到访客中心的一张照片上有一类特殊存在：动物标本，是非常普通的熊首标本，以及较为和善的海洋生物塑料模型。

这有什么含义吗？

算了，我在公共计算机上挖得越多，事情就会越糟。但是我很好奇，这个项目受到了市政资金支持，是否有项目预算或者供应商方案？比如，是谁提供了那些动物标本？

果然，“各类动物模型”出现在一份旧方案中，公司名叫“动物魔力”，虽然现在已经破产，但在网上很容易找到。

动物魔力是一家提供多种服务的公司，甚至包括提供生日派对用的动物吉祥物。如果够仔细，能看到这家公司还有一份第三方供应商名单。

名单里只有一个是做动物标本的，卡尔顿·法斯克，在布鲁克林。

我靠在椅子上，在那个潮湿、幽闭的空间里，周围都是敲击键盘和鼠标的声音，天知道那些人都在搜索什么东西。

我找到的是一个有用的线索吗？或者只是凑巧？

我还不知道其中的区别。

但是，在内心深处，我很兴奋。

我在研究这个谜团时头脑是清醒的，就像过去都是在犯迷糊却没意识到一样。

这足以让我产生追查下去的想法。

我需要把我的追查合理化。

【22】

我去了亚历克斯的办公室。他的办公室也是玻璃房间，一张简约的办公桌，一幅捕鲸图，镶着维多利亚式金色边框，角落里有一个短粗的人造多立克柱，上面放着一碗小熊软糖。画和柱子大大破坏了办公桌的极简主义风格。像往常一样，屋子里是他的古龙水味，刺鼻难闻。

亚历克斯从笔记本电脑上移开视线，抬头看我，戴着不知道对他有何用处的眼镜，给了我一个愉快的微笑。

“你知道，艾莉提出加薪。”他说道。

没有寒暄，就如同他来我的办公室找我时一样。

“哦，真的？”公司的员工级别是不断变化的，但我负责艾莉的业绩评价。

“是的——她表现出色。感谢你让她一直在正确的方向上发展。”我们用的都是些什么死气沉沉的词。

意思很明白，艾莉抱怨过维尔卡潘帕的事了。

“我同意。”我说。

亚历克斯看起来很满意我的回应，似乎他本以为需要争论一番。

“所以你想要什么？”他的慷慨对我有用。

我想要的和需要的——是一样的吗？也许我有些希望亚历克斯拒绝我，需要他拒绝并阻止我，因为我不会阻止自己。

“我知道这比较仓促，但我需要去纽约参会。”

亚历克斯皱起眉头，“我以为，我们今年已经决定不去了。”

“我又查看了一下。那个会应该对我们正在做的一些工作很重要。”

亚历克斯摘下眼镜，开始咬一根眼镜腿，上面的咬痕已经有很多了，塑料里面的金属丝露了出来。

“今年有点像重建公司的一年。你已经有管道公司的项目了。”

“管道公司项目艾莉做得很好。就像你说的，她表现出色。”

他审视着我，像要给我量衣服尺寸那样全神贯注，似乎在想我是不是在学他说话。

“既然你提起艾莉，她说你让她做的调查是白费力气。”

明明是亚历克斯先提的艾莉，但无所谓了。

“我没跟艾莉细说，但我认为维尔卡潘帕公司是很好的可以发展的客户。维尔卡潘帕是跨国公司，总共数百家分公司，本地也有，还投资了一些流行品牌。就像你说的，重建年。维尔卡潘帕的一些代表将会去纽约。这可能是个数百万的单子。”

我没说维尔卡潘帕旗下的是山寨牌子，大多都是二三线的，模仿人们熟知和喜爱的品牌。没说维尔卡潘帕有内部安全分析师。也没说即便我是认真的，家族公司的等级制度也很僵化，意味着找门路和约谈业务都很难。

亚历克斯考虑了一下。我从未做过，也不擅长开辟新业务。他曾当众说，开辟新业务不是分析师的工作。但在大多数情况下，我都格格不入。我的体形让男人不舒服，也让女人不舒服。

“是的，艾莉说你正在研究那个公司。我得承认，我想知道为什么。不过，你提得比较仓促，管道公司项目不能真的——”

“这样吧——作为交换，今年拉里代替我去你的游艇上休养怎么样？”

怒气一闪而过。我看到了，很明显。亚历克斯想发火，但必须控制。我们彼此都知道，我永远不会得到去游艇的邀请，永远不会。他的怒气消失了，但我已经消耗了我在亚历克斯那里的资本，不知道再消耗多少就会受惩罚了。也许惩罚甚至会伪装成某种奖励。

亚历克斯看也不看我，用漫不经心的语气说，“哦，说什么呢——去吧，玩得开心。别叫客房送餐，别订带镀金马桶的房间。”

那是我该笑了的提示。但我并没笑。

【23】

“努力创造更美好的世界，但永远不要忘记你生活的这个世界。”

这种强烈的欲望很奇怪，我在其中生活，但研究它时我却站得很远。我在会议上向客户展示图表和工作计划，他们不知道我其实在别处，在另一个世界里。起初我也不知道自己这样，但有一种奇怪的感觉，我边讲解边监视自己不集中的精神。单击按键翻幻灯片；从陈述转为提问，只问有把握的问题。我凭着很多场讲解形成的肌肉记忆，把会开完了。

我穿着尼龙长袜，对客户意味着“熟悉”和“安全”。高跟鞋，鞋底宽大而实用。硬挺的深灰色西装将我裹得严严实实，将客户拒之千里，窥探不了我的想法。

但我的思绪不断翻涌，越来越奇怪。我每晚都在做同一个梦。蜂鸟如同一个小小的神灵飞下来，飞到我们屋后的露天阳台上，似从仙境下凡，全身散发出璀璨的绿色、蓝色和粉色光芒。蜂鸟从天空急速降下，仿佛在显露自己的真面目。整个过程中，空中仿佛有一只隐形的手把蜂鸟从高到低不停地移动到我上方，停住。

蜂鸟轻盈地悬停在空中，给了我一个傲慢甚至轻蔑的眼神。这个眼神看穿了我，发现了我还不够格。

随后，左侧吹来了一阵微风，蜂鸟乘风转了个方向，消失了。我从梦中惊醒，出了一身汗。卧室里的表发出滴答声，声音太大了。

我们社区来了一架来历不明的无人机，不是送快递的，是新出的小型号，可以停在树枝上，几乎不会引起注意，让人觉得那是一只鸟。另外，我喜欢无人机，喜欢一下单，东西立即送到。我会把塑料包装扔进废品回收箱，从不问为什么我能神奇地收到快递。我们可以熟练地制造无人机，但不能停止向海洋倾倒塑料垃圾。

我的心神仍然迷失在梦中。

【24】

工作日一晃而过，突然就结束了。我感到意外，但是兴奋无比，表面上还是要维持冷静。星期四晚上，我离开的时候锁上了办公室的门，不想让拉里进去。但如果他愿意就能进，任何人都可以。

气温回升，带着些许湿冷，不是这个季节该有的天气。路边的排水沟里的水闪着光汩汩流过，里面的碎冰碰撞出叮当声。洪水预警代替了冻雨预警。没到春天花就开了。我开了自己的车去机场，跟我丈夫说临时停车比让他接送方便。他嘟囔着提议接送我并没有说服力；以前我有几次突然告诉他要出差开会，他总是担心。他一担心，我们女儿的脾气就变差，哪怕大多数时候这孩子都不知道我在不在家。

去机场的路上，我要停两站。第一站是健身房，不是去运动，而是为了检查蜂鸟是否安全。我可能想错了，也可能多虑了。我当时估计是想拿上几套便服，让自己安心。

箱子在，蜂鸟也在。

倒是查理一反常态地来找我说话。我本能地用身体挡在柜子前，这样他就看不到箱子了。

“有什么事吗？”我以为自己违反了健身房规定。

“有人跟着你过来了，”查理说，“两个男的——开着一辆黑色SUV，停在停车场靠后面的地方。”

我笑出声来，太荒唐了。为什么荒唐？我心中小小地响起警报，但我不知道为什么。是因为这个消息，还是因为我听了这个消息的反应？

我向外看了看，皱起眉头。停车场没人。“我没有看到任何人。”

“我说的是上次。这次，谁知道呢？”

“你是认真的？”我故意用一种你有疑心病、你以前的怪脾气要暴露了的语气问查理，用我业余的心理学技巧来转移他的注意力。

“你以为我和你说话是为了闹着玩还是什么？”

“不是，没有。”

“有人盯上你了。”

“我什么也没干啊。”我脱口而出。

查理笑了，就像听了个笑话。“你肯定干了什么。”

“没人跟着我，查理，那儿没人。”

事实上是我还没准备好，不相信在网上查查资料会牵扯到现实世界。

查理看我的目光像是在说你太天真了。他耸了耸肩，“好吧，没人跟着你。”

他坐回到椅子上，拿起报纸，不自然地用手一抖，把正在看的那一张顺直，没再和我说话。不会在我这样的傻瓜身上浪费更多时间了，他简洁的肢体语言这样说。

最后，我把蜂鸟留在了柜子里。因为我已经找出了我需要的东西，并且没有时间处理它了。

下一站是咖啡店，我在那里收到了西尔维娜的信。我整个星期都没去，够不上用“安全”或“不安全”来解释不去的原因，但是有些东西被打破了，咖啡店不再是庇护所，甚至暂时去休息一下也不行了。

再去的理由只有一个。我留心了一路，没有黑色SUV，没人跟踪。我努力回想着过去某个会议上，幻灯片里列出的有关跟踪的条目。陈旧的内容，但对我是新知识。

我坐到一张不太稳当的桌子旁，面对着吧台。我回到了某些罪行的案发现场，只是还不知道是什么罪行。

我对周围环境更敏感了吗？是的。我的心跳加快了吗？没有。

给我信的咖啡师站在吧台后面，试图装作没看见我。我其实有点期待他不在店里，有可能跟平时的轮班时间不一样，也有可能直接消失不见。他是一个又高又瘦的年轻人，留着短胡须。店里并不比外面暖和多少，他却只穿着长袖T恤和牛仔裤，外面围一条咖啡店的围裙。

他招呼完顾客之后，我向他招手。有那么一瞬间，他看起来像是要从后门逃出去。如果他跑了呢？我会去把他找出来吗？

但是他没跑，而是叫了一个百无聊赖的戴鼻环的红发女来看店。咖啡师坐到我对面的椅子上，身上散发出丁香香烟的味道。一种带着迷惑的反抗精神点亮了他的面容，好像投身了某项事业，但不知道自己在支持什么。

“我已经告诉过你了——信是和钱一起给的我。没有人记得是谁给的。”我拿出一张一百美元的钞票。通货膨胀率飙升，谁知道一个月后一百美元能值多少。

“我只有几个问题，与信无关。”

他看着我，带着一种遗憾或厌恶。为什么？因为我侦探扮得业余？

“我得尽快回去招呼客人。”他说，但是把钱装进了口袋。

“你在店里见过我很多很多次，对吧？”

他顿一下，才点了点头，好像这是一个带陷阱的问题。让我们称他为“丁香”，因为我厌倦了输入“他”。

“我在的时候，你看到很多其他常客也在，对吗？”

“对啊。”潜台词是：“那又怎样？”

“那些人里有任何一个在这一两个月没再出现过吗？”

丁香想了想，“我觉得有，一些人不来了，路那头新开了一家咖啡店。”

“不来的人中有女人吗？”

“可能有。”

“她们之中有像这个人的吗？”

我把西尔维娜的照片推过去。十年前的老照片了，拍得不太好，图像也有点模糊，但镜头拉得足够近。

丁香拿起我打印的照片，呼气，吸气，把照片放下。他现在是不是更紧张了？

“需要一些时间才能认出来。她经常戴着深色太阳镜，头发是金色的，但我认为脸长得一样。”

乔装的西尔维娜。为了不让我还是不让跟踪她的人发现？抑或只是躲避光线？

“你多久见一次她？”

丁香又暂停，重启。

“我说不准她什么时候开始不再来了，或者她是否就不来了，只知道有一段时间没见过她了。不过，我不确定多久，店里人很多。”

“我在的时候，她曾经也同时在场吗？如果你记得的话。”

“她总是早上来，很早。所以，是的，她在。”

我的肾上腺素激增，兴奋还是恐惧？

“她有最喜欢坐的位置吗？”我问。

“哦，我不知道，也许有吧。”

“你是说她不在店里坐，外带？”与客户谈判的惯用伎俩，把话递到他们嘴边，他们不得不给出反应，信息就撬出来了。

“不是。”

“那她坐哪儿？”

丁香指了指，越过我的肩膀。

我转身看了看，又转回来问：“那里的那张桌子？靠着窗户的？”

他点点头。

有那么一瞬间，我感觉自己回到了农场边的河里，溺在里面，永远困在那一刻。

即使我无法呼吸，还是努力问：“她来多长时间了？”

“断断续续地，大概有一年了吧？”

我坐的是我最喜欢的位置。

根据丁香的说法，西尔维娜在去世前的一年里，曾跟我来同一家咖啡店，坐在最适合观察我的地方，不引起我的注意，甚至连随意的搭话也没有过。

“你偷窥了吗？”我突然来了兴趣，也许是想惩罚丁香，身体前倾，侵入他的空间。

“什么？”看丁香的表情，他想歪了。

“你偷窥了吗？信封里的东西？”

“没有，我不会做那种事。”好像我指控他犯了严重罪行。

“哪怕是稍微看了那么一下？”我忍不住想分享，问问丁香的看法。但那会进一步扩大影响范围，万一待会开来一辆黑色SUV，从车里下来的男人也坐在这个位子问他情况怎么办？

丁香摇摇头，面色铁青，放在腿上的双手紧握。

是时候让他从我的痛苦里摆脱出去了。凭着直觉，我拿出了艾莉找的兰格的照片。

“最后一个问题，你认识这个人吗？”

“不认识，没见过。”丁香毫不犹豫地回答。

“好。”我表示怀疑。

但我的罪过比不信任他更严重。

我想的是兰格会伪装起来，伪装得太好，好到面前的这个男人根本注意不到。

【25】

蜂鸟的巢穴是另一个奇迹。它们经常在铁杉、北美云杉、红雪松、花旗松树上筑巢。蜂鸟很小，针叶在它们看来就像树枝一样。鸟巢织得精巧，直径只有三厘米。

> 那伊阿得蜂鸟用喙当作钩针，把轻飘飘的地衣、苔藓和柔软的植物混合编织成幼鸟的吊床，依附在布满蛛网的针叶上，一到两个匀净的白色鸟蛋会在其中孵化数周。雌鸟会分泌出富含细菌的液体，涂在每个蛋上，保护幼鸟免受病害，否则幼鸟破壳时就会染病。幼鸟用喙——只有人类婴儿乳牙的一小部分那么大——啄开蛋壳，立刻向雌鸟索求食物。雌鸟反刍花蜜和

富含蛋白质的昆虫，尽职尽责地喂食。

幼鸟留在巢中的时间不到一个月。短短时间内，它们必须长大并从母亲那里学习重要的生存本领。月底，长齐羽毛的幼鸟准备飞往一万公里之外的未知之地。

或许在过去几千年是这样的。现在蜂鸟太稀有了，我柜子里的那一只对于愿意收藏的人来说，价值超过百万美元。

如果可以给死去的生命标价的话。

显然，可以。

全景

【26】

那时我既喜欢也不喜欢坐飞机。安静、凉爽的机舱，玻璃杯中刚刚好的冰块，经验丰富的旅行者之间融洽的氛围，只是偶尔被那些还感到新奇的人打破。独处的自由，独自思考的自由。头顶的聚光灯只照出重要的事物，灯光下芳香的空气显出珍珠般的色泽。飞上高空后一动不动的感觉，脱离于时间之外，历史之外。就算因为天气原因延误了，在头等舱里也几乎可以忘掉这个世界有多糟糕。

但是，即使在头等舱，座位也并不总是宽敞到令人舒适。视情况而定。

我一直是个大个子——骨架大，臀部宽。“肩膀像橄榄球后卫”，我父亲这么说。他会边拉开我的肩膀边说“挺直”。他说的那些暗示把我当“儿子”的话，“学手动挡，别学自动挡。”“跟我去打猎。”（我不去）。直到有一天，我上大学的时候，母亲说的话让我意识到，父亲说的和做的只是他父亲对他说过和做过的所有事。我有一个想法，纵观历史，一连串的父亲机器人说着同样的话，干着同样的事，做儿子和做女儿的被祖祖辈辈的鬼魂缠住了。

从那以后，我再也没有让父亲拉过肩膀。祖父的鬼魂还在的想法令我厌恶，我一直很讨厌他。也许这也是我父亲喝那么多酒的原因，与农场或母亲无关。起初是这样。

在那次飞行中，我思绪万千：蜂鸟、蝾螈、农场生活、我哥哥，最后落在西尔维娜身上，她的资料、她的家族。

西尔维娜的父母还活着，在阿根廷。我先看照片，再看其他资料——老招数。先看资料总是会让照片代入某个故事，但有时照片想讲述的是另一个故事。

第一次见到族长马蒂亚斯·维尔卡潘帕是他的一张近照，七十岁出头，一头浓密的银发，红润的脸上长着麻子，表情阴郁。他的眼睛里燃烧着可怕的怒火，并没有因为是商务照而缓和表情，甚至可能以愤怒为荣，要表现出愤怒。然而，从那双眼睛下方的眼袋和透露出优柔寡断的下巴，我看出了意味着失败的懦弱、脆弱或困惑。他的愤怒要么是为了转移对弱点的注意，要么是为了加以弥补。

他逃离了实行高压政权的阿根廷来到迈阿密，变得更加富有之后又回到了祖国，其势力之大和数百万美元身家之巨远远超出他那牧场主祖父的想象。他在此期间创建的商业帝国集中于采矿、石油和其他的高污染行业。在非洲和中亚国家争夺油井和矿脉，掠夺管理不力的南美国家。

在阿根廷，他似乎不想弄脏自己的老巢，坚持经营牧场，甚至捐助环保组织。而在其他所有的地方，他雇用大批私人保镖，依靠私人律师团的冷酷手段，大肆剥削、掠夺、污染环境。

马蒂亚斯拿什么当消遣？他热衷于打猎，获取战利品。目光呆滞的长颈鹿、狮子、水牛和熊伴着他出现在一系列令人不快的照片上。我猜在那些时候，他的困惑会减轻、消解，或者暂时消失。因为至少——西尔维娜会说至少的至少——打猎有确定的目标，在打猎后、死亡里得到平静。

我了解这个人，与我的客户非常相似。他们就是这样摆姿势，这样炫耀胆量。我们尽量不去想的一条常识是：一些客户有自己的安全团队，里面的人都是军人出身，除了修复安全系统，还会为老板做其他事。

这证实了为什么关于西尔维娜去世的信息如此之少，她的父亲平息了事端，这是常规做法。在我办公室相对安全的环境里，我设想过她父亲对我的窥探会有什么反应。

他本会在数十年里都以女儿为耻，反对她，与她争吵，即使他的家族姓氏是一个可耻的骗局。他宣称自己的姓氏维尔卡潘帕证明了他是本土血统，但据我所知，这并非他的原姓氏，而是他从商后编造的。

马蒂亚斯是否已经不能再容忍西尔维娜的所作所为了？

我继续查看西尔维娜的母亲卡塔利娜的信息。

即使跟马蒂亚斯众位绯闻情妇的照片放在一起，也很容易找出哪个是卡塔利娜，我甚至不用翻看文字介绍。她很像我的母亲，虽然谈论我母亲是件很难的事。卡塔利娜看上去疲惫而憔悴，稀疏的灰白色头发，身着缀有亮片的华服也无法让人忽略一个事实，它们正在从她身上吸取生命，或者在嘲讽她：想想你的丈夫吧，他大部分空闲时间都在跟死了的动物摆姿势。

卡塔利娜受到许多人的爱戴，因为她是丈夫慈善捐赠的代言人。他们捐款建造了图书馆和大学的教学楼。关于“维尔卡潘帕”这个名字及其对土著群体的意义有一些小争议，“维尔卡潘帕”与慈善事业联系在了一起。但最后，那些小争议没人在意了。

对很多人来说，维尔卡潘帕夫妇不是坏人，连边儿都沾不上。他们是社区的顶梁柱。他们相信未来，相信自己在为未来做贡献，即使他们正在毁掉未来。我的车可能加过维尔卡潘帕石油公司的汽油，我手机的零件可能是由各个维尔卡潘帕矿业公司提炼的稀土矿物制成的。

我自己也去过了维尔卡潘帕的储藏宫，那里似乎是他们商业帝国的边缘，势力范围的最外围，留下的最明显的企图扩张痕迹，然后适时地撤退——劈裂大地采油掘矿才是他们的专长。

储藏宫想必是西尔维娜负责管理的公司之一，因为那地方谁也不在乎。据我所知，目前储藏宫仅有百分之二十五的容量投入运营，因此一定被当成了避税项目；也可能只是被遗忘在某张电子表单里了，毕竟维尔卡潘帕的商业帝国如此庞大。

我想知道西尔维娜的管理名录上还有哪些公司，整张名录意味着什么。

但是，我最想知道西尔维娜祖辈的鬼魂是什么样子。哪些词句被继承了，什么版本的“开手动挡”“打开肩膀”？我们成长的环境差异有多大？她不管怎么拒绝穿象征地位的服饰，也都习惯了作为新贵族拥有财富。而我属于中下阶层，在农场里长大。我们的友谊会是什么样的？无法想象。

兰格应该摆在什么位置？单纯是敌人还是比敌人更复杂？一开始，我感觉兰格跟马蒂亚斯差不多，就像亚历克斯知道与哪些客户能在晚餐桌上一拍即合一样。兰格和马蒂亚斯来自不同的世界，他们之间却存在着某种联系。倘若是假装遵守道德和伦理，他们的联系经不起审视。

兰格的出身背景粗略地拼凑在一起，并没有多大用处。兰格在新罕布什尔州的森林里长大。他的父亲收集枪支和纳粹纪念品，其中甚至有一门大炮。在他父亲去世后，房产连带着大炮一起卖了。兰格去大学读工商管理专业，后来退学参军，没多久又从军队里出来参加了美国和平队[①]，跑到苏门答腊服务两年。兰格的前妻也是同一个和平队的，两人后来在危地马拉离婚，没有孩子。离婚后兰格移居厄瓜多尔，又去了智利。他的口头禅可能是“无论如何都要出国”。这些是兰格特别的从军经历？后来是他的常规行动——误入涉及野生动物走私的进出口行业？他也是左翼无政府主义团体的一员，彻底否定了他保守主义的父亲。

还需要很长时间才能揭开兰格的真面目，就像黑暗的深海里短暂现身的一个生物。

我想起了艾莉的警告，想起了我在拉里电脑上的搜索，然后把思绪和朗姆可乐都放在了一边。

在黑暗笼罩的舒适中，飞去纽约。

这是我最后一次坐飞机去外地。

【27】

会议室让人感到小而拥挤，像一座孤岛。熟悉的日程安排，熟

① 由美国政府运营的一个志愿者组织，主要开展国际援助活动。

悉的笑话，“破坏者”和“无人机”毫无意义——第一个词不断重复提起，第二个来回变换说法，欲盖弥彰。会上介绍的那些听起来很好的新事物和生物技术的进步，与审视安全工作的新视角或许很吻合。嘈杂的讲话声如波浪般起伏，但几个月前就已经确定的议程里没体现这些内容。

有一些长期存在的问题本可以得到合理解释，但在专家小组讨论那些快要过时和无关紧要的主题时，又被拿出来大声吆喝。“报告工具中的智能手机病毒置换”“极权主义政权更迭中的家庭安全渗透策略”“人兽共患病毒领域的未来机遇”“无线跟拍相机七鳃鳗™的远程访问”，就是民族国家渗透、第三方虚无主义者、勒索软件、黑客大会。

这台踏车在我们脚下不断变化，长出了毒牙和尖刺，即便它正在为我们的行为买单。国家内部政治动荡，海外民族国家失败，阴谋论混淆事实，从不宣之于口的暗流涌动有一种不可预测的美妙。国家领袖倾向于管控有益于我们的安全行业。讽刺的是，看似严肃的辩论讲出了潜台词，是我们从未说出的真相：共和国可能会变成一具空壳，国界可能会成为死亡和痛苦的凶险之地……但这只会进一步保障我们的工作。

我 30 岁时，在这个曾经光鲜亮丽的国家里住过这家曾经光鲜亮丽的酒店，现在不景气了。酒店大堂装潢过时，昏暗沉闷，用“独特的精品香气”进行了现代化改造。房间一隔再隔，越来越小。如果你不走运没有抽中选房彩票，如果你跟我个头一样，那你躺在床上就能用脚感觉到对面墙壁的质地。铲子猪托付给过于狭窄的壁炉架。我们俩都摇摇欲坠。但酒店的无线网速超快。

在纽约，几乎没人觉得这座城市还有什么魅力。那一周，袭来的现实打破了幻想。每个人都感受到了压抑。荒野大火吞噬了中心地带的各州，旋风席卷了其余州。水力压裂[①]造成的地震无处不在。经不起细想的石油管道发生泄漏。大流行病的传言愈演愈烈。

人人都在猜测。我经过走廊往目的地走去，到处传来你不想听，但又听得见的只言片语，其中大多数在过去几年中循环重复，就像产品推销一样。因为我们不愿相信发生的一切。

“冰盖意味着有开采资源的机会……”

“你不能永远指望化石燃料，所以塑料……”

“我会投资防水设备，总是……”

“我老板搞了几个地下避难所，为世界末日做准备……”

“是时候想想怎么逃生了……”

汽油的臭味跟着我们进了会议室。楼外是无人机运送包裹的嗡嗡声，逐渐靠近，又逐渐远去。舞会大厅的墙壁上挂满了霓虹灯拼成的标语，极其乏味，令人不想描述。有一只鸟被困在了开场致辞的地方，但我们都拍了视频，以为那是一架无人机，是竞争对手某种偷偷摸摸的营销手段。

纽约的大多数人已经开始戴口罩，隔绝污染，同时也在保护隐私。致辞的主题是从技术层面来说的，戴口罩成为全球趋势。随人脸识别软件而来的是什么？即将会发生什么，影响我们所有人？我漫不

① 水力压裂，指用高压力液体粉碎地下岩石来提取石油或天然气的过程。

经心地想，不知道这里谁是别国政府的间谍，谁是美国政府的间谍。

收到短信：>> 爸问你想不想我们。

我正在讨论生物技术监控的小组里坐着。小组成员的发言忽略了所有道德问题，一味追求更高超、更隐蔽的监视手段，让我汗毛直竖。

我：想，特别是现在，开会很无聊。

>> 爸问……

所有事都是她爸想问的，否则这孩子不会给我发短信，一点也不坦率。不过就算我丈夫给我发短信时没让她代发，我也不埋怨我丈夫。

但是我这回的追寻行动不是对他不忠。

到当天最后一个人发言时，我边听边想我们是否应该放弃抵抗，任凭洪流淹没，淹没在上下班高峰车流的喧嚣里，淹没在庞大的匿名数据里。我们总是要保护隐私安全，却也强调保护措施并非“不可破解”。淹没在为了保障病患生活质量的艰难努力里，病毒让他们长期低烧。每个人都吹嘘自己的防病毒妙招，但那都是他们凭空想出来的。

小组讨论结束之后，我在走廊里对一些人说了我的想法，他们置若罔闻。我因为报名参会晚了，没有加入任何小组。但这个行业的人多多少少都有些自命不凡，或者说是愚蠢。

“还在那家垃圾公司工作吗？”一个声音问。

我转身，是直接竞争对手公司的人，爱穿五颜六色的宽领衬衫。他之前创办的科技公司破产了，他再也当不了总裁了。

“是的，我还在那家垃圾公司工作。”我用单调的语气说。

“好吧，如果你考虑过为一家真正的好公司工作——”

“我会杀了你，吃掉你，用你的骨头熬汤。”我不知道为什么要说这个，只觉得无所顾忌。

这是我最得意的，在摔跤前放的狠话，我舔了舔嘴唇。他看起来一头雾水，甚至可能受了惊吓，在我离开的同时也转身走了。

我却又陷入另一段无用的对话。

“你会弄假成真吗？”一位老绅士问道。一颗大约五英尺三英寸[①]高的秃头上，一双眼睛抬起来看我。他和我一样，记得康懋达C64的配置，软盘驱动、拨号上网。但与我不同的是，他可能还记得穿孔卡。

“我做的事都是真的。”我低头看着他。

“我信，我信。”他说，“但有什么关系呢？”

“暗网，暗网。”我开玩笑道。因为我可以这么说，因为我们用这个词来吓唬“平民”。阴暗潮湿的网络。

他点点头，就像知道我是什么意思。就像“暗”网之下有什么隐藏意义，就像我说的任何话都会成为预言。

但他让我觉得心虚。我找了个借口，转身面向摆放着点心的桌子。

弄假成真。电子邮箱里塞满了我们写的商务邮件和私人邮件。这些邮件太虚假了，也许至少能迷惑入侵者，迫使他们陷入邮件里，永远无法剥开虚假的外衣，找到“真实的东西”，这是会议主讲人的说法。主旨是戏剧性的再创作和编造，有些人甚至聘请电影编剧来设计故事情节。

---

① 约160厘米。

我周围所有的脸都面色苍白，毫无特色。一具具臭味消散后的尸体，入迷地坐在要散架了的宴会椅上，椅子像救生筏一样连在一起，一排接一排。

我是怎么成了其中一员的？

【28】

拉开距离，我看到问题的覆盖范围更大，并且，我最终还是跟随大多数人，买了看不起我的制度体系的账。我们中的很多人都是混蛋、机会主义者和反社会分子。我们认为自己站在正确的一方。但是，把客户比作食尸鬼和盗墓贼是什么意思？我认识客户的家人，或者说看过他们家人的照片，有一种股民看股票行情图的感觉。我们晚上招待客户去城里玩，请他们喝马提尼或精品威士忌，我知道他们的习惯和酒后暴露出来的恐惧和怀疑。他们从利他主义的角度浮夸地讲述来找我们的意图，既为了让自己安心，也为了留下好印象。他们讲的是大同小异的旧事，企图制造让彼此舒适的氛围。其实在见面之前，我们就知道他们犯过什么案子、喜欢什么色情片，所以我们不得不从脑海中抹去这些，陪他们一起装样子。也许我们和他们是一类人，因为我们为他们服务。

无论怎么盯住那些毫无破绽的笑容，我也并不总是能从中看出过往的罪恶。但是他们的安全系统稳住了，我帮着修复的。我认为堡垒和围墙防御要变成掠夺性的。我允许系统不考虑人的因素，自顾自地蓬勃发展。我们一直记着要高效，尤其是要“主动出击”，还有一个是“优化”。

其余的词大部分都记不清了，或者我会一个一个想起来，像把排钩从一排鱼嘴里一个一个拉出来，然后我被放回黑色的水里，带着伤慢慢沉到水底，上层的光消失在黑暗中。

但我宁愿待在会议上。一是因为这里更安全，二是因为我没能力像曾经那样远程伤害这里的任何人，不能以“监测威胁”或“更好满足需求”的名义窥探他们的私生活。到头来，除了歪曲事实之外，还有什么需求？我确实也受到了伤害，但大部分伤害是我自作自受。

好在现在西尔维娜借我的眼睛闪耀光芒，抹掉过去。

【29】

那天傍晚，有人在招待会上开了个玩笑，说灾难是最大的安全，称之为“隐私的救星”，无线网覆盖不到那些地方。那个人开玩笑说：如果你在水底，什么都找不到你。听他讲的时候，如果不把他想象成咧着嘴笑的骷髅，就无法理解笑点。被火吞噬，你可能会像凤凰一样浴火重生，也可能被烧成一把带碎屑的骨灰。

主办方决定把招待会办成化装舞会，参加的人都必须戴面具。面具由几家高档品牌公司供货，其中一些配备了多种过滤系统，另一些模仿防护面具，但是为了专门针对那些破解面部识别软件的子行业。有的面具像孔雀羽毛那样五彩斑斓，有的甚至就带着羽毛，有的漆黑呆板得像虚拟现实技术做的，还有一小部分在颧骨的位置上装了微型瀑布。很快，这些公司就能制造出有生命的面具，上面放着全息图像，戴在脸上像是小范围的反乌托邦。我选择了一个朴素、中性、不张扬的。

我们是一群戴面具的傻瓜。面具狂想曲，傻瓜狂想曲。只不过又加了一层伪装，有的东西能穿过去，有的不能。下一年这个会议就停办了。几年后，兜售产品的企业就会有所变化，遭到淘汰，然后震惊地领悟到：宇宙的自然法则根本不管它们，不会仅仅因为它们存在并卖东西就予以保护。

我要找一个人，她发短信告诉我她戴什么面具，我想办法在一片混乱中找到了她。我们就叫她“吉尔”。我上飞机前早早联系了她，给了她充足的时间。

“吉尔”向我走来，戴着一个粉色和红色的鹦鹉面具，面具有三只眼睛，装了三种过滤装置。我甚至看不见她的脖子在哪，所以看起来更像鹦鹉头了。我正在跟一个长着鹦鹉头的人交谈。

她是招待会的工作人员，所以没聊多久就离开了，说好下次再聊。但美妙的是，我们当时就心知肚明，没有下次了。下次可以一起吃午餐，也可以不一起吃。我们不需要多余的见面了。

我们两个公司没有投标方面的合作，我是在四年前的这个会议上遇见她的，我们喜欢彼此，她也经常去健身房运动。

“东西在这儿。”她走到我跟前，踮起脚尖抬手和我拥抱，一边小声说，一边把东西放进铲子猪里。

“多谢。”我说，“你帮了大忙。”

吉尔笑了：“很高兴帮到你。我也有可能某天有这样的需求。”但是她不会提什么需求了，我再也没见过她。我羡慕地看着她转身，无缝衔接地进入下一场谈话，穿过了房间。我就不擅长这个。

现在我得到了一些空白手机卡，一个强加密手机，像我笔记本电脑的精简版，不会被追踪到。

这时，我“真正”的手机不停提醒我有家。

>> 爸问酒店是不是棒呆了。

棒呆了？

>> 爸应该拿走我的手机，再给我买个新的。

>> 爸想在院子里装栅栏。

我想，女儿想我了，这才是她真正的意思。还有一条说我丈夫事情的短信，我不太想看。

为了跟铲子猪配套，我给新手机起名叫“陷入沼泽的猪”，简称“沼泽猪”。没人能逃出沼泽。

那时我这么想是有道理的。

我摆出波澜不惊的样子，接近需要接近的人，就是亚历克斯定期联系的那些人，跟他们交谈。我这么做是为了给亚历克斯营造出一种感觉，让他能够想象我参加了会、在会上干了什么。

亚历克斯仿佛有读心术。

>> 会开得怎么样？去没去健身房？给他们点颜色瞧瞧！

我装作没看见，不往脑子里去，何必费心呢？

我只想结束招待会。我可以跟人稍微聊一聊，但聊天会让我疲惫。我的语调变得清脆快速，想发脾气，心生不满。那些糊涂的技术官员看着我走动，他们不认识我，迷惑地盯着这个穿职业套装的大块头女人。

我淹没在中老年男士的海洋里，放眼看去，想找一个跟我相像的……一个也没找着。

可想而知，这种情况对我忘记西尔维娜毫无助益。想象一下我熟练地提着铲子猪，显得个头更魁梧，穿过人群走到摆好红白葡萄酒的桌子边。

想象一下我在琢磨西尔维娜的审讯，她是否真的杀了人……同时好奇这个大厅里有多少人犯过大大小小的罪行。

再想象一下，我努力想搞清楚蝾螈是怎么跟蜂鸟联系到一块的，像连点成图，中间有那么多需要连起来的点。

我想到西尔维娜在咖啡店注视着我，一天天地观察我，是不是想找我入伙，但她很快去世了，没来得及？

不管咖啡师怎么说，想象兰格的魂儿也在咖啡店，一只追着剩饭跑的鬼。兰格渐渐逼近，像透过脏窗户去看一张脸。

【30】

我挑了一个安静的角落藏身，虽然我并不擅长潜伏。我只想找一个洞穴待着，没有声音，静止不动。西尔维娜也会喜欢。酒店大堂的一角散发着霉味，那里靠近窗帘的一盏灯不亮了。我在我“坚不可破”的秘密手机上重看西尔维娜的视频。不知道为什么艾莉没找到这段视频，或者更准确地说，她为什么没有把视频链接给我。她可能是出于自我保护，资料不得不查，但不能太过深入。

西尔维娜在视频里怒斥“康提拉”。这个名字听起来像治疗皮肤病的高级药物，但我知道这是牵扯野生动物走私的进出口公司，就是兰格的那家。

康提拉在南美国家有分支机构，同时和美国、俄罗斯的有组织犯罪活动存在密切关系。一个叫约翰·哈金斯的人借迈阿密的一家空壳公司运营康提拉，事情不妙之后转移到了加拿大，后来又跑到墨西哥。西尔维娜特别厌恶哈金斯，是她向当局提供了情报，迫使哈金斯把公司搬来搬去。后来哈金斯跟另外四个人一起死于爆炸。

如果说，西尔维娜是网络上模糊不清的图像，那么康提拉就只存在于国际刑警组织的警报里，其他一概全无。有传闻说康提拉在过境和集装箱船靠港检查的时候行贿，集装箱船上可能藏着数百只濒危动物。哈金斯死后，某个高管接手了公司。国际刑警组织丝毫没有透露这个人的姓名，或者确实不知道。

兰格给哈金斯当“经理”，在我看来是执行人，在哈金斯被炸死之后升到了某个职位。他是被哈金斯叫来帮忙并对之说“该来的总会来”的人。兰格干见不得人的勾当，或者雇人干。联邦调查局审问过他，为什么最后却不得不放了他？

比起这些人，很难把与之对抗的西尔维娜看作“恐怖分子”或“杀人凶手”。

从西尔维娜的谋杀案审判到我收到她的信，中间空白的时长不只是她从雷达上彻底消失的四五年，应该是这些消息零星出现的余下十五年。除非西尔维娜借管理父亲资产之便，偷钱建了统一乌托邦，尽统一乌托邦公民的义务。统一乌托邦，像是在拿儿座储藏宫开烂玩笑。

视频里这段话是什么意思？

“树在对我低语，这些在黑暗之中的树想告诉我秘密。”说得好像我女儿的卡通片有了几分真实性。

接下来是什么意思？

“我们杀戮太多，多到可能让我们觉得如果能保障自己未来一年、五年的生活，再杀一些又有何妨。不发生在眼前，我们就看不到。即使看到了，也不相信事态严重，不相信事情已经发生。比如动物是在路上轧死的，比如遇到了意外，我们不是有意为之，或者并非本意，总之事情没有按我们制定的规则发展。”

这是什么意思？

“‘进步’：令人窒息的一个词，丢了又捡回来，像扔一块炭一样扔进火炉，看它用浓烟吐出自己的名字，从猎人小屋的烟囱里冒出来。我乐意用这个词，一遍又一遍地用，但我知道我和所有人用的词都不是正确的那一个。”

这又是什么意思？

在每一个角落都可能潜藏着什么具有煽动性的东西，存在于个人念头，但正在寻求跃入一场论战，获得一副实体，发出声音。

从我收集到的所有维尔卡潘帕家族资料来说，我初步分析这是一个女儿反抗专横的父亲和软弱的母亲的老套故事。西尔维娜决心与父母对立，走向极端。

但是，即使我已经开始勾勒西尔维娜故事的一个版本，数据点还是不够。隔着一层纱，陷入臆想，似乎我利用的，也利用我的秩序扭曲了西尔维娜的形象，不断改变她。

也不断改变我。

【31】

以前我出去开会的时候跟陌生人睡过。我不知道他们姓什么，也尽量不透露自己是谁，以免产生过多的期望。

或者说曾经我是那样。我喜欢在开会期间遇到陌生人。我喜欢去酒吧，也许因为跟坐飞机一样能让我平静，因为古铜色酒液里的冰块轻柔碰撞，发出叮咚声响。酒能彻底地让我自欺欺人，别的都不行。酒保那边突然震动了一下，洒了好多酒，慢慢渗出来，给他造成了麻烦。不是薄荷、罗勒，是迷迭香。我被金色朦胧的气氛包围着，我体内的光慢慢由内而外散发，最后像太阳一样闪耀。

大多数酒店同时承办不止一个会议，比如纺织业、医学、制药业、昆虫学大会，我就跟那些会上的人出去。这次我会是谁呢？杀人案的侦探，兽医，空姐？

这次的另一个会议是建筑业大会，主题是石膏板、建筑纹理和屋顶材料的创新使用。也许我可以是干建筑的。我没有失控，我控制得了自己。

我已经描述过酒店的酒吧，就是常见的样子，但我喜欢那里昏暗的光线、带靠背的高脚椅，而不是高脚凳。从脖子上的挂牌能认出来我们会上的人，他们坐在周围的桌子旁，像一个个点着乳白色小蜡烛的阴暗小岛，烛光若隐若现。

即使在酒吧里，我也能听见他们小声谈话里掺杂着醉酒后的狂喜，跟平时一样开玩笑，大都是男人，讲给那些我称之为“捧场听众”的人。他们在这种时候可以尽情自夸炫耀。我是不准备搅和进去的。

我猜我坐在那儿，在乏味的一天结束之后慢慢喝着水，不停地思索标本的意义、蜂鸟眼窝里的数字、西尔维娜和视频。我还是觉得这件事像消遣或探险。多么令人兴奋啊！西尔维娜是生态恐怖分子，因为谋杀而受审，不得不争取引渡，有一个有钱有势、混乱不堪的家……而不是只有混乱的家。

我不是个漂亮的女人，不符合大众审美。我猜我年轻的时候有一种运动员的魅力，就像一匹骏马。男人会很快接近我，他们总是如此。特定类型的男人才不会被我吓到，但他们比你认为的要常见，只要自负就行了。

他指了指我旁边的座位，我喜欢他的做法。有时候男人会跟我拉开距离。

我没说不行，所以他没有离开。他坐下，肩膀挨着我的肩膀停了一会儿。他身上有些肌肉，跟我差不多高，可能还矮一点，黑头发，我看不太习惯的奇怪的蓝眼睛，很像戴着特殊隐形眼镜。

他向酒保打了个手势，看到洒了一地酒水，拿“布鲁克林的船”开了个玩笑。但直觉告诉我，他不是纽约人。他的声音太过悦耳，身上一股浓郁的丁香啤酒味道，闻得我晕晕乎乎，后来我反应过来那是他的须后水味。

这个男人给我们一人点了一杯锈钉鸡尾酒，没问我的意思，却点了我喜欢的酒。我父亲极爱喝锈钉，在充当酒吧的乡下小馆里喝到不省人事过。但是他的罪过不影响我喜欢这酒的味道。

我以为这个男人的手是湿乎乎的，但实际上有力、温暖、干燥。

“来这里开会。”他说。

他在陈述，不是提问。足够宽泛，不在意细节。

我点点头，“你？”

他说“是的”，没说“嗯”。我没再点头。他精准而近乎正式的回答让我意识到，他接近我也是精准的行动。没有多余的动作，手势用得不多，他与蜂鸟完全不一样。但他也不是蝾螈。

“值得来吗？”我问。

他耸耸肩，说：“我觉得小组讨论很没劲。”

“像看着石膏板干透变硬。”

他笑了，说道：“是的，类似。”

我猜他的年龄在四十岁上下，不超过四十五岁。

他有一种沧桑感，我也不知道我是怎么看出来的。

他的脸很宽，但不让人反感。我记得当时我羡慕地想，他如果是个演员，想变成谁就能变成谁。

“我叫杰克。”他说。

“我是吉尔。”我说。

杰克感到惊讶，似笑非笑，转过身来盯着我。我没有移开视线。

好看的鼻子，嘴，下巴。头发的长度刚好，显得浓密又不蓬乱。眼睛比嘴巴坦率，探究的目光像鹰一样，这种目光本该出现在五官狭窄的脸上。我在那凝视里看到了一瞬的厉色，像突然加速，从高处坠向可怕的山谷，无意之中听到了某种生物的鸣叫。我不知道怎么用别的方式形容。我知道杰克跟我一样，在演角色。他不是来参加石膏板大会的。

我无所谓，还挺喜欢的。鹰，即使披了伪装，也跟熊大不相同。

我们的酒来了。

“敬我们，在极端天气能待在屋里。”杰克说完，我们碰了碰杯。

看雨滴顺着窗户的玻璃滑下来，真是美妙啊，杰克继续说道。我不记得他具体怎么说的了，但说得很巧妙，说得好像能勾勒出一幅画面，是我们两个躺在床上看向窗外，享受余韵。他的声音极具感染力，缠住你，让你陷进去。我听着他层次分明的深沉嗓音，越发想象他西装下的身体，强壮有型。与我不同，杰克很快喝完了第一杯锈钉，但没有马上再点酒，也没有催我喝完我的那杯。

“你喜欢魔术吗？”他问。

我笑出了声，这个问题太意外了。

“取决于魔术师是谁。”我回答。

他上翘的嘴角在说，不错，但是我有一些新把戏。

“你有什么爱好吗？”他问。

“我想当凶案调查员。”我坦诚道。

“真的啊？”他挑起眉毛，装作惊讶，就像这是我吸引他的地方。

我点头，说：“真的。我学了心理学、社会学、犯罪学，直到后来发现了统计学。”

他想了想我的话，显然不相信。

但我说的是真的，我发现犯罪学比想象的无聊，而统计学必修课比想象的有趣多了。比如数据分类汇总，比如人类古怪的行为如何通过软件持续存在，你如何用偏见扭曲调查和研究结果，只为符合自己的解释。也许我喜欢被约束的错觉，自我克制。

“但是……就算我信你……‘凶案调查员’也不是爱好啊。”他微笑着说。我可太喜欢他的微笑了，“是的。你总不能下班回到家，说：‘现在是我的爱好时间了’。”

他大笑起来。

“真的。真正的爱好？”我假装想了想，毫无顾忌地说，“做动物标本。”

“是这样吗，吉尔？”他说，直了直身子，稍稍拉开了我们之间的距离。我想我说错话了。

“你有什么爱好呢？”我问。

杰克耸了一下肩膀，“我很容易厌倦，换来换去的。”

潜台词收到。

“你是推销什么东西的？”我问。

“你怎么知道我做推销？”

此刻，杰克在推销他自己。

“既然我不是个侦探，”我说，“那我就是推销安全服务的。”

我不知道自己为什么说实话，尽管“安全”能指很多东西。

“从某个方面来说，我也是。”杰克说，“但跟你说的意思不一样。”

“你怎么知道我什么意思？”听上去他不以为然，我有点恼火。我越看杰克，越觉得他缺点多。他长得像地方电视台的天气预报员，可能比我年纪还大一点，但是精心地掩饰住了。

“无意冒犯。”杰克说，“我大概想说每个人都在某种程度上推销安全。你们在对外推销自己诚实可靠、值得相信的概念。但大多数人都不推销这个概念。所以就是工作里是否体现出这个概念的问题。”

体现、值得相信，奇怪的挑逗方式。那一刻，杰克好像不太在乎眼下的任务。他侧身坐着，我觉得他是为了更好地看我，但他也能看到整个酒吧。之前有几个女人进来了，远远地坐在酒吧的另一头。

这个话题结束了，杰克风趣地调侃了酒吧和酒保几句，我笑起来。我大体讲了讲会议让我感到沮丧，喝了第二杯酒，酒量到头了。我们继续聊，似乎无论之后会发生什么，此刻的聊天都是必要的。

但我们又不是特别在意说了些什么，说的一大堆词全都漂浮在我们之间的空气里。也许听上去我说话大胆、奇异、古怪。也许我并不在乎自己听起来怎样。

在某一时刻，参会的人成群结队地涌入酒吧，你都听不到自己说话的声音。音乐的音量调大，不再像从地毯下面发出的含糊咕哝。有人打翻了酒，摔碎了一个玻璃杯。

在某一时刻，杰克俯身过来，一条胳膊搂住我的肩膀，在我耳边说了一个房间号。他说完就消失了，像幽灵一样消散了。众目睽睽之下，他表现得过于自然，仿佛所有人从来都与他无关。

我一般不会上楼去男人的房间，能按惯例去酒吧就很满意了。我能暂时脱离我自己，扮演另一个角色也对我有益。我不想去，我又想去，未知是一种毒品。去很简单，但后果不简单。我已经三年没越界了，凭什么这次破例?

让杰克等一会儿吧。我点了第三杯酒，肚子很饿，吃了几口酒吧提供的小食。我坐电梯上了七楼，沿着昏暗的走廊晕乎乎地走，迷失在暗黑童话的迷宫里。我不介意——那是故事的一部分，困难和混乱烘托出紧张惊险的氛围。

但我没找到杰克的房间。

我没找到是因为他给我的房间号不存在。

当时你告诉自己，他比看起来喝得更醉，或者忘了自己住在旁边的酒店，所以搞错了。你不愿想他是故意放你鸽子，但这个念头紧跟着就来了。

释然，失望。你又下楼逛街，街边是卖劣质品的商店，已经关门了。

你看着服装店里僵硬的人体模特，希望它们能动起来，变成与现在不同的样子。

你的思绪被拉回到自己的一堆破事里，不管外界有什么分散注意力的事。

【32】

我去上学或外出的时候，不知道我的父母是怎么相处的，无法想象。我希望他们之间有爱、亲密，只是碍于我在家不能表现出来。我愿相信他们的感情和亲密是真的。

我父亲永远皱着眉头，仿佛觉得整个世界都在作弄他，仿佛从上帝那儿偷了东西，活着时的每一次呼吸都是骗来的。听到好笑的笑话，农场里发生滑稽的事，他会露出微笑，但仅此而已。那是我最喜欢他的时候，如果我对他有过喜欢的话。

在我成长的那些日子里，农场的生活可以接受，甚至用父亲的话讲是“特别的”。但是随着时间推移，他从皱眉变成愤世嫉俗的面容，一副看透世界、看透自己受命运摆布的模样，因为失去了成功的希望而阴郁。父亲有畜牧学和农学学位，不缺少才智和学识。

后来，家里的经济状况急转直下，濒临破产，祖父成了家里的支柱。邻居也是个苦苦挣扎的农夫，他说起我祖父来就是“缺不得的压舱石”。对我们而言，祖父会突然发脾气，又突然死气沉沉，很是折磨人。我恨自己忘不了的记忆之一，就是祖父在疯掉之前带我和哥哥去看西尔斯内衣秀，他色眯眯地盯着女模特。那年我十二岁，哥哥十五岁。

之后两年的记忆没有了，记忆跳到河岸、淤泥，哥哥的脸陷在里面，毫无生气。

一面是我父亲经营农场失败，一面是我母亲生病：不难诊断，但难以宣之于口。我知道她一开始是健忘，因为我见过别人得健忘症。她的目光呆滞，会认错亲戚，需要人照顾。这一切都发生得很仓促，却都是些熟悉的事。

但是熟悉一样事物好像不是母亲的专长。她在一个恪守宗教教规的家庭长大，不幸嫁给了不信教的父亲。这个瘦小的女人常常令人苦恼，想方设法地冒险跑去陌生的地方。

母亲像变了一个人，她给自己编了一段过去的经历。也许她希望自己变成的那个人离我们越远越好。对于她的病情而言，她在外游荡逗留的时间过于长了。

可能该来的总会来，但是事情并没有因此变得不那么糟。我失去了哥哥，又失去了母亲。我的父亲多少又添了一些痛苦，而祖父在去世之前几乎就是一头消瘦的张牙舞爪的野兽。有时候父亲会大着胆子把发怒的祖父锁进棚屋里，让他冷静下来，变成“稀牛奶”，父亲是这么说的。祖父冷静了就会被放出来，但会嘟嘟囔囔，说话难听，脾气暴躁，反正不像个人，达不到我心目中人的标准。对于把祖父关起来这件事，父亲非常愧疚，所以后来关祖父的次数减少了。

有时候我觉得祖父手脚乱舞，情绪失控，是母亲借他的身体显灵了。

母亲愤怒的言语写下来会更糟，因为写到纸上的文字是安静的，但再读起来会更糟。读那些文字的时候，能看到字里行间充斥着野蛮的怒火，仿佛决心要烧毁整个世界。她那尖锐的评判猛烈到像要把纸撕破，她的眼神却茫然空洞，如同被什么东西附身了。我永远不知道她写了什么递给我。父亲跟母亲吵架的时候会用“灾火”以及类似的词形容她，要不然就是试图念咒语哄好她、谅解她。

母亲写的内容大多数是关于我哥哥的，也会写我，仿佛我也死了一样。

我思念哥哥，母亲在她的信里为哥哥编造出了未来的人生。母亲给他写信，就像他去上了大学并拿到学位、成家立业，就像他一直在回信一样，在事无巨细地讲述他的生活。母亲信里的时间是一个奇迹，哥哥可以在一个月里变老，也可以十八个月里年纪不变。

而我在这些信里，在这些对某个平行世界的叙述里，一直保持单身，不停地换新男友。我会回来跟家人聚会，但总是制造麻烦。我酗酒，做的事都不可原谅。母亲有些话就连撒旦也想不出来。她临终前幻想更多了，超过她之前所有的幻想。

母亲的话很伤人，但哥哥的去世更令人心痛，所以只要是母亲寄来的信，我都会看。天蓝色的圆珠笔的字迹纤细弯曲，葱皮纸整整齐齐地折放在结实的信封里。有时会随信掉出来一些小玩意儿，压扁的干花、挂着护身符的手链，手链我一次也没戴过，还有一两回是钱。我把信和东西连同伤害一起收下，只有这样才能得知哥哥的消息，他还活在某个另外的地方、另外的时间。

我一直读母亲的来信，直到她去世。我感到空虚，但还是会伤心。可能这也是为什么我要放弃当下选择的生活，去过另一种人生。我不知道。只是我看到这种例子了：你想成为谁，就能成为谁。

之后，我们从公寓搬到了郊区的房子，新地址没有告诉父亲。我表明了跟他断绝关系。

但我一直留着母亲的信。

【33】

我翘了第二天的会，叫客房送来豪华早餐，尽情享受炒蛋、华夫饼、培根、吐司和土豆煎饼。吃完饭，我去健身。健身房太小，我训练强度太大，能弄坏所有机械，把一个练划船机的肥胖中年男人逼走了。他把我看了个够，眼神充满渴望和害怕，让我厌恶，但也让我练得更狠了。

然后我就去找卡尔顿·法斯克了。

我早已经计划好。

布鲁克林近来被雨水淹了，奇怪的是海边没事。我决定在突袭法斯克之前，先去几家别的动物标本店，可能是出于谨慎，也是为了解这种店一般是什么样的。我猜自己是想先得有一条评判法斯克的基准线。

但是大多数标本店都转卖别的东西了。人们买动物尸体比以前少了，至少在布鲁克林是这样。其中一家变成了可悲的“男子气概贩卖店”，店里卖护发产品和风格强硬的户外装备，都是给那些徒有其表的硬汉准备的，实际上他们从没去野营过。店中的标本里有一只小鸵鸟，一只小狮子。所有标本都是动物幼崽的尸体做成的，就连柜台后的店主也像是这样。靠里面的门弥漫着浓郁的古龙水味。之后我又去了两家店，但没进门，知道了那里改卖了什么以及为什么。

一家店正门前写着“路上轧死的动物很好，正好”。另一家宣传“精工细作”，包括“小型鸟类”。那里有一只立在底座上的金翅雀或相似的鸟，吸引我进了店，但最后我发现这个标本没有任何意义。

为什么它要有意义呢？我得出一个结论，典型的标本店不是工业产物，而类似于二手书店，店内的安排和布置可以体现出店主的想法，而不是遵照某些“行业标准”。

我在做好准备去找法斯克之前，就只能查探到这么多了。

我们就叫法斯克的店“在脏乱差地带旁边的小本经营标本和古董店”。我一进去，就闻到一股刺鼻的霉臭味，混合着家具的清漆味。我现在才意识到，铺子里还有死亡的气味，法斯克一定在店里施展他的“技艺”。一丝腐臭气味从地板缝里冒出来，有可能在地下室。

对于一家古董店来说，杂物数量可观，多到了囤积狂的程度。穿过成堆的盒子、满满当当的架子和空气里漂浮的灰尘，在铺子深处的柜台后有一个模糊的黑影，跟暗处的阴影连在一起，我猜那就是卡尔顿·法斯克。

这个地方让我难过，宿醉让我难过，“杰克”扔下我跑了也让我不开心。我不断告诉自己，我不应该在意，因为我没想过跟他上床。我想我的难过以鲁莽的形式表现出来了。我能掩盖去法斯克那里的所有行踪，但是没有计划去了之后要说什么、做什么。

我在靠窗的地方徘徊，盯着橱窗里的展品看。展品上落了一层灰，一看就知道好几年没换过了。有铺着天鹅绒软垫的椅子，陶瓷人偶倒在镶有螺钿的小桌上。我突然鲜明地感受到，这个场景就像我离开农场前几年的起居室，让我很不舒服，身上湿冷，手心冒汗。

我慢慢从废旧杂物中间穿过，走到摆放标本的角落。一只脱水干燥的短尾猫。一只狐狸，眼睛露出奇怪的光，皮毛上闪着漆光。过了一会儿我才反应过来，是有人在狐狸背上抚摸的次数太多，狐狸毛的质地都变了。还有鹿角、猎枪弹壳。我想最好的货物应该在柜台后面。

这里有关于动物标本的书和其他一些东西。我拿起一本书当掩护，假装翻开看，然后真看起来了。《奇闻：从动物世界到皮草城，二十世纪三十年代至今》，哪怕只看一眼也知道这本书不合常理，价值观不正，可能还很邪恶，也许是研究文化偏见的人类学家会关注的书。

“我们作为这世界的皮草拥有者，为了受到你们皮草业的热烈欢迎，必须坚决地过双重生活。第一，我们严格遵循大自然安排好的道路，作为‘动物’存在。第二，当我们不作为大自然使者存在之时，将会过上另一种荣耀的商业生活……作为皮草的生活。”

底座上的蜂鸟是否跟这种观点无关？西尔维娜会说是的。“皮草”和“标本”不属于同一派。但是看完上面那段话，把蜂鸟做成标本的行为变得更怪诞了。

“把对动物做的事换到人身上。”西尔维娜在视频里说，“如果令人感到恶心，觉得不正确、不道德，那么你就知道真相了。”

我拿着书去了后面那个充满戒备的高柜台。柜台里的男人有一头凌乱的白发，脸上布满深深的皱纹，没穿奇装异服，穿了马甲套格子衬衫、牛仔裤。他的个头几乎和我一样高，我觉得他在六十五岁上下，大半辈子都在户外过活。他的左眼呆滞无神。

“你是卡尔顿·法斯克。”我说。

“对，我是，如假包换。有事？”法斯克的声音跟我预料的一样低沉沙哑。他抽烟，或者抽过烟。

“有。”

“什么事？”

“我有一个关于标本的问题。”

“你拿的是讲皮草的书。”

“我问的是标本。”

“行。我对标本有些了解。”我们仿佛身处纽约州北部地区，而我是一无所知的观光客。

“你见过类似的标本吗？”

我打开一张蜂鸟标本照片的彩色打印件，在那家网咖打印的。

法斯克接了过去，没有断开我们的眼神接触，然后谨慎地低头看去，仿佛我是个危险分子。他看完了，松手让纸掉在柜台上。出于某些原因，我想他不会把那张纸还给我了。

“还有这个。”我边说边拿出刻着“R. S.”的标本底座照片。

一丝兴味一闪而过？可能是吧。

我又拿出兰格的照片，“认识他吗？”

法斯克坏了的眼睛旋即睁大，瞬间又松弛下来。

“你是警察？”法斯克问。

“不是，侦探，私家侦探。”我不假思索地回答。我说不出为什么这么回答，只是这似乎是事实，追查谜团让我变成了侦探。

“证件？”法斯克又问。

“我没必要给你。”

“那我没必要回答你的问题。”

尽管心跳很快，我还是叹了口气，这一幕像是曾经上演过。

“我不是本州的。你没必要回答，但我会联系警局，你可能得跟他们谈了。”

我说这些话的时候肾上腺素激增，多到溢出来了。我不得不稳住自己，像在面对要把我打翻的水浪。

法斯克仔细考虑我说的话。我没跟他打过扑克，但发现他的表情发生了某些变化，是因为我的威胁。

他转向身后的架子，找出一本书，又转回来面向我。

那是另一本《皮草城》，但是新多了。

“你拿的那本不是初版，”法斯克说，“这本是。五百块钱，不是三十。你应该要这本。”

我开始争辩说我不在乎书是哪一版，然后明白过来。

“行。”

五百块钱。我为什么没犹豫，没走开？因为我身上带了五百块。实际上我带了一千块，以防万一。我带的时候不知道要用在哪里，也不知道什么时候会用。我离开西海岸之前去银行取的。

我在柜台上数出钞票，让法斯克从柜台上拿起来。他把书推过来给我，收回了旧的那本。我怀疑《皮草城》以前是不是爆款畅销书。

“从此以后，我不会再见你了。”法斯克说。

说“行”很容易。

“好。我准备休息一会儿。你喝咖啡吗？”

法斯克挂上“暂停营业”的牌子，领着我穿过店里，上台阶到二楼。二楼是起居室，外面是铁艺阳台，阳台下面有一个封闭的院子，院子里种满了果树，出人意料。起居室连着一个小卧室和浴室。我稍后意识到，我就那么跟他走了，好像“私家侦探”是能防御灾难的盔甲似的。

法斯克搬来两把折椅，没拿咖啡。

我再一次把照片拿出来，“那么，你能告诉我些什么？”

法斯克没说话，从椅子旁边一个扣着的盆下掏出一把枪，动作非常随意，似乎已经这么干了好多年。他拿枪时有一种幸福感。我看见他的眼里有光，显示出他的实际年龄比看上去年轻很多。

肾上腺素退下去了，我感觉自己老了好几十岁，疲惫不堪。我集中不了注意力，只能看到法斯克的枪，沉重、危险，能装六发子弹，老旧但是干净，保养得很好。

法斯克可以冲我开枪，而我无计可施。当时我无助极了。

“听着，记住，”法斯克说，“你要明白：我不管你以为你是谁，只要再让我看见你，我就要用上这家伙了。滚出去，别再来了。不要问问题，不要给人看这些照片。我建议你接别的案子，不过你不是私家侦探。”

我没有反驳他，像开关被关上了。

我跌跌撞撞地从座位上站起来，踉踉跄跄地回到起居室，下楼，穿过店铺走出门，走到明亮的街上。

我头也不回地走了四个街区，不知道自己身处何地，屏住呼吸，试图让一切慢下来。

这时出现的咖啡店简直是避难所。我重重地坐在座位上，顾不上擦桌子的咖啡师皱起的眉头。

我不断拿起平时用的手机想报警，又放下。我点了一杯红眼咖啡，很快喝完了，哪怕烫伤了食道。我该不该报警？报了警说什么呢，说我骗法斯克我是侦探之后，他恐吓我？这种情况下的行为算什么罪呢？这会向那些可能在监视我的人亮出底牌吗？那些查到我在拉里电脑上的搜索记录的人。

我有没有说出我的真名？记不清了。有没有做什么事能让法斯克查到我？应该没有。不能确定。

我还紧紧抓着那本讲皮草的书，尽管书里的内容已经不重要了。

【34】

回去的航班在芝加哥停了一段时间，因为天气太差，差到不能飞行。飞机降落之后也出现了一些机械故障，我们不得不换乘另一架飞机，另一架又延误了。好吧，这就是坐飞机之类的奇迹。魔术变得俗套、低劣、折磨人。

我在机场的酒吧里喝了几杯，恐慌感已经消退了，跟法斯克的对峙反而带上了些许勇敢和惊险的色彩。记忆想保护你的时候就会愚弄你。喝到第三杯威士忌加可乐，我开始认为自己在法斯克拿枪的时候很镇定，已经预料到了此类事情发生，如果我想，就能靠近然后制服他，用一招综合格斗或者摔跤招数。干杯——再喝一杯。

我想好了，本质上，我和法斯克的交锋跟在酒店酒吧里寻求的相遇属于同一类。危险，又不危险。他的枪可能根本没上子弹。将来某一天我会跟外孙讲起这件事，讲讲当年外祖母有多傻。

愧疚涌上来，我开始给女儿发短信，直接发，没经过我丈夫。

>> 在回去路上了，小金橘。你怎么样？在学校顺利吗？你爸按时接你了吗？

几分钟后：

>> 不怎么按时。都还好。爸老是去院子里巡逻。一会儿见。

我发了一个笑脸表情，我知道不要过度。我没想问我丈夫为什么去院子“巡逻”。他讨厌打理院子，我们雇了人打理。

还要再消磨两个小时，我又有足够的勇气去冒险了。是时候分析维尔卡潘帕财产情况了，必须提前准备，必须开出一条前进的路。

我不正在这么做吗？

维尔卡潘帕“综合机构”，或者叫“章鱼组织”，看起来很简单，因为有时行事太过粗糙。典型的自上而下的独裁式家族企业，每年的净收入差一点达到一万亿美元。至少在公开记录里，维尔卡潘帕企业组织方式很直接。老维尔卡潘帕不仅创办了企业、拥有企业，还担任首席执行官。财务总监是他的弟弟，董事会成员都是亲戚。只要能在家族里提拔人，维尔卡潘帕毫不犹豫。但这么做有损于某些领域的业务，因为受到任命的人专业能力不足，担不起职责。

有件事令人不悦。维尔卡潘帕在秘鲁有一个冒充本地关系并进行买卖的机构，设在印加遗址附近，“帮助”一直以来受到压迫的山区印第安族群。据我所知，这个机构远离阿根廷，能替拿不到明面上的周边业务洗钱，明目张胆，不会受罚。

在总公司和分支机构之外，维尔卡潘帕一如往常地短期运营大量空壳公司，对别的企业（大公司，是我在工作上最喜欢的）投资。简单和直接的组织方式在这里纠缠在了一起。

我还没准备好去解开。我只需要维尔卡潘帕设在太平洋西北部地区的公司名称，从而大致掌握有蜂鸟和蝾螈线索的其他地点。

最容易的做法是定位西尔维娜拥有或租来的房产。哪些在名义上是她的？近期毫无疑问是储藏宫，因为不赚钱。那地方的经营状况堪忧。她父亲基本上买下了整座山，把山上大部分地方都围了起来，并且曾有一段时间想重新开采废矿。但是由于社区关注，采矿许可证一直办不下来，一两年后他就作罢了，满足于在山上随意地伐木。

这符合一个模式：每当老维尔卡潘帕快要进入公众视线，他就会撤掉空壳公司，转到另一项业务上。但他很少放弃房地产，很明显，宁可将其闲置，也不愿卖给别人。2007年，也许是在西尔维娜的提议下，他们投入了大量资金，要在那座山的更高处建第二座储藏宫，已经破土动工了，应该是想赚回本。然而2008年经济衰退，西尔维娜或她父亲决定停工，只留山脚的那一家营业，在盈利和亏损之间摇摆。那是个避税所？

此后不久，西尔维娜的父亲似乎对她失去了最后一点耐心，要不就是发现了她偷偷挪用资金。我说不上来哪个在前哪个在后，不知道公司是否找回了那笔钱，也不知道西尔维娜偷了多少，肯定很多，因为自那以后她被迫自力更生了。

我发现西尔维娜的一所公寓，一年前被卖掉，有人入住。在这之前，西尔维娜把公寓租给了一些大学生模样的人。我没有头绪。

但是，西尔维娜监视我的时候住在哪里呢？没有记录。

又一杯酒下肚，我转念一想：她可能一直监视我家，掌握我们一家人大大小小的事情。

偏航和漂浮的感觉告诉我，我很忐忑。在酒吧里，我努力压制住慌乱的情绪，接受第四杯酒的进贡。我找出了跟维尔卡潘帕有关系的十家公司和三十处房产，审视一张张列表，尝试想象城里和附近的景象，一一弄清公司和房产的用途。有几处租给了加油站和五金店，其他的租给了饭店。相当数量是商用地产，但也有公寓大楼。

我直到写下一处处地址，回看整张单子，才猛然发现。

刻在蜂鸟眼窝里的数字：23和51。

西尔维娜的房产列表中间：阿瓦隆林荫大道 3215 号。

房子登记在租户亚历山大·洪堡名下，但这个人并不存在。我真聪明，也不聪明。

我没有突然清醒，而是完全彻底地醉了。也许因为这个发现让我忘了法斯克，让我觉得能够掌控局面：调查我家那边的一间公寓。

我感觉自己中了彩票。

但实际上，这是西尔维娜想让我发现的。

伤害

【35】

我明白，放任自己追踪西尔维娜的谜团有风险。我确实在某种程度上明白。而在另一个层面上，比起漂浮感，我觉得更像是在下沉。我不是漂着的，我正被向下拽，越陷越深。我每采取一步行动，就知道得更多，以为谜底近在眼前……一切就要结束，我会找到答案，在一阵失望之后回归正常生活。

知识就是力量，对吧？亚历克斯喜欢这么说，他喜欢简单的句子。但实话实说，我享受这个经过，跟喜欢昏暗的酒吧、陌生的男人一样，似乎心慌意乱是一种乐趣。放弃自制很愉悦，但你知道有人在控制着一切。

因为西尔维娜一直都在，远远地在我前头，即使她已经去世了。她示意我往前走，而我太笨，或者太聪明，没有跟上去。

飞机落地时，我打开了手机，我记得当时在想：我回到的是怎样一个世界？这个时候是否有事发生，让世界面目全非？

从机场回家的熟悉的路上，尽管是冬天，天气却温暖潮湿，但一两天内又会变得极冷。蜜蜂会稀里糊涂地死去，不合时宜地开了花的植物会枯萎腐烂，关于大流行病在远方肆虐的警报突然出现。

快到黄昏时分，但暗金色的光线依然充足。我再次从车窗向外看，观察自己的生活。我看到家附近的拐角处有一个水塘，里面交叠的树枝是河狸的窝，相连的小溪是人造的。

我以前没见过这个水塘和河狸窝，也不是完全没见过，只是把树枝当成了堵住水的枯枝。也许那次看法也一样，不过是最后一次。我不记得有没有再路过，那不是平时的路线。但是在那次或者之后一次，我把树枝看作一个家，某人的住所，某物的巢穴，位于我们小区的正中央。怎么会在那儿？它们不应该在小区外面，在公园和野外吗？这才是人们的共识啊，不在这里，不跟我们在一起，而在我们旁边。

到现在这么晚我才想起，邻居叫来除草服务，用吹叶机给他们可爱的玫瑰全方位喷洒除草剂。看不见的死亡并没有消失在空气中，而是附着在我们所有人身上，覆盖在水塘上，让我们认不出自己，在我们身上展现出来，而我们根本不知其存在。

很快，我的病会加重。我会注意到西尔维娜年轻时就注意到的东西：多少亡魂每天缠着我们。

“做成钱包、手提袋和鞋子的——甚至做成墙上悬挂的头，或者路上撞死的，狐狸或者我们不常见的除外。人的大脑把它们看作寻常物件，但是现在我在哪里都看见它们——死去的动物及其身体部位的展览，每天持续不断，是一场恐怖秀，是生命和理智的大灭绝。”

这些分析有没有占据你的思想？被统治之物变成了分析的主题，不管这是真理，还是邪说。

我的病情随着时间不断加重，我也会看到环境的复杂性，我们将其视作理所当然；看到因果联系附在我身上，直到在这世上周身缠满锁链地行走。但正是这些联系和锁链让人自由，一旦见过，就再也无法回到以前没见过的时候。一切都生机勃勃，势不可挡，我最终无法抗拒，极受感染。

西尔维娜写道：即使是环境已经污染，我们也必须热爱环境。我们必须爱那些受到伤害的事物，因为没有不被伤害的了。爱被伤害的事物就意味着你关心世界，你仍然活着，世界仍然活着。

我怎么长久以来都没看到这些伤害？

【36】

我丈夫和女儿见到我很高兴，以他们各自的方式表现。丈夫给了我一个大大的拥抱，抱了好一会儿。女儿从厨房向我挥手，她正早早地在那里吃早餐麦片当晚饭，这是学校放假或宽容的父亲给她的一些奇怪的好处。

“守住堡垒了？”我说。

“堡垒安全。”我丈夫回答，双手放在我肩上仔细看我，仿佛在检测有没有污染，我有没有跟别人上床。我感到一阵愧疚。我永远不能让他打消疑虑。

“回来可真高兴。”我说。

“开会顺利吗？”

“很无聊。我每天晚上早早就睡了。”我说的是实话，就结果而言。我还醉着，试图用薄荷糖掩盖酒气，思考后才精准做动作。

“得到合心意的情报了？”

又是那个词，像陷阱。

我耸耸肩，脱掉鞋子。“没有惊天动地的事，都很平常。”西尔维娜公寓的地址，阿瓦隆林荫大道 3215 号，在我脑子里烧出了一个洞，让我分神。明天我会去调查，公司不会指望我立刻回去上班的。

他跟我去卧室，帮我提着行李箱，虽然他知道我喜欢自己提着箱子上楼，感受箱子在小腿上蹭过。

在我开箱整理的时候，他转身面对我说：“听着，有个东西我必须给你看一下。”他的语气听上去很急切，尽管我已经有所警惕了。

我从梳妆台抽屉前站起身。这个梳妆台是我家祖传的，从农场运过来，散发的气息是属于我抛弃或者说抛弃我的人和地方的。我意识到，为了抹去那气息，台子上面几乎病态地贴满了我和女儿、丈夫的照片。

“等明天行吗？”

“花不了多长时间，就在院子里。”

“听说你想安栅栏、打理院子什么的。”

我这话说得跟他打算用土豆泥在客厅造一座小山一样，但在院子里干活真不是他会做的事。由于某种原因，他总觉得在家整理院子像在上班。

“对，安个栅栏。”他没笑。

院子边上有痕迹，不是幽灵似的 SUV 或阴郁的法斯克留下的。我们和邻居的房子之间有一条长满树的过道，有神出鬼没的束带蛇、兔子和鹿。我一直以为这里是个僻静的地方。树林过于沉寂了，原因我没想过。现在这里的僻静更深沉了。

“知道为什么带你来了吧？”“知道了。”从飞机带下来的最后一点能量被吸进地里去了，尽管那能量对我有害。天色渐暗，我感到晕眩恶心。

一棵高大的橡树后面有一块平整的土地，地上的草变黄了。这里是监视我家的有利位置。地上有一支烟头，一个啤酒瓶，比利时进口啤酒，进不进口的可能没关系。柔软的泥土上有几对脚印，脚印很深，这人很壮，或者站了很久。一根树枝被折下来插在地里。闲得没事干还是在传递消息？

“流浪汉。”我说。

“流浪汉？”我丈夫重复道，很是怀疑。“你说‘流浪汉’，我们是住在见鬼的西部还是哪儿吗？郊区的‘流浪汉’？”

他只有在特别不高兴的时候才会咒骂。

“什么时候注意到的？”

“不记得了，几天前吧。这些鞋印是重叠的，在我发现之后他可能又来过。”

“你怎么不给我打电话呢？”

“不想烦你啊。”他像个孩子似的双手插兜，盯着地面。

“但是你忍着不告诉我看见了……这些，你很烦恼啊。”

我呼了一口气。不到二十四小时前，我被他人用枪威胁了，现在没力气敷衍了。我感觉身上变得更粗糙，像是需要冲个澡。

“附近有无家可归的人吗？”

“没有，简。更有可能是某人在偷窥我们。”

“就因为烟头？”我表示不信。

“你说呢？”我丈夫很生气。

我放松下来，因为从他的语气中发现了部分问题所在。他因为一个老问题而生气，那就是我了解安全问题，我应该负责家里的安全，就像他负责做饭一样。我能接受。

“我们可以把安全系统的覆盖范围扩大到这里。”我说，“有可能是有人路过，过了个夜。或者乐观地想，是老婆不让抽烟的邻居。”

我不认为是其中任何一种情况。

“我们会安上栅栏。”他说，“我不在乎是什么样的栅栏，你叫人来安。”

“也可能是你一个心里不满的客户。”我说。

话就这么说出来了，我故意的。他花了很多时间帮同事也是他的老朋友卖房子，那些房子所在小区需要遵守的建筑法规很多。

“真的？”他说，“真的？”

不是真的，但我们之间永远没有真实。那一刻悲伤攫住了我。狠狠地当头一棒，我意识到自从我去了纽约，我们之间的距离十倍地拉开。错全在我。

他大步走开了。他不再提这件事，我也不提。我们点击返回键，回到正轨上，仿佛什么也没发生过。如果我想，我能像个演员一样在家住下去。

因为我们积攒下了爱意和善意？因为我们跟大多数人一样都按习惯行事？

我一直没找到答案，因为在我们之外还有一个世界，不断变化。

【37】

我跟我丈夫是上大学的时候遇见的。他在橄榄球队，是替补防守后卫。具体说就是，在跟城那边的对手开运动会之前，坐着巴士去参加动员大会。这个又高又壮的大块头有一头浓密的头发，笑起来坏坏的。

“嗨，蒲公英。”他这么叫我。真可笑，从小就没人觉得我像蒲公英。他会想办法用语气向我传达，他认为我很性感，我不是蒲公英，但他并没有取笑我的意思。

“嗨，大熊。”我在一群女运动员同伴里跟他打招呼。我们如同相识已久。“最近怎么样？有一阵子没看见你了。”

“你知道的——老样子。”他说，“封闭了几天，然后打赌输了，得坐车去坐冷板凳。”

“坐车去举板凳，跟以前一样。”

“你怎么样？拿到通灵证了吗？”

“没，事实证明我预言很不准。”

“我也是，蒲公英。这是他们让我去打橄榄球的原因。”

“你再长大些就不感兴趣了。”

“不，我不会再长了，烦了。你呢？”

回程的时候他坐在我旁边。他也失去了一个兄弟或姐妹。我不知道是怎么提起来的，但就是说到那儿了。我们坐在巴士后座上聊得很投入，很坦诚。但在那之后，约会、订婚、结婚的三年里，几乎没再聊过那个话题，因为没必要。他已经知道我在哥哥忌日前后会是什么心情，我也知道他失去至亲是什么感受。

我不需要一直向他暴露我的内心，解释任何新事情都可能毫无预警地扯开所有缝合伤口的线。我俩都不能“节哀顺变”，也不指望对方装作没事。

但我们不一样。面对他亲人的去世，他的家人好好地应对了，没有因此四分五裂，反而更加亲密。或许我与他的家人保持距离，是因为他们的相处让我触景生情，或许我讨厌他们分开的时候要彼此说好多句再见。

“嗨，大熊。”

“嗨，蒲公英。”

我从没想过会有人叫我蒲公英，没想过会结婚，或者说跟一头熊结婚，没想过有孩子。我用最长时间专注做的事就是逃跑，关心的是还有多久能逃跑。

我们很久都没有这么亲昵地相互称呼了。

如果我们叫彼此的昵称，事情会有所不同吗？

【38】

我在橡树旁站了一会儿。地上的枯叶模糊了这个人来时的痕迹。树下灌木丛弥漫着一股酸臭味，像病人的汗味，我母亲生前最后几年身上的气味。我感觉之前在哪儿闻到过，但对母亲的记忆打断了我的回忆。

我拿出钥匙扣，打开小手电筒，仔细查看从橡树到树林小道的半圆形区域。傍晚渐暗的天光照不亮这块地方了。我已经知道如果有人站在橡树后向外看是不会被发现的，但是在这里呢？我才意识到，人在这里更像影子，站几个小时也没有别人知晓，不会被打扰。从街道上往这里看——再从这里看向我家，是一个直角——隔着一溜高大茂密的灌木，几乎看不到。但是一旦走到街上就得上车，或者走过四五个街区才能到一个公园。要看起来正常，像住在这儿的，不然会引人注意。

不知为什么，我还没打算去问邻居，证据太少了。我必须严肃对待这件事，可是该投入多大精力呢？

我回到橡树下，站在树后凝视我家，试图代入闯入者的视角。这是一栋普通的中上阶层家庭住房，远离橡树枝的一端挂了一架舒服的秋千，是我女儿小时候玩的。浇花的洒水器上连着一根橡胶软管。一小块木头平台上放着几件塑料家具，伞架我们几乎不用。

啊，西尔维娜，对我而言这是一切，又什么都不是。

夜色漏进院子，秋千和旧轮胎的形状变幻，变成僵硬残缺的动物骸骨。房子里的灯光让窗帘成了一个笑话，影子清清楚楚地投在窗帘上，如同皮影戏。那里，二楼，都这会儿了，我的大熊丈夫还在生气，在他的书房里来回踱步。那里，女儿的房间，她坐得笔直，正在接受手机蓝光的照射。一楼是无趣的长方形，能看出哪里是厨房桌子、客厅沙发。

我不在家的时候，监视者会得到关于我的什么信息呢？天气没那么冷，我却在发抖。监视者来这里不是为了发出警告，那是为了什么呢？不考虑深入研究性格。他没记录我们的行为习惯和个性。

我奋力想象他在这里做了什么。他推出了什么信息？为什么在这个电子监控时代，还有人工监视我家的必要？要亲眼证实？证实什么？

我还处在微醺的状态，一边急促呼吸，一边试图弄明白。我希望有一个能对打的敌人，贴身上去一个锁喉。

我不想承认来者可能是兰格，这会让我在回家的路上从桀骜不驯变成胆战心惊。

小无人机从橡树中间的一根树枝上看着我，当我意识到的时候，我震惊了。我丈夫说过无人机是业主协会提供的安全保障措施。它就停在树枝上，锡合金制成的小宝贝，装着蓝色塑料螺旋桨，看着我，参与进这个谜团。之后我提出要看一看无人机的监控录像，但被告知出了一个小故障，录像没了。

想象一下，你孤零零一个人的时候，突然冒出来一个人对你讲话。这个人可能来自过去，可能借由烟头和啤酒瓶，或者无人机……或者指着你的枪来说话。

但无论怎样，就算那是对你的伤害，你也都接受了，你停不下来。你也许习惯了受伤害，也许正是被伤害引诱入局。

【39】

日常惯例解救了我们，我的大熊丈夫和他的蒲公英妻子。我们对女儿说晚安，一定要散发爱意，照进她的心。女儿耸耸肩，转过脸去，但仍然接受并道晚安。她房间墙上挂着流行乐队的海报，桌上放着显微镜，软木板上钉着从前的女童子军徽章。她有四双运动鞋，不在首饰或者叫“配饰”上浪费时间。她在关灯之后偷玩手机，但会严格控制在一个小时内。到午夜的时候，她就放下手机睡熟了。我们每每看到她的这些样子，都会微微一笑。

女儿的日常生活由她自己安排，虽然有时候她的自制力会在别的方面崩塌。我们知道何时去学校接她，因为她给了我们一周日程表，包括上美术课、练合唱和辩论。她也会表现得疏远冷漠，我就会想她的思绪飘到哪里去了，应不应该担心她。她在提要求的时候脾气很坏，不想坐公交车去参加辩论赛，想要我们开车送她，然后就不理我们了。她的意思是希望我们在辩论赛现场。

在这些坐标之上，我们建立了我们的生活。

也是根据坐标，我丈夫在楼下巡视，关灯，回房间。我已经拿着一本书躺在床上了。他的睡前仪式动静都很大，先刷牙，如果天气冷，刷完之后穿上睡衣，走到我身边给我一个拥抱，然后重重地躺到他睡的那边。稍后我们也许会拥抱，但也能自在地待在另一个呼吸、打鼾的人类身边。

我从纽约会议回来的那个晚上，所有这些事情都像往常一样。我可以从丈夫小心谨慎的一连串常规动作里看出来，他是想在我们吵架后让我放心。所以当他上床时，我把手放在他的手上，探身吻了他，再回到原位看书。

一切都会好起来，就像我保持了正常的日常生活一样。我记得自己深呼一口气，又深吸一口气，被激增的氧气吓了一跳。我没意识到自己一直在屏气，呼吸很浅，等待下一个意外来临。

西尔维娜的所有情报已经看完了，但走之前开始看的悬疑小说，我现在看不进去。我需要感觉到自己不断推进关于蜂鸟和西尔维娜的事，所以我在读《皮草城》。

真奇怪，偶然之下一本书成了我的，我为了贿赂买的，如此赤裸裸。但书确实属于我了。我读前言的时候顿住了，然后通读了两遍，跳到插图部分，一边思考一边浏览。

“看到我们人类和动物穿得相像，请不要奇怪。尽管我们的家族起源不同，但您们天才的皮草科学让我们看起来相似，这并不奇怪。

作为代表，我们的部分使命是为您们的天才喝彩。”

上面这段话是一个叫亚瑟·萨梅特的在20世纪30年代写的，没有一个词不让我厌恶，但又与我父亲以农场为生的态度没有任何不同，只不过是极端主义的版本——在这个版本里，动物享受被屠杀。不管我们是什么意义上的同谋，虽然不是为了装饰或时尚的目的，我们也还是为了交易屠宰了动物。用陷阱捕猎动物的人经常残酷地杀死动物，以在常年寒冷的气候中获得外衣和其他必需品。那么，究竟是什么让我反感？

“我们赞美您们的现代机器和艺术，它们将我们原始的油腻毛皮转化为吸引人的皮革，从而让我们在第二种状态中维持长久的存在。您们按照设计好的式样剪裁、缝制和钉住我们的皮，满足现代时尚需求，我们欣赏您们的艺术设计。”

比牛还无法让人接受的动物流向了市场。比沦为动物标本的下场还要糟糕。但是有多糟糕？为什么糟糕？这些动物的数量重要吗？是野生还是圈养重要吗？正如西尔维娜所说，我们干涉一切，没有幸免之物。我们做不到不干涉什么东西。而且对于一些人来说，不像我父亲，这种冲动不再简单地限于做这件事本身，而是要借此表现英雄气概。后者不仅制造痛苦，还犯有更大的罪行。

“对于那些深入了解我们的人来说，无论我们的形状或颜色如何变化，都能认出我们。但是，对于那些不熟悉我们的人来说，我们在这个故事中扮演的角色应该具有鲜明特征，无论我们如何伪装，都会被立即辨认出来……这是我们不可剥夺的权利。”

那些走私野生动物的同业联盟如何为其辩护？我认为他们不在乎。但是一路走来，肯定有人在乎。如果没有一只死穿山甲，一个家庭就会挨饿吗？如果不是我，也会有其他人在乎。世界就是这个样子。

或者更好的说法是，这是进步。新生事物大开杀戒，恣意而孤独，天生具有资格，但还不配有资格。

我正看着书，一枚旧书签掉了出来，上面是卡尔顿·法斯克的古董店广告。我一把抓起来，牢牢地夹进两页之间。但我丈夫没注意到。我以前读过古怪的书，我喜欢过时的网络安全手册，能从中得到安慰。

书签上印了一张黑白照片，是年轻多了的法斯克，没留胡须，但很容易辨认。法斯克自豪地拿着一只犰狳的标本。宣传语写道："失去生命的，我们能复原。"即使是死物，我们也不能不去打扰。

法斯克。法斯克的枪。他只是一个不想被询问的怪老头？还是不止如此？很难说哪种情况更不可能：他是因为一时冲动，还是因为看了蜂鸟的照片才迅速地掏枪？我开始有了再次联系他的念头，毕竟中间隔着一个大陆，很安全。

在关灯很久之后，我清醒地躺着，思考法斯克、西尔维娜和她家人的事，不确定谜题的哪一部分最让我困扰。那天晚上月光很亮，我起身透过卧室窗户向下望，凝视树林边缘，那里被阴影笼罩着。我开始出现幻觉，看见了香烟燃烧的红色小圆圈，然后我回到床上。

那天晚上我梦见的不是蜂鸟，而是蝾螈。大蝾螈、泛滥的河流和哥哥松弛的脸。他的眼睛盯着我，脸半埋在泥巴里。

【40】

第二天早上，我前往3215号，出发之前重新检查了车子，看有没有监控设备，什么也没找到。希望我的检查没出错，纽约会议上有关于目前相关检查流程的演讲，但我没去听。我开车的时候笑了，捶了一下方向盘，因为想到，我不能保证自己的检查方法是不是从电视节目里学来的。

这个公寓区没有名字，混凝土墙面刷成了淡蓝色。交错的混凝土阳台像炮台一样以不寻常的角度凸出，整整五层楼。阳台的阴影投在通向地下车库的暗灰色碎石路上。稀稀拉拉的几棵行道树似乎无法胜任装点小区的任务。拐角处新修了什么东西，散发出沥青的臭味。另一边建好的社区经历了劫难，被划分成一小块一小块的，大部分树都砍掉了。

我在小区旁边的坡道上停好车。幸好这里没有门禁，至少目前还没有。我沿着斜坡往下走，感觉自己暴露在观察的视线中，但是周围并没有人。上午已经过了一半，我本该在工作。大家都去工作了。

我丈夫发来短信，刺耳的铃声吓我一跳。

>> 你公司打来紧急电话，问你在哪儿，有急事找。你在哪儿？

总是有急事，总是可以放一放的急事。

>> 在去的路上。

我撒了个谎，然后关机。

西尔维娜的房间在三层，被过街天桥楼梯上的顶棚遮住了，在街上看不到那里。车库大门上装了关门器，所以在车通过后不会立即关闭。楼梯虽然更开阔，却让我感觉自己不是小偷，只是个访客。

看到蓝色的门，我重新思考自己在做什么。当然会有一道锁住的门。我以为呢？敞开的拱门、欢迎委员会、茶点？为了欢迎做这种事的我？我必须破门进去。

法斯克掏出枪指着我，告诉我绝对不要再插手。

我不。

我进门了，用什么方法并不重要。此后我又干过几次这种事，越界的感觉一次比一次弱，受到的阻力一次比一次小。

在屋子里，我尝试像侦探一样思考，变成一个侦探。我相信自己的第一个想法：眼前的一切都像舞台上的布置，跟那个储藏室一样。也许是因为东西太少了：布满纹理的硬木地板，“碉堡”小窗，通往另一头阳台的推拉玻璃门，玻璃门前带有假壁炉的客厅和开放式厨房，顺着过道左拐是办公室兼卧室，在阳台旁边。

我忽然觉得，西尔维娜如果在这里住过或来过，哪怕这里曾有更多物品，哪怕她想到办法把这里收拾得像洞穴一样，她也一定不喜欢这个房子，讨厌这个地方。但是她在这里住过……为什么呢？

厨房的岛台白得耀眼，相比之下，屋里的大部分东西更暗淡了。灰白色的墙变成了舞台背景。客厅里有一张咖啡桌和几把椅子。墙上挂着普通的风景画。屋子里的气味不是新房或老房的，而是空房的。

假壁炉上方，三只狐狸摇摇晃晃地放在壁炉架上，皮毛又脏又破。狐狸用的是老式的标本制法，玻璃纤维做的爪子修剪得很整齐。一公一母，一只幼崽。无论它们死于何事或何人之手，那都是很久以前的事了。由于化学品用量多了，公狐狸的毛上有一块淡淡的土灰蓝色。

三只狐狸都没有眼睛。

是不是有人在我之前拿到了线索？

我的血压升高了。我想我期待能得到更多秘密生活的证明，从平淡的生活里获得些许安慰。书和杂志也好，对西尔维娜更深入的了解也好。

而我得到的跟期待的相反：谨慎、一丝不苟的生活。我为什么要去推测一个囤积狂的混乱想法？那是我母亲曾经的样子，那就是我的过去，攒一堆废品。

但来都来了。我会在一片完好中寻找任何可能的线索，放下铲子猪，开始干活。检查每幅画的背后，什么也没有。翻完为数不多的几个柜子和抽屉，走进只剩下床垫的卧室。

没有人，也没有任何东西潜伏在壁橱里。

我回到客厅，有一种紧迫感。我拿起狐狸标本，标本嘎嘎作响，硬邦邦的。我依然可耻，不尊重动物，不顾一切地想要翻个底朝天，但同时还要快。我把那些身体当成物体，为了以防万一，把两只大狐狸撕开了。我又杀了它们一次。然而没有东西，里面什么都没有。

小狐狸还在壁炉架上，我不忍心把它也撕开。破旧小狐狸的身上，古老的脆弱感与青春感结合在一起，让我不知所措。

空荡荡的眼窝令我想到一些东西，然后我明白了。

西尔维娜的信里有三对黑点“·· ·· ··”，这里有三只狐狸。我想的可能对，也可能不对。

狐狸的眼睛在看哪儿？最后一只小狐狸看的是哪儿？

阳台和瓷花盆里一株枯萎的植物，两侧是褪色的草坪椅，都已经裂了。

我推开门，走到阳台上。“栏杆”到我的腰部，是用厚实的混凝土浇筑成的。我觉得其他公寓里的人看不见我。附近没有更高的建筑，只有一张拥挤的网格，弯弯曲曲地顺着斜坡向下延展。

花盆很大，而里面的植物小得可笑，枯死了，土干得几乎像沙子。我搬起花盆，确认下面的托盘里没有任何东西。花盆很重，即使对我来说，搬动也颇费力气，就像在力量比赛中举起一个混凝土球。

我把花盆放下，徒手挖开布满小孔的土壤。我本来不想留下任何痕迹，但是不可能。我可以丢掉狐狸的残躯，土却弄得到处都是。我的指甲上沾满了我自己犯罪的证据。我是一个疯狂的花匠，发掘植物的根。我不知道我是什么。

双手在土里给我一种真实感，我觉得自己能挖一个小时，当作一种治愈活动。然而我碰到了某样东西，埋在深处。

我费劲地把那东西挖出来，是一本小的黑色硬皮日记本，被透明塑料外皮保护着。

随风传来楼下街上的声响，像一声剧烈的咳嗽，然后没了动静。我僵在原地。我也许搞错了，但我感到没时间了。什么都没收拾——收拾有什么意义，我是个搞破坏的鼹鼠——跑到房门口，然后意识到自己衣衫不整，满身是土，还把铲子猪留在了咖啡桌上，旁边是撕坏的狐狸。

我把日记本别在腰带侧边，在洗手间尽力把自己弄干净，收拾好随身物品，把可怜的狐狸们塞进卧室的壁橱里。

我从楼梯跑下去，到了楼梯口才刹住步子，上街走了起来。我觉得在去公司的途中没有被跟踪。

有什么东西一直让我苦恼。我在公寓里忘记检查了什么，但又说不上来。

似乎失败了，我应该找的是别的东西。

【41】

拉里昨天晚上在公司的停车场被车撞了，撞他的人跑了。就那么一回，拉里工作到很晚。他在停车场的一个角落出的事，监控摄像头拍不到，或者坏了。真是讽刺。出事之前，有人看见他跟人争吵。一名泊车员叫的救护车。在一片混乱中，公司的人直到第二天早上才得到消息。

拉里住院了，断了几根肋骨，锁骨和一条胳膊也断了。他还在昏迷，但据他妻子说，他的手机和钱包叫人拿走了。拉里被撞之后，车遭到了洗劫。“冷血”，亚历克斯如是形容。亚历克斯和一些员工已经去医院了，艾莉脸色苍白。我不需要因为迟到而向任何人道歉，没人在意。

我发出了表示同情的声音，往传过来的杯子里放了钱，凑份子给拉里买花和卡片。我说当天晚些时候去看拉里，但我不会去。我一直在想院子里的监视者。拉里暂时回答不了问题。如果我想得对，拉里只是……诱饵。从私家侦探的角度看问题，意味着要多疑，意味着不要有我是拉里受伤事件同谋的不安想法。可笑的是，这并不是停车场的安保第一次出问题。我也可能想错了。

我欠亚历克斯和其他经理一份会议报告，但是我太紧张了。我灌了一肚子咖啡，好像就能有所帮助似的。我重复打着同一句话：“会议重点关注了阻止第三方攻击的新协议……”

西尔维娜的日记本烧穿了铲子猪，在我脑袋里烫出一个洞。

“会议重点关注了阻止第三方攻击的新协议，暴露出整体安全思维存在一个缺陷……”我想办法在报告里加入关于维尔卡潘帕公司的暗示，提前堵上艾莉和亚历克斯的嘴。

我想早退回家，腾出时间思考。

“由于自我隔离和在偏远地点工作，人们对人身安全风险的想法发生了变化，而转向审视这种改变是达成业务合作的机会之一。会议部分关注了关于解决人畜共患病毒问题的新协议，揭示了整体安全思维的一个缺陷，因为假设……”

不行，不能回家，不能留在办公室。我身上不舒服，浑身痒。艾莉总来聊拉里的事，搞得我频频皱眉，最后直截了当地告诉她，我得专心写报告。艾莉的脸色冷下来，“了解。”不，她不了解。但我也不了解她。

鉴于大流行病即将到来，亚历克斯过来讲新的办公规定，我心不在焉地听着。他问我是否还好，我回答很好，上午还去了健身房。一切都好。冷静，亚历克斯。安静，亚历克斯。走开，亚历克斯。

我关上门，拉上百叶窗，像是在为拉里降半旗。即使已经关门、拉窗帘，我还是将西尔维娜的日记本放在一个文件夹中，伪装成客户文件。我开始浏览日记，但是心神不定，看不进去。我获取的信息都是零碎的，还总抓不住内容表达的意思，只好一遍遍重复看。顽强的艾莉会敲门进来，交给我零碎的费用报销文件，让我在上面签字。他们配合攻击来惩罚我不够关心拉里？

即便如此，我也明白了一些事，其中之一是对西尔维娜来说，在人类世界活着完全是一种折磨，她的感官遭到全面围攻。就在日记中，她正面讲述了小时候经历转变的那一刻，根本性的转变。

“一天晚上，楼下街道上传来车开过的声音，我在声音中醒来，在窗外照进来的光线中醒来。从此以后，声音再也没消失，光线再也没熄灭，反而变得更强了，无论我在哪里。我躲到没有人烟的野外，一开始是为自己着想，因为我忍受不了在别的地方生活。”

西尔维娜说父亲的朋友利用她的“弱点”折磨她。他们说话的方式，看她的方式。他们会住到她父亲的乡间小屋，不管是在哪个国家，去狩猎，然后带回战利品猎物的头。迈阿密、布宜诺斯艾利斯，最后是西海岸，在他们富丽堂皇的家中，头颅堆积如山。

“记得小时候，我从卧室出去拿一杯水，经过一条走廊，所有那些头都低下来看我。阴影中，死亡对我夹道攻击。如果我的行为举止很戏剧化，那是因为那些东西让我做了噩梦。我不想忘记它们的意义，不想忘记它们对谁有意义、对谁没有意义。白天，所有人都从那些墓碑旁走过，却熟视无睹。”

西尔维娜的父亲认为她长大后会成为模范美国公民，他几乎打算利用她来洗白不太清白的公司。他告诉西尔维娜，她是他最大的孩子，将成为他的继承人。后来他改变了主意，因为西尔维娜不是男孩。他先是属意一个小儿子，然后对小女儿们也很中意。没有办法确切地知道，西尔维娜是先变得激进，还是先遭到了父亲的否定。十三岁时，她向警方举报了父亲的“收藏家”朋友们。成长到青春期时，她父亲让她踏上旅程，前往他拥有房产的地方，而那些地方他自己是常年不去的。西尔维娜像军人子女一样，她心里清楚，下个月或者下个学期自己就又去另一个地方上学了。

“你明白的第一件事就是你孑然一身，只能靠自己。”西尔维娜写道，“你如果认为这是一件好事，而不是可怕的事……就是个奇迹。”

我无法想象，不先平息自己对死亡的恐惧，怎么能以那种状态生活。

“没有他们最后不会杀掉的人，因为你对他们而言并不重要，”西尔维娜在页边空白处写道。我开始意识到，我正在阅读的不是一本单纯的日记：这本日记，或者日志，变成了回忆录。

在页边空白处还有匆忙绘制的图示，像是自制炸弹。这是她受到指控的罪名，但她逃过了牢狱之灾。

我看到图示的地方停下了。这里有个心不在焉的女人，做着白日梦，在她笔记本的页边空白处漫不经心地画了炸弹。那一页记述了她二十一岁时被遣返回祖国，乔装后乘火车远征基多的旅行和当时的心情。

她在从未踏足过的国家努力适应当地环境，决定跟随洪堡的足迹。这位欧洲的博物学家做了很多好事，但也以科学的名义电死了四千只青蛙。

我久久盯着那些简要的叙述，试图随着文字想象那些现实或者幻想。然而我没有从中看出任何真实的东西，只有令人极不愉快的恐惧感和巨大压力，我无法在那重压之下生活，无法承受西尔维娜日记的重量。

我继续读下去，但没有全情投入，不断希望日记是一种误导。人会被视觉吸引，但眼见的也许是最不重要的。

西尔维娜在基多野外的丛林里遇见一只断了腿的猴子。一个叫哈维尔的向导想给猴子个痛快，了结它的性命。但西尔维娜叫同行的人把猴子抓住，给猴子腿上绑好夹板，关进笼子里养伤。

在同一次旅途中，西尔维娜碰见了那伊阿得蜂鸟，或者是有意去找的，要不就是见到了它们脱水干燥后的尸体，被当成恋爱护身符在当地市场上出售。我看得很快，就像会有某些关键信息或线索从纸上跳出来帮我似的。

艾莉又闯了进来。我合上文件，放在桌上。反正我也对自己的不专心而沮丧，也有可能是我开始认为西尔维娜不专心，没有直接给出答案。

“最后一个。”艾莉说，声音里没有一丝歉意。酒吧费用报销单上写着“杰克”，必须单独分类为“与潜在客户会面”。我编了一个姓氏，“法斯克”，杰克·法斯克。从来没有人检查报销内容是否属实，就像没有人关心拉里带客户去脱衣舞俱乐部一样。

然而“蜂鸟”触发了我对另一件事的担忧，那就是狐狸被挖走的眼睛。

蜂鸟标本还在我健身房的储物柜里吗？

【42】

我把车停在健身房上面的斜坡上，在一条小巷子里，然后下了斜坡去商业街。我觉得没人跟踪我，但还是想把车停得远一些。我想从高处了解这一片的地形。步行的距离很短，但对住在最高处富人区的居民来说就长了。往下是一片狭长的林地，脏兮兮的，还没有开发，被一道高大的木板条围栏挡住了。再往下是停车场。

健身房外面有一个人，我大概认识，正在街边的快餐店吃着墨西哥卷饼，抽着烟。我知道他会在健身房里花半个小时练举重，或者在最深处黑暗的角落里打破旧的拳击沙袋。见到他有一种莫名的安慰。

但是进了健身房，一切都烟消云散。

一看查理的脸色我就知道了。

“你的柜子被砸开了。”查理语气平淡。

“那你不给我打电话？”

我急忙跑到储物柜前，看到坏掉的锁晃晃悠悠地挂在上面。我的东西都还在，蜂鸟除外。我就知道可能会发生这种事。我已经试图让自己接受这种可能性了，但显然不行。

不仅是我的，一连排的柜子都开了，锁上的锁被砸坏了。不过只有几十个人耐烦锁柜子，倒为查理节省了一大笔维修费用。

“什么时候的事？”

“不清楚，他们夜里撬的门。我来的时候满地乱七八糟，我刚收拾完。”

“监控录像有吗？”

查理给了我一个不可置信的表情。很多人来查理的健身房，就是因为他说这里不用摄像头。

“我看见有辆 SUV 在附近转悠，这是车牌号。昨天又有其他人看见了。”他给了我一张小纸片。

“查理，谢谢！”

然而查理看我的眼神并不友好。我如果注意到了，就不会说接下来这些话了。

“你有认识的人能帮我藏东西吗？”我在想包里的日记该往哪放。

“认识的人？认识什么人？”查理用轻蔑的语气说道，“我不认识。带上你的那包破烂滚出去。”

我挺直了身子。我又落后那些人一步，恐慌感回来了。我很难怀疑查理的语气，他对我应急包的蔑视造成了更大打击，就像他一直在评判我一样。

“查理——”

“马上走，别回来，永远。我不想跟这事沾一点边。记得吗——我说过有人跟着你。”

他的话给了我沉重一击，但也让我气疯了。这是本能反应，大概我还没明白旧的生活正在离我远去。

“不，我不走。我是老会员了，时间已经有——”

“快走，要不报警了。”查理说，“告你非法入侵。”

“去你的吧，查理！”报警……告一个被抢劫的人，这不公平。就跟我在扮演一个无辜角色似的。

“要么报警，要么你滚蛋！”

我知道查理干得出来，他的表情告诉我了，他的肢体动作显示他想揍我。这时我才确切地知道健身房是查理的，是他有且仅有的一切。

“我到时能不能回来——”

“给我滚。”

于是我滚了。

【43】

我往停车的地方走，半路上，察觉有人从健身房开始跟着我。我迅速回头看了一眼，是一个穿西装的壮汉，深棕色的头发，糟糕的发型，一脸倦容。他大约五十岁，肩膀很宽，体格强健，只有一点发胖。这种体型从事的是不寻常的工作。他正在爬坡。

我加快了步子，决定要回到车里，但又放慢了速度，如果有人在车上守株待兔怎么办？然后又快步走起来。我别无选择，街上空无一人，只有几辆汽车经过。到了围栏和小树林，我准备用手机报警，又犹豫了，意识到我跟……某些事脱不了干系，比如，私闯民宅。

我再回头一看，那家伙已经逼近了，一张哭丧脸坚定而平静。我看了很生气，因为那表情就像在说这个女人只是一天中的工作，没什么大不了。我不知道他只是想以拙劣的技巧尾随我，还是想追上来。

我又放慢了脚步，平静下来。一切事情都没有挑明，还在暗地里进行。我要保住西尔维娜的日记本。我告诉自己，身后可能就是拿走蜂鸟的人。我就像弄丢了一只本来还活着的蜂鸟。二次盗窃已经被盗了的墓穴。

我走得更慢了，现在能听见身后沉重的脚步声。如果那人有枪怎么办？

但我很生气，积怒爆发。这种鬼鬼祟祟的事太多太多了，监视我家的人、威胁我的法斯克、躺在医院里的拉里。我还没能把拉里的事与这一连串联系起来，不知其意义何在。我比身后那家伙更壮、更危险，为什么我要跑？跑什么跑？真累人。我不会逃跑，只是人们认为我应该是逃跑的那一个。

我停下来，假装在包里翻来翻去。身后的人不断靠近，二十英尺，十英尺。我没有抬头。不知道是我想象的他猛扑了过来，还是他刚走进我的攻击范围，我挥起胳膊，抡包打了上去。“从老远蓄力攻击”，我父亲是这么说的。

铲子猪全力砸在那人脸上，他摇晃着后退，两只手捂住脸，弯下腰。我趁其不备，双手抱住他的后脑勺一拉一按……抬膝撞上他的下巴。

只听“咔嚓”一声，我甚至用膝盖感觉到了。被我打过的人终生难忘，我找不到其他让人忘不了我的办法了。

那人倒在人行道上，想翻身站起来。我朝他胸膛踹了一脚，他靠着木板栅栏不动了。栅栏变了形，但撑住了。

“你到底是谁？”我冲着他的脸高声喊道，“你他妈跟着我干什么？”

我拿出防狼喷雾威胁他，跟前面的一套操作相比虎头蛇尾，但我觉得他还没反应过来发生了什么。他看了看周围，身上的西装皱皱巴巴，好像会有人来救他似的。然而周围一片安静，没人想惹麻烦，或者附近居民对这种事见怪不怪了。

我重复了一遍我的问话。

他抬起头看着我，一只眼睛流血，开裂的嘴唇也流下来血来，左眼已经有了黑眼圈。

“别再找西尔维娜。”他说道。本地打手？听口音，他像是本地土生土长的。“别再找西尔维娜，否则有你好果子吃。”他的下巴够好，已经能连贯地说话了。

我像要再踢一脚一样冲上去。看到他畏缩着举起手来，我感觉很好。那感觉像是回到了摔跤场，绕着对手转圈，寻找机会，对手倒下了，处于劣势。

“这样吧，”我说，“你别再跟踪我、威胁我，别再偷我东西。”

他那是惊讶的眼神吗？似乎我的指责里有一项不是他干的？

“如果不停手，你不会喜欢接下来发生的事。”他说完，做好了再被打的准备。他的眼神不能聚焦了。

但我越来越愤怒。街上的车变多了。我看见有人从下面停车场的拐角处看我们。远处传来警笛声，大概和我们无关。

“别来烦我，”我说，“否则我要报警了。现在滚吧。”

我一手提铲子猪，一手拿防狼喷雾。

他艰难地站起来，没再说话，蹒跚着从人行道走下去了。他西装背面撕烂了，白衬衫从里面冒了出来，像毛绒玩具露出的填充物。

我的心跳快得不得了。我稳住自己，放慢速度，深吸了几口气，看着那个人走过停车场的拐角消失了。

我开始往上走，要回我车里。

就在那时，围栏另一边有人发出声音。有人在跟着我。我停，他们停。我走，他们走。我一直走，再停下就等于说我发现他们了。我浑身发抖，还没准备好应付更多的对手。

也许那边只是一个热心的居民？他在那里多久了？所有直觉都告诉我那是个男人。

我一直走，离车很近了。如果需要，我能冲过去，快速开门，坐到驾驶座上，一上车就锁门。

但是邪恶的事发生了，真正让我不安起来。

我能分辨出又来了一个人。鞋子的摩擦声，呼吸声，被掐住脖子的窒息声。

我停下，一动不动地看着围栏板，像要把它看穿。

有重物倒在了地上，似乎是一个人。肯定是人。

站着的人划了一根火柴，有呼吸声。

我闻到了烟味。一缕细细的烟盘旋着升到围栏上方。我感受到了罪恶，感受到了一个存在，沉默不言、动作精确，令人不寒而栗。

该死，我像动弹不得的猎物。

我掺和进了什么事？

我强行把自己从恐惧中拉出来。不管怎样，能动起来就行，不要定在原地。

我往车那边去，自制力全部消失，铲子猪紧紧贴在身侧，脑子一片混乱。在纯粹的、出于本能的恐慌中，我跑起来，向前跑，头也不回。我钻进车里，胡乱插入钥匙，顾不上系安全带，车子咆哮着离开了那里。

那个看不见的人很镇定，呼吸均匀。盘旋的烟雾。坚定而平稳的脚步。阴冷罪恶的感觉，鞋子或者正装靴踩在石子路和土地上的声音。他脚边躺着的尸体。

我没法忘掉围栏后那个看不见的幽灵。他似乎不可能跟我打趴下的那个人有任何关系。

但是我又知道什么呢？

我什么也不知道。

【44】

西尔维娜日记的大部分内容描述了一段史诗般的西海岸之旅。据她的说法，她从美加边境出发，一路走到南加州北部。这是她在审判后被放逐的第三年。那时我已经 33 岁了：懵懵懂懂，在公司里学门道，还没当上经理。

我一遍又一遍地读西尔维娜的“远征”故事，不仅因为这对她很重要，还因为很奇妙地，通过她的眼睛看到了我熟悉的事物，意识到我熟悉的事物对她来说也是那么熟悉。她曾对基多感到陌生，对阿根廷没多少感情，经历审判之后就更少了。

“第一次，我有点回家了的感觉。”西尔维娜写道，“在一望无际的海岸上，在寒冷和雨雾中，关闭的东西打开，我接收到了，并且保持接收的状态。天气阴沉，桥梁在无尽的阴影中显得巨大无比，几乎是粗野派的风格。沼泽里水的气味出其不意地袭来，还有雪松扑鼻的香味。几只鹰落在电线上，像哨兵在判断我的行进方向。

“我会一直开车，直到找到一条荒无人烟的小路——穿过山丘或者沿着海岸行驶。我喜欢灯塔，它们总是立在某个偏僻的地方。我不喜欢开车时看到很多人。我们怎么才能假装只有自己存在呢？但在我不是一个人之前，我想假装自己是一个人。

“我看到过鹿、水獭和一两只野猫，有一回还远远看到一头熊，就一个模糊的小点，一个影子，但也已经足够了。走在树林里，树上有那么多的鸟儿，岩石和掉落的树枝下面，在我们注意不到的地方，有一个忙碌的小世界。

“有时我会遇见陌生的人。他们打招呼的时候，我能从他们的眼睛看出来他们喜不喜欢我。但是出于好奇，我也跟不喜欢我的人同行，花的时间跟在喜欢我的人身上一样多。有时在篝火旁，一些人会变得温和，而另外一些人一直是僵硬、戒备的姿态。遇到后者，我就很快找借口离开。”

西尔维娜住便宜的汽车旅馆，在酒吧和小餐馆里与陌生人交朋友。她曾在一艘船屋里住了一两个月，在一条河的三角洲旁边。有几次她会把酒吧里结识的朋友带回家。跟上面写的一样，西尔维娜对那些人的描述带着一种不可思议的误解。因为她大部分时间都在野外，所以那些人仿佛是不常见的奇迹。似乎久而久之，她不知道人类真正的样子了。

“没有刻意寻找，但我发现了这个地方，让我工作和生活，内心充满平静，让我斩断过去，不再想起。如果只活在当下，我的问题就会消失，或者只出现在未来。

“在国王山脉中部的高海拔处，我看到了那只那伊阿得蜂鸟，我认为方圆百英里[①]内没有人。现在是淡季，天冷风大，我也没有做好充分的准备，所以觉得太冷了，体重也减轻了。但是我很快乐，身形越小，思想似乎就扩展得越大，越能体验到周围的一切。我既不泡澡也不冲澡。我一直走，累了就尽量到帐篷里去，在我的睡袋里睡。食物尝起来有些怪。

“到了第十天，动物似乎看不见我了。我可以从一只鹿身边走过，而鹿不会跑。小溪边玩耍的水獭看我一眼，再看我一眼，然后

① 1英里约合1.6公里。

就继续活动了。在我看来是这样的。

“是的，到了第十二天，我看到了那只蜂鸟。四周弥漫着浓郁的雪松香气，山坡上遍布绿色的苔藓和地衣，树上也长满了地衣和蕨类植物，光秃秃的大树枝生机勃勃。

“我拐了个弯，看到小路中间有一个水洼或池塘，是积的雨水，就弯下腰来喝……我看到了那伊阿得蜂鸟。那是一只雌鸟，黑色的翅膀折射出虹彩，鸟喙尖利细长。

“她起初背对着我，没看到我。我看着她站在地上，毫无防备地喝水。然后她感觉到我的存在，轻轻叫了一声，害怕地垂直飞到空中，像演杂技般轻松，在空中骂完我，很快消失在雪松林里。

“我一整天都没吃东西，几乎没喝水，感觉自己轻如空气。在看到蜂鸟的那一刻，我开始为她的美丽而哭泣，我描述不出她的美。我无法向你或任何人传达那一刻的激动，因为我看到了落在地上的蜂鸟，没有飞翔的蜂鸟。我知道，见过这种奇迹瞬间的人一百万个里都挑不出一个。

“所以你可以想象，当我后来认出这是什么鸟，意识到这个物种是多么的稀有并且濒临灭绝，我是什么样的感受。我所见证的不是一个小小的奇迹，事实上，这种瞬间只会再出现一百次或一千次，就不会出现了。

“在世界历史上，在那伊阿得蜂鸟不复存在之前，它们落在地上喝水的次数极其有限。

“这种想法对我来说太过了，我难以承受。我被撕成了两半，崩溃后又重塑，变成了跟从前不同的人。”

仅仅是看这些文字就令我崩溃，我变成了新的简。这种令人精疲力竭的情绪和冲动已经控制住了我。我本已决定抗拒西尔维娜，但又接纳了她。

因为在这之前，我已经接纳蜂鸟了。

ODDLY ENOUGH
PICTORIAL ENCYCLOPEDIA of FURS
FROM ANIMAL LAND TO FURTOWN
by
Arthur Samet

第二部分

混乱

【45】

在现在这充满期待的时刻，有可能极其欣喜的时刻，我使劲回想在山上的遭遇后，基于什么原则做出了决定。我的原则看起来离我很远了，而且还在不断拉远。

害怕，愤怒，敌人不明不白，让我想用拳头打墙。我想摆脱，但不知道怎么才算摆脱，而且执拗地不想抛下西尔维娜。在这一切之下还有兴奋，我炫耀了实力，也知道自己壮得像卡车，能自我保护。好像我想做的分析师是一种伪装，一种蛰伏，或者一种适应，而真正的我在伪装下闪闪发光。

但是，这也是一个陷阱。

人在转变状态的情况下，即使自认为很冷静，也会忽视细节。周遭的世界变得有点模糊。你关掉车上的收音机，因为收音机的声音影响你专心梳理头脑中的混乱。但你以为那混乱只存在于你的头脑中，你沉默着，仍然茫然，头晕目眩。

遇上第一个红灯，你发现自己呼吸急促。后视镜里，一辆黑色SUV就跟在后面。不过车前座上是一个带孩子参加课余活动的妈妈，后座上是两个小孩，在给她捣乱。

但这触发了别的记忆。在山上的遭遇之后，查理给的纸片已经被我忘到脑后。我把纸片拿出来，用余光看着路况，查了上面的车牌号。

很快，我查到车牌号挂在一家空壳公司名下，海上笨蛋公司。我懊恼地叹了一口气，把手啪地放到方向盘上。刨根问底太浪费时间，艾莉或许有时间和耐心，但我没有。

去他的。我拐进一个药店的停车场，横穿了两条车道，无视喇叭声，无视那些怒容。至少没有人跟着我拐过去。

我只有一个直接线索。即使有威胁，我也给法斯克的古董店打电话。他一天的营业结束了，我的下午刚开始。我还能做些别的什么呢？

我在那里闲逛，像个想鼓起勇气去买速达菲的瘾君子。药店门口的圣诞装饰花里胡哨，带有强烈的党派倾向，让人难以理解。我们生活在一个什么样的国家？

电话响了四五声，法斯克接了，但没说话。

“法斯克，我是简，那个侦探。”

“帮不了你。”传来粗哑的声音。

电话挂断了。

我看着电话，记起看见过法斯克妻子和两个孩子的照片，就在他把枪对准我之前。不管他与妻儿分居与否，我就是认为法斯克在保护他们，而不是保护他自己，或者说主要是保护他们。但这不意味着他不是个坏人。

我怀疑法斯克是否读过《皮草城》，看没看那些精神错乱的言语和其中包含的警告。

“人类可能永远搞不明白，为什么闪亮的金属能引来浣熊。猎人知道了，就狡猾地布下陷阱。清澈如水的月光照亮了银色的锡箔。很快，浣熊出现了，被闪闪银光引诱着掉入陷阱被困，等到猎人出现，判决死刑。”

我再次给法斯克打电话，用的是另一张处理过的电话卡，以防被追踪。电话响了很长时间，无人接听。他关门了还是起了疑心？

我骂了两句，不跟他通上话就不想回家。

>> 没买菜的话我去买。

乐意帮忙的丈夫。这条普通的短信像来自火星。

前面还有一条我没看见。

>> 需要辅导作业。

我挑起眉毛。什么时候我女儿叫我辅导过作业？从没有过。这也像个圈套。

思路不清晰。我还忽略了一些细节。法斯克可以等等再联系。我需要冷静。我需要回家。

此刻我才意识到我的手在颤抖。

【46】

但是我还有个问题，应急包。我不想把应急包留在汽车后备厢里，那感觉像圣殿里什么神都供，或者像各种溶剂搅和到一起。应急包需要单独存放——这就是我把它放在健身房的唯一理由。

一开始，我调查过西尔维娜的其他几处房产，似乎非常理想，适合藏东西。其中一处是一间基本废弃的棚屋，在一块环境保护用地的边缘，开车二十分钟到。也许我的头脑不是最清醒的状态，但我需要把东西藏到某个地方去。

绕路过去会让我更加紧张，所以我冒了更大风险。离棚屋大约还有十分钟车程的地方，我发现一片高大的杂草丛，紧挨着几棵松柏。我靠边停下，等到路上没有其他车了，就把所有电子设备都从铲子猪里拿出来，放进一个小提包，塞到杂草里藏起来，又检查了一遍车上是否有跟踪装置。谢天谢地，我的车是老型号，通过车载GPS追踪应该不容易。

然后我就去了西尔维娜的棚屋。说是棚屋，其实更像是一座小房子。倾斜的房顶塌了，摇摇欲坠的门上挂了一把锁。很久以前，有人给墙上刷了鲜艳的红色、绿色和蓝色，仿佛要与泛黄的草地形成对比。

房子后面有一辆生锈的购物车，就在我放松下来的时候——一声巨响，身体砸到地上的声音。

我迅速转身，正好看见一只浣熊跑开了。有报道说这附近有几只日本貉出没，是从动物园里逃出来的。但这只不是貉，而是普通的浣熊。在我的注视中，浣熊放慢速度停了下来，在高高的草丛中看我。怪了，我无法跟它对视，在闯进棚屋的时候不能对视。《皮草城》里对浣熊的暴行已经深深地印在我脑子里了。

维尔卡潘帕公司拥有多少这么破败的房产？太多了。也许你如果有那么多资金，就记不起这种小东西。与世隔绝生活的最佳地点就在被大公司遗忘的地区，直到某天他们想起来，用狗或无人机给你送东西。

我怀疑西尔维娜与这个地方有很多过去。或许她认识那只浣熊的祖父母。我充分检查了这里，确认棚屋废弃，利用一扇破窗户从后门进去了。房子里被遗弃的东西长时间没人使用，我闻到了里面的气味，伸手摸了摸周围。我把应急包藏在一块防水布下，上面放一堆生锈的工具作为掩饰，然后溜了出去。

如释重负。

我的几部手机还胡乱扔在草丛里。

我也一样处在混乱里。

【47】

我开车回家，路过快餐店、棒球场、公园，路过那家咖啡店的时候有一瞬间想进去。我想无所顾忌地开快车，但是穿过一条条街道，交通拥堵的痛苦可以预见，我现在就开始烦了。我们都准备好了减速行驶，就算路况并没有让我们慢下来。所有人的思绪飘荡着聚在一起，同时又各怀心思。

想要分析的冲动像针刺一般，无法抗拒。法斯克的反应怎么这么大？触及了他的原则？是因为在他的圈子里，他仅凭名号就认识兰格？还是因为那只蜂鸟对他来说特别危险？我的线索有法斯克、《皮草城》、一本充满回忆的日记，还有一个围栏后的施暴男。

路上的车变少了，而我继续慢慢地往前开——开进社区，像一个表现良好的公民。我把车停在车道上，随意地下车，没有花费时间进屋，而是走到后院的草坪上。秋千似乎带来了平静，我喜欢站在附近，周围空无一人。我长长地呼出一口气，抬头看着我们家的窗户。

从头再来，用所拥有的信息再试一次。我从铲子猪的肚子里一下子掏出一张电话卡，给法斯克打电话。

法斯克接了电话，我没理会他说的“喂？”

“法斯克，下次我就用能被监听的电话给你打，很好查到。不管你害怕的是谁，他都准确知道是我给你打了电话。我干得出来，我什么都不在乎。”

跳到明处暴露他，毁掉我的另一种生活。我必须这么做，他们已经知道了我的住址，我还有什么必要隐藏？其实我有必要。我来回踱步，身上冒汗，决定往树林走。

电话里一片安静。法斯克没有挂断，但也没说话。我需要再推他一把，我能感觉到。很幸运，我有办法了。

“法斯克，你过这种日子：你儿子不给你写信，也不给你打电话。你过生日了，他会在社交软件上发动态，但绝对不来看你。你女儿甚至不玩社交软件。你妻子死了有十年了。你风光过，但现在你离破产大概还有三个月。你喜欢捆绑类的黄片。你嫖娼。你不是严格意义上的罪犯，但你认识不少罪犯。我对你的了解才刚刚开始。回答我的问题，否则情况可能会对你更不利，在很多方面都不利。”

法斯克像在靠呼吸机喘气。

“法斯克？”

“我一看就知道你是卑鄙之人。”法斯克的语气平静，不带一点感情。

我差点笑出声来。我最不在乎的就是法斯克的侮辱。

“告诉我，我需要知道什么，你就再也不会收到我的联系了。”

我几乎走进了树林里，避开了突然出来的太阳，避开了别人的视线。

“你发誓。”

“真相。”

“无关紧要。”法斯克很平静。

宿命论者。

“是谁，法斯克？”

流浪汉观察我家的地方有东西，让灌木的树枝遮住了，在一堆枯叶里。

“不晓得。有走私野生动物的，有无法无天的，什么人都有。你踩了机关，我可不想跟你一起关进笼子。”

“一切因为西尔维娜·维尔卡潘帕。”

现在我看清楚了，空酒瓶立着，像临时起意立的墓碑，旁边是那个小鸟似的无人机，已经粉碎了。我不得不再次用力呼吸，胸口紧绷，感觉快要窒息。

法斯克一声响亮而苦涩的笑声把我拉回了现实。

“你笑什么？”

“西尔维娜，一个你听过就必须忘掉的名字。”

“告诉我理由。”

我站在那里，看着地上的无人机和酒瓶。

这次更糟糕了，烟头不再是一个，而是半打，每个牌子都不一样。靴子印过于夸张地盖住了之前的鞋印，就像有人小心地将靴子底的花纹踩到无人机上，印到树叶和树叶下面的泥土上，如同标记领地。

我莫名其妙地对小无人机生出怜悯，精致的喙裂开了，脆弱的翅膀碎片微微闪光，空洞的眼睛从未真正像鸟一样看到过世界。

“我觉得我不会告诉你理由。”

“名字——我需要名字。”

我挑衅地说道，哪怕拿电话的手抖得越来越厉害，肩上的铲子猪重了一倍。我能闻到树叶上的烟味，令人作呕。最近留下的？

“如果你招惹了维尔卡潘帕家，他们已经在追踪你了，而且会找到你。很快你就知道他们的名字了。”

“西尔维娜已经死了。他们为什么还担心？”

我在酒瓶和无人机旁边蹲下。

“喏，告诉你了，第一个线索。”法斯克轻蔑地说。

“我还需要蝾螈的信息，一只蝾螈标本。”

酒瓶上有一张看起来很熟悉的价签。也许如果我没有分心，如果我在法斯克沉默时再说些什么，他就会结束通话。也许我在骗我自己。

过了好一会儿，法斯克给了我一个地址，跟我隔了两个市。地址很熟悉，但我想不起来了。

“这里在……这里现在算是个维修店。”

“所以呢？”

“R. S. 的店。”

我一下子就有了力气。这解释了为什么我没有找到做标本买卖的 R. S.。我还查过古董店。

“R. S. 是什么的缩写？”我尽量不让声音暴露我高兴的情绪。

“罗妮 · 辛普森。”

“你怎么认识罗妮·辛普森的？”

“现在怎么会有人认识任何人？”

“突然成哲学家了。”

“你是侦探——你把事搞清楚。”

“还有什么能告诉我的？”

我说了蠢话。我捡起瓶子，没想指纹和手套的事。一个没什么特殊的瓶子，非常干净，我能看出来里面没有任何残留物。

“我不能替你问问题啊，侦探。”

“你要是想起什么，打我电话。”我说了一个安全的号码，是一部我没用过的一次性手机，把手里的瓶子扔回地上。

“好，行，你放心吧，不会打的。”“咔嗒”一声，法斯克消失了。

我看着深深的脚印和烟头得出结论：有人在戏弄我。打烂无人机像是一个奇怪的消遣，但也告诉我跟踪者足够老到，能解决社区的监控。

法斯克在R. S. 的事上也戏弄了我？就像在综合格斗中，你以为其中一个选手占了上风，但接下来两人就开始地面缠斗了。

我在树林里站着思索了很久。我兜兜转转，被卡住了，无计可施。这个世界想从我这里得到什么？西尔维娜需要什么？我需要什么？地上的烟头大致围成一个圈，给了我答案。带有熟悉标签的瓶子。

我想突破陷阱。

所以我做出尝试，全力以赴。

【48】

“没有他们最后不会杀掉的人，因为你对他们而言并不重要。他们不会从你这里拿走任何东西，因为他们根本不在乎。”

与法斯克的通话。后院的又一个闯入者。丢失的蜂鸟。

我终于把法斯克给的地址定位在了统一乌托邦，由西尔维娜家族出资建的环保中心。我懊恼了一会儿，早就应该调查那里的。

“他们会利用你来对付你自己，孤立你，边缘化你，既撒谎也说实话。他们不择手段，因为他们不在乎。”

R. S. 留到后面再查。我深知，在山上揍趴下的那个不是监视我家的人——我有预感。

我回到车上，开车去了附近的便利店，就在小区外面，高速公路边上，兼作加油站。便利店还是老样子，窗户上贴满了所有我们可能所需物品的广告，让我们焦虑。停车场里没有黑色 SUV 之类的车。

我进门，铃声叮叮当当响起。人们不会经常光顾这里，而是在早上醒来后发现忘记在超市买鸡蛋或咖啡了才过来。这里对停车上厕所的司机更有吸引力，闻起来总有一股淡淡的马桶味。

我停了一会儿，意识到店里会有监控摄像头。

但是柜台后面的女人已经看到了我。三十多岁疲倦的黑人女士，穿着西装，让我觉得是经理替生病的职员上工。一个外科医用口罩松松地挂在她的脖子上，像是公司发的，但公司并没有强制职员戴上。大多数地方都这样。

“你好呀！”她打招呼，声音里有一种茫然的希望。走近看，她的眼窝凹陷，说明她没怎么睡觉。她的衬衫袖子破了个洞，粉红色的指甲油变得斑驳。她注意不到细节了。我表示同情。

“我的问题可能很奇怪。”我说，做好受到抵触的准备。

“我可不会那么想。”她微笑，几乎是满面笑容。

她说的是什么意思？那笑容是什么意思？

我决定不去理会。

“最近有没有人来买了很多各种牌子的烟？”

在她脑袋后面的架子上，至少有十个牌子的烟盒突出来。

“有！”她说，热情得让我措手不及。

“他告诉你名字了吗？”

“没。”还是很欢快，不合常理，我都想说说她了。

不要在这个人身上费劲，保存你的精力。

“他长什么样？”

“普通人，不过戴了假发。白人，个子比较高。我没很注意，因为有假发。”她迷惑了，似乎刚刚意识到描述不出来那人长什么样。

“假发？”

“他穿着连帽衫，帽子扣上了，底下是假发，和小丑一样。”

“小丑？”

“你知道的——棉花糖一样粉色的假发，就像去参加派对。”

我开始胃痛。这个细节让我明白了，这是个有病态幽默感的人，让我联想到了恶作剧和精神病。

“他年轻，还是上年纪，还是……”

“什么都不是。我的意思是我说不上来，但不是二十多岁。”

“‘什么都不是’是什么意思？”

她耸了耸肩，“他很成熟？或者……我就是没留意。”

“这是多久以前的事了？他什么时候进来的。”

她犹豫了一下，笑容逐渐消失。我开始有一种飘浮感。

“你刚才进门前十分钟？”

十分钟。

飘浮变成了坠落，一阵恶心。我盯住一沓有霓虹灯色彩的红色彩票，一排排静静躺着的蓝绿色一次性打火机，银色纸包装的含咖啡因的蛋白棒。

这个人现在在哪里？

“他是你男朋友什么的，对吧？寻宝游戏的一部分？”

但她已经从我的反应中知道了，安静了下来，仿佛嘴里瞬间扔进了一粒柠檬糖，脸上的表情不是很好。

“你说的是什么意思？”其实我知道她的意思。

“这个戴假发的人——他说你会来打听他的事。他说你们是老朋友，把事情告诉你会很有趣，你会笑出来的。”

那些声音回来了，围栏后两个男人打了起来，其中一个倒在地上，另一个很平静。

“他还给我看了你的照片。”

“什么照片？”

她又犹豫了，“你在你女儿生日派对上的。”

我呆呆地开车回家。那是我手机里的一张照片。我手机里的一张照片。手机从什么时候开始不安全的？我忍住冲动，没把手机砸到仪表板上，然后从车窗里扔出去。我需要知道手机的损坏程度，最好“他们”不确定我知不知道手机不安全了。

我把钥匙插进前门并转动，又多疑，决定从后门进。我检查每个房间是否有被入侵的痕迹，但什么也没找到。

我从主卧向下看草坪，随后离开了窗户。头晕得厉害，我很难理解正在发生什么事。

下面边缘处的树林看起来像一道无法逾越的障碍墙，棕色中带着一些暗绿。天开始下雨了，空气中又多了一丝寒意。我在出汗，能听到自己的呼吸声。现在该怎么办？

下楼需要意志力。我得查看一些东西，是我的一个杂念，也算某种妄想，但我必须确认。我往外走，路过壁炉的时候拿了一根拨火棍，走到外面，胳膊和腿湿透了，任由棍子拖在草地上。耳朵里嗡嗡作响。

我在雨中走向树林。雨珠落在我的衣服上，渗入一片湿热中。

瓶子还在，又被立起来了。

但是无人机没了，一块碎片也没有，跟我想的一样。

各种牌子的烟，没有点过的，围着瓶子摆了一个圈，充满嘲讽。

但是旁边还有一把手枪，半自动，小巧易隐藏。手枪旁边有几个弹匣，躺在一条浆过的白手帕上。

要我。来真的。

我震惊到无以复加。震惊过后，有一个问题迫在眉睫。我知道自己能变得危险，能当面挑衅，但是也能扣动扳机吗？

放在铲子猪外兜的工作手机震动了，是短信提醒。我掏出手机。

是一个不在电话簿上的号码，后来经证实无法追踪。

>> 希望你喜欢我留给你的东西。

我看着这些词，没有真正注意是什么内容。我的手机被入侵多久了？不知道为什么，在这里收到短信，在我家外面，比在车里感觉更糟。

我：你是谁？

>> 你猜不出来吗？

我：不。

>> 你确定不想猜猜看吗？

我：你是谁？

>> 我是你的哥哥。复活了。

该死。我差点把手机摔了。我受到了冲击，感觉哥哥被亵渎了。

我吸了口气。他想让我惊慌。他在告诉我，他知道我所有的事。不过如此。

我：不好笑，混蛋。

>> 对，不好笑，我道歉。好吧，如果你不猜，我猜，你可以叫我“美洲鲵”。

美洲鲵，蝾螈里的巨人。又是一个隐晦的信息，他知道我的过去。我不知道为什么会想到用“他”，但我无法动摇这个想法。

我：别来烦我，否则报警。

>> 哦，当然可以，去吧。要我告诉警察你有违禁品，还是非法入侵？

我在山上打的那个人也不会给我枪。

我：你想要什么？

>> 我只是想帮忙。

我：好的。你真正想要什么？

>> 我处理了监视你家的那个人，不是吗？

我顿了一下，就像突然遇到信号灯，不得不猛地踩刹车。先是一个烟头，然后是半打。近乎可笑的重叠的靴子印抹掉了鞋印。那围栏后面重重倒下的人呢？发短信的是兰格，还是他已经死了？但我不能让自己问这些。

我：不需要这种帮助。

>> 美洲鲵认为你的确想要这种帮助。美洲鲵认为你需要这样的帮助。

我：离我家远点。

>> 哦，远着呢。如果想到你家里去，我会去的。

我：离远点！

我等了一会儿。两分钟，无回复。

一个邻居正在修剪草坪。不知道哪里远远传来吹叶机的声音。一只鸟在我头顶的树上唱歌。

我捡起手枪，连同弹匣藏在夹克里，回去后藏到了铲子猪里。

我不知道美洲鲵认为我会与哪里来的一群人作战，子弹有很多。

【49】

看着这把枪，我觉得祖父比以往任何时候都接近。我有充分的理由把他的鬼魂赶走——在女儿身边的时候，是我驱赶得最努力的时候。我知道祖父住在我心里，我无法放松。我们背地里叫祖父“火药”，他当面叫我“圆弹头”。他喜欢拿枪打瓶子、打鹿，发起脾气来像火药爆炸。他是叫火药，火药是他真名的谐音。也许用陈词滥调描述他，弱化他，就像用盒子把火药关了进去。火药父亲的父亲建立了农场，不是什么的专用地，而是在这个机械化和专业化的现代世界里，干所有剩下的小活。一代人后，一百英亩地只剩了五十英亩，就像火药的怒气持续压缩着这片土地。火药脾愚蠢，蠢得没必要存在。父亲倒是不蠢，但他任凭火药做不明智的决定。

更糟糕的是，我们周围都是普通的农家，他们做的都是普通而正常的农活。火药没有放弃愚蠢的计划，比如有段时间我们试图专门为赶时髦的人种植精品作物，因为一些销售代表说服他“试一试”；或者我们可以带领游客参观农场并收取现金；或者……很多诸如此类的事情。

尽管父亲是成年人了，但火药却无休止地安排好要做什么，喂鸡、喂牛、作物轮作，他从来不把所有的经验传授给我们。懦弱的人知道自己没什么品德，并且把这点自知之明当作别人要暗算他们的证据，所以他们想把知识和经验占为己有，不让别人知道。

火药不止一次在水槽中淹死过鸡，也不知道鸡犯了什么罪。火药总有这样那样的借口。那些蹩脚的借口我已经忘了，只记得无神的眼睛、浸透的羽毛和很快就散发出来的臭味。

火药当然喜欢打猎，确实喜欢，而且会喝大了再去。你如果觉得这是刻板印象，那是因为不了解那个地区，那个地区的人普遍这么干。一些地方不能去，有喝醉的偷猎者，但从来没人想过向警察举报。

当我晕倒在地，火药非要拽我，我父亲阻止了他。但我已经用计阻止火药了。当我长得高高大大，长出与体型相称的肌肉，火药喜欢开玩笑，说父亲一定是“跟母牛生出的圆弹头”。他那个人就是这种水平。扇脸、打人、精神虐待，是火药心目中的美好时光。

有一次，火药把我哥哥往水槽里拽，我们的父亲不得不挡住他的去路，为了阻止他而动了手。从那次开始，我们都意识到这种病态是可以转移的，因为父亲开始越界了，威胁要扇我们耳光，生气了就把我们的麦片粥碗打翻到我们腿上以示惩罚。他允许火药的负能量将他击垮。那个时候，母亲已经跟不在似的了。我们对新出现的虐待没有任何防范能力，因为已经把精力花在了对另一个人进行防御上。

火药的思想受到一群讨厌的家伙的影响，是从他以前收集的黑色杂志或粗俗的电视节目里学来的。他读的和看的都来自恶人的视角。如果火药年轻一些，和父亲年纪相当，我们至少不会见到他疯得那么厉害，或许能见到一个更接近本来面目的他。

火药会突发癫狂或抽搐，于是身子一半在水槽里、一半露在外面。发现身体不听使唤，他就大声喊父亲过去。他养病的时候，我们更多的是听到他的动静，见他的次数会变少。但是，如果我们不到他床前去照顾他，他会在好了之后让我们知道。他不想去看医生。

生病期间，火药让我哥哥给他念杂志上让人尴尬的低俗小说。杂志封面上是紧身胸衣被撕破了的女郎，背景中有私家侦探之类的什么人在冷眼旁观。腿部描写很多，没有一点内涵。如果能的话，我打算烧掉那些杂志，可是一直不敢。杂志烧与不烧有什么区别呢？反正已经印在火药的脑子里了。

我开始感觉到祖父在我心头翻腾。那些愤怒、力量，必须有一个地方发泄出去。就用我能用的部分，只要能驾驭住。

那愤怒和力量来自很久以前神秘的远方。

【50】

回到房子里面，我仍在与愤怒作斗争。在我不知情的情况下，美洲鸵对我的生活渗透到什么地步了？把枪和弹药放在厨房的桌子上，我浑身发抖，拿起铲子猪倒空里面的东西，把包倒过来之后我才发现自己有多暴躁。我看到了包里装了多少钱，包口朝下，桌子上成了“杂物”的海洋。一些东西掉到了地上，我随后花了几分钟捡起来。

长时间不清理手提包，里面积攒了一堆零碎的东西。泛黄破损的几年前的旧收据，从来不用的罐头食品优惠券，为送给丈夫亲戚而额外拍的女儿在学校的照片，过期的汽车保险卡，很多口香糖。口香糖太多了，我很庆幸没从包装里露出来黏在铲子猪里。敷衍的办公装备：口红和一些化妆品，我只在公司内部客户会议前用一用。

还有我的各种手机，一次性的和日常用的，当然还有沼泽猪。我得把东西从隔层拿出来再检查里面。

油漆色卡。剪下来的讲园艺的文章，里面的建议我从没实践过。折起来的工作文件，是很长时间以前一些项目上的。两条传统的工牌挂绳和三个麻烦的别针型的。第一份工作的胸牌，当时是在快餐店打工，我为了求好运留下了，或者是出于怀旧。卫生棉条，放得到处都是，丢在缝隙里和各种袋子里。一对电用光了的五号电池和我的放大镜。

一本破旧的平装本悬疑小说，六个月后我慢慢地读完了。已经碎到认不出来是什么的东西。一瓶过期的止痛药，我膝盖受伤时候用的。原先房子和公寓的钥匙，都在同一个钥匙链上，就像我需要一个钥匙博物馆一样。

避孕套，我立马又塞回带拉链的小兜里去。

像所有的大包一样，铲子猪也吃进去很多看起来破旧的小包，甚至还有两个没用过的，我不明白我为什么要买。

为什么没有扔掉？为什么留下来了？

没有钱包——我一直把钱包放在裤子前面的口袋里——但有很多武器。这些武器排成排，种类多得让我发笑。电击枪。防狼喷雾。去内脏刀，刀是从农场带出来的，因为我看中了光滑的骨制刀柄。塑料薄膜包着的黄铜指节套。几把不同样式的小刀。不是武器的小手电筒，但似乎与武器接近。铲子猪就像一个迷你应急包。

但是，尽管我检查了包里每一个角落、每一个缝隙，都找不到任何不寻常的地方。我怀疑地盯着一块拼图，思考是不是有人放进来的，后来回忆起这是对一个非常有趣的家庭之夜的纪念。

没有监控的迹象，没有窃听器，包的内衬里没有任何凸起的东西，没有重新缝合的痕迹。

我把大部分东西都塞了回去，松了口气，但又心烦意乱。我生活留下的所有零碎物件都如此普通，那些垃圾我还随身携带着。烦死了。

每一样东西上都沾着创可贴的味儿。以前，比起其他东西，我放的最多的是创可贴。

“妈！你拿那个干什么？”

我吓了一跳，从思绪中抽离出来。我忘了女儿已经回家了。

即便自那以后发生了很多事，无论睡着或清醒，我还一次次回到那个时刻。现在，我不知道女儿是否安全，不是我能管得了的。但是随后西尔维娜就出现在我的脑海里，蜂鸟和西尔维娜。

我的女儿站在家门口，一脸惊恐。有那么一瞬间，我以为她怕的是我，我身上有一些可怕的东西。然后我意识到我正拿着枪。

我把枪塞回铲子猪里，动作尽量放松，即使包里一半的东西还散落在厨房桌子上，让我的行为显得可笑。

“擦一擦。”我试图显得随意，但变得更奇怪了。

“妈！你什么时候有枪了？”

“没多久。”我说，“抱歉——我应该跟你说的，不是故意吓你。只是以防万一。”无力的说辞。

她看着我，好像我是一个入侵者。我无地自容，感觉很糟。

“这和前几天在树林里看我们家的人有关系吗？”

我的心脏。哦，我的心跳停了片刻，“咯噔”一下，或者是我脑子里的什么东西“咯噔”一下。

“什么人？”

“别哄我！”女儿生气的样子带出了火药的影子，让我无端发怒。

“我们在处理了，我和你爸。”

这句话是让她停下的暗示，但她没理。

“那你在后备厢里藏的东西呢？我看见你藏东西了，怎么回事？”

我挪了挪身体重心，把手搭在旁边的椅子上，累到不行，能睡上一千年。

“不知道你说什么呢。”从某种意义上，这是真话。

“别对我胡说八道。”她说。

“注意你的措辞。”

她坐在桌子对面瞪着我。我没说话。

“行，不用说了，反正我知道了。”她说。

在某种意义上，她这么说让我松了口气。我这个女儿，说实话，一直是只不友好且难对付的小兽。即使在她很小的时候，我也从来看不透她的眼睛。这个满头绒毛的婴儿很快就秃了，然后长出了头发，之后神奇地长大，跟个成年人似的看我。快进入青春期的孩子鄙视我们却又需要我们。她让人感觉还很脆弱，却又能轻易弄坏东西。

但她不可能真的知道。所以我让步了，在一定程度上，选择了一些不完全是谎言的话。

“工作上的事。”我说，并非完全不真实。

“胡说八道。”她说。

“你的措辞。”我说，没法看她。

“从你把那个东西藏在后备厢里开始，”她说，俯身过来愤怒地瞪着我，“你就一直在你自己的世界里，已经不是我妈了。”

她说中了。

“工作变得非常糟糕，”我辩解道，“很难做一个——”

“不，不对。”她说，“别再给我胡说了。”

“嗯，没你什么事，不跟你细说了。”我想都没想，脱口而出。这是最后的防线，试图把事态控制住的唯一方法，阻止无人机毁掉我们所有人。

“如果你们离婚，我就跟我爸。”

我的嘴张开又合上。

她在告诉我，她知道我的一夜情，以为我有外遇，马上就要离婚。我很高兴她对西尔维娜的事一无所知，但那短暂的高兴化作了痛苦的悲伤。

“哦，宝贝，”我说着，伸手去抓她的手。但她把手缩了回去，我够不着了。“我们不会离婚，我们很好。”

“不，你们不好。你不再和他说话了，就像上一次。只是这次你有枪了。”

我向后靠，筋疲力尽，被四面八方袭来的一切打倒了。我因为另一件事怕女儿，并且感到羞愧。她脸上的神情是那样的成熟，即使有点让我另眼相看，我也不想让她被迫变成大人。

“不是的……”我喃喃自语，做好准备面对下一项指责。

可她怒气冲冲的脸渐渐露出疲惫的神态。直到现在我才意识到，其中还有无奈的顺从。我从她的退让里清楚看到，她花了多大力气才对我说出那些话。

“向我保证，这把枪不会用在任何地方，你保证真的只会留它一段时间。”她说。

我点了头，“我保证，真的。我只是原来不知道你是怎么想的。”

“事情会解决吗？不管什么事，是不是快结束了？”

她问了一连串问题。再来一次，我会给她保证，不移开视线。但那时，在她充满责备的全力凝视下，我羞愧不安。

“是的，”我感激地抓住救命稻草，“是的，快结束了，就还有几天。”

事情真的快结束了吗？有那么一个节点，我能打个结然后结束？

一条短信发来，我看了一眼。

>> 你好，简。事情进展顺利吗？还是有一点……走偏了？希望你把枪留着，你可能会发现需要它……你准备好能谈的时候，告诉我。

女儿皱眉打量了我一番，然后起身，一言不发地走了。

我松了一口气，女儿回避了，她离开，我就可以研究日记了。很久之后我才感到遗憾，遗憾我没做更多解释，遗憾没有找到延长那段时间的方法，活在那段时间。接下来，再没有比那更安稳、更确定的时刻了。

我突然想到，我女儿看起来“不正常”还有另一个原因，她的发型变了，头发短了。自从蜂鸟和储藏室的事之后，她就剪了头发。我一直没注意，尽管按照安排，应该是我开车送她去理发店。

我又把枪拿了出来，花了点时间拆开。跟我想的一样，一个很小的追踪器藏在弹仓里。追踪器上写着几个极小的字，我拿了放大镜看，“随便看”。

我笑了笑，但没出声。“戴假发的人”心理侧写评估不佳。他难以捉摸，百无聊赖，或者目空一切。这些特质都令他比神志正常的人危险。

我把枪放回包里，小心地把弹匣放进结实的隔层。对我来说，接受美洲鲵的礼物并不是个太大的变化。铲子猪曾经装过枪，直到我女儿六岁时第一次对铲子猪好奇为止，我发现她正往包里看，就很快把枪处理掉了。

但这并不表示我没用过枪。

【51】

西尔维娜给我的信也放在铲子猪深处，在隔层里的一个拉链隔层里，紧挨着她的日记本。不知怎的，我之前不想把信拿出来，但现在我拿了出来。这种直接的交流像我的护身符，令我安心。要不是有西尔维娜，我坐在桌边，会感到无依无靠。

我是打算要走到这里吗？按照西尔维娜的意思？如果蝾螈是某种隐喻或象征呢？日记就是最后一样东西——是终点。蝾螈跟我有关，但也变得跟她相关，因为她做了功课调查我。这个想法中有什么东西在颤抖，我就在完全领悟的边缘，马上要豁然开朗，然后那东西就消失了。

我记得小时候仅有过的那些“大自然”探险是我和哥哥一起去的。他会给我编蝾螈的故事——地底下藏着失落已久的洞穴，四通八达，里面住着像鳄鱼一样巨大的蝾螈，身上微微发光。大蝾螈会到地面上寻找食物，和其他洞穴的大蝾螈交配，再回到黑暗中去。当我们玩厌了翻石头找普通蝾螈，哥哥会带我去比农场高的山脚下，假装寻找大蝾螈。

慢慢地，大蝾螈变成了神话，把别的所有想法从我们的脑海中挤了出去，我们开始相信它们存在。我们有未来探险的地图、折叠的纸制图画书、编造的目击报告。谷仓旁边的棚子里有一个暗格，我们把所有东西都放在里面，倒不是因为觉得父亲和祖父会毁了它们，而是因为那是我们的秘密，我们的神秘宝物。

想象一下，有一天，所有东西，那些你创造的一切都消失了。不是那些东西被发现或者扔了，而是跟你一起做梦的那个人不复存在了。

想象一下，你冻成了冰，而你在另一个地方解冻时，不能确定自己的选择是对的。从那以后，过去一直在呼唤你，有时你想顺从，进入污水、泥巴，到蜗牛、小螯虾和蝾螈中去。

现在，过去在对你喊着：要转变，要做决定，成为一体，不是过这一种生活，就是过那一种生活。

两种生活都不会让你开心。

【52】

记得在那天晚饭桌上，我像一个知道对方起疑了的间谍，仍然深藏不露，对女儿格外好——对丈夫也是。我不断问他一天怎么过的，这样我就不用回答问题了。女儿仁慈地没提枪的事，丈夫则将她的沉默归结为青春期焦虑。

短信不断发来，但我没理会，稍晚才看。我不能去想短信，必须划清界限。我活在当下，但也否认当下。我不去想不去想不去想。

>> 你该回复，这样我就知道你看短信了，明白了没？

>> 但是，另外，我有世界上所有的时间，尽管这世界没多少时间了。

眼不见心不烦。我是扔掉手机还是用手机关着这个恶魔？他污染的范围有多大？屋子里有摄像头看着我们吃饭吗？

我用外卖“做”了一顿晚餐，烤鸡配金黄的土豆和西兰苔。鸡肉有点干，但土豆很好吃。丈夫不用做饭了。我是一个非常好的妻子、非常好的妈妈。扮演这些角色让我高兴，让我可以短暂地忘记、再忘记，远离压力。我吃了几粒布洛芬，开了一瓶白葡萄酒，喝到接近微醺，没喝够。

我去洗手间悄悄看日记，一页交通事故报告夹在里面，然而我女儿很快就在外面敲门，让我快点出去，她要用洗手间。但我想，她主要是不信任我，不想让我在洗手间待太久，我不愿去想是什么原因。于是我出去了，脸上挂上微笑。

我们在庆祝什么？我回去之后丈夫问。他朝酒瓶扬了扬头。我们从不在一周中间喝酒。

我看着女儿回答说，我们正在庆祝一个艰难的项目即将结束。

丈夫似乎放下心来。所以他也注意到我一直在开小差，离开了，心思不在这里。“这里”是哪里？为什么是“这里”？我在厨房宜人的温暖里打扫卫生，女儿下跳棋赢了丈夫……我洗了碗，扔掉很多一次性塑料。在这个过程中，我一直在思考。

>> 看来你吃了一顿丰盛的晚餐。无论接下来会怎样，你会需要你的力量。

我正调水温，调得有点热，拇指烫到抽搐了一下。烤鸡闻起来对健康有益，香味包围着我。我吃起剩饭来，因为吃也是一种忘记的方式。我不想要双手紧握成拳头，不想要神秘事件。但不管怎样我都已经卷进去了，无论如何掩饰，我都很焦躁，火烧火燎的。

我不由想起拉里在公司停车场的遭遇。我不禁希望西尔维娜的日记里能有一些线索来解释她的这个计划，解释为什么她的鬼魂找到了我。一种说不出的情感伴随着这个想法：如果西尔维娜没有被杀，我就永远不会知道她这个人，永远体会不到获得蜂鸟的欣喜，永远不会开始了解世界的真相。这个可怕的、促成了改变的人一定有所谋划。

就在丈夫眼皮底下，我正在进行一项秘密调查。他只要打开文件夹，就会发现有事情不对劲，几件事都不对劲。

>> 别担心——他们是安全的。没人在乎他们，大家只在乎西尔

维娜。

我知道他说的是我的家人。我知道我不信任他。

我不是间谍，不是侦探，没有陷入并迷失在某种混乱或迷宫里，没有躺在泥巴和树叶上看我哥哥的尸体。我不是我不是我不是……

但我不知道自己是什么。

【53】

“我们是幽灵，困在破裂的体制中，难道不该纠缠？不该复仇？何苦仁慈？”

办公室是被遗弃的格子间墓地，大多数员工都出外勤到管道公司项目上了。头顶上的灯发出强烈的光，空空如也的地方却是诡异的昏暗。走廊用过清洁剂后有股淡淡的柠檬味，让人不舒服。随便路过个人都会以为我们要倒闭了。

我在休息室冲咖啡，一直开着的电视里正上演一场危机，满载气候难民的一艘游轮又被另一港口拒绝入港，造成安全威胁。但是，有哪一件事不是威胁呢？欧洲一场大暴风雪迄今为止已造成 3000 人死亡，将其笼罩在不安之中。大西洋里的垃圾使墨西哥湾暖流的流速变慢，几近临界点。据说源自远东的某种污染很快就会把天空变成灰绿色。然而，我们面对这些事已经眼睛都不眨一下了。

我的办公室里充斥着黑暗，但我只打开了台灯。我没怎么睡。我要求女儿每隔几个小时就要发短信，密切关注她的安全，也为了让我相信自己能在一定程度上控制任何威胁。

而且，我没有任何希望能补上管道公司项目的工作了。我这部分工作的时限还有两天，但我需要七天。干不完活的感觉几乎是一种解脱，但对其他事情的恐惧占了上风。如果超过了最后期限，我该怎么办？亚历克斯会训我一顿，但我觉得他不会炒了我。

我没去看拉里，永远不会去。到办公室的头一个小时我藏在里面，又看了看西尔维娜的日记，她的笔迹细长，不易辨认。一个小时不够，我还需要更多时间。

我判定这本东西更像回忆录，事情无论写没写明，都写了相关的思考。西尔维娜没分章节，我开始考虑进行划分。有些部分必须调整位置才符合我的架构，但是不作调整，内容也能联系到一起。

第 1 章：转变

第 2 章：早年

第 3 章：受困

第 4 章：反抗

第 5 章：觉醒

第 6 章：潜能

如果是异教头领，这就是一段典型的异教头领人生历程，有自称为“朋友”的追随者，也许还计划了某些身后事。只是西尔维娜的人生有大段空白期。在我这个分析师看来，那是危险的信号。有些东西被隐藏了，但，是什么呢？

“转变”是西尔维娜与人类世界疏离的时刻，她的身体出现排斥反应。这是锚点，是基础。她的笔触令人感伤，记述了病情随时间恶化。作为成年人，她必须非常小心地避开阳光。她的听力变得格外敏锐，或者发生了细微的变化，导致她如果不戴耳塞，普通的声音听起来就像是在头颅里打碎玻璃。她通过很多种途径不断地感受着这个世界，哪怕在不想感受的时候也无法停下。

“早年”为西尔维娜的一生定下基调：她享受特权，应有尽有，是未来想干什么就干什么的亿万富翁之女，当然什么都不干也行。

“反抗”讲的是西尔维娜沿西海岸南下的远征。“觉醒”则更为抽象，讲了西尔维娜对外不露声色，在日记里写下了关于世界环境破坏的思考、假设和数据。

最后在“潜能”一章，她认为在未来，环境破坏可以逆转，只要我们有政治上的意愿和智慧。正是在“潜能”中，为了举例，她回顾了早年生活——其实是一生中的各个阶段，然后试图将那些例子作为她的人生哲学的例证。因此，这本回忆录实际上变成了一本人生指南，一种记叙她自己的生平，从而让其他人更快到达她最终境界的尝试。

不过页边空白处还有炸弹草图，另外还有很多陈词滥调。

“适时采取措施，制造影响……总体如何大于各部分之和……导致一种结果的原因虽然看不到，但能感受到……一座看起来危险但一直没有爆发的火山，如果终有一天爆发也不会令人意外，但令人意外的是余震。”

我们的许多客户都在“漂绿”：利用环保事业来塑造可持续发展的形象。西尔维娜在日记中使用了太多类似于企业利用阈限的话术，不在她个人经历的部分，明显在她把个人经历往“革命”的方向上解释的部分。

我试着从西尔维娜的视角看我自己。一个中年母亲，政治观点属于中间派，在郊区生活。日记是否只是她另一种形式的游戏？目的是操纵？我看到了不存在的东西吗？

有一个地方令我疑惑，日记里从没提到过宠物。狗、猫，哪怕仓鼠，都没有。我至今不知道为什么这是最困扰我的一点。我也不知道这说明了她什么，或说明了我什么。

我不断想象西尔维娜吃午饭或玩棋盘游戏的样子，但失败了。日记中的任何内容都没有让她在这类事情上显得真实。里面一个情人、男朋友、女朋友都没有提到。

西尔维娜没有的那些面貌里，有多少是她自己不想要……又有多少压根不存在？

我不确定自己有所进展还是再一次走错了。我实际上欢迎那个戴假发的美洲鮀再来短信，暂时把日记放一放。

我决定不换手机和手机卡。他应该没法通过这部手机定位，同时我一定是觉得值得冒险联系他。

我：你到底想要干什么？

>> 帮助你。我在山上帮过忙，你忘了吗？

我打了个冷战，人体砸在地面上的声音又响起。我翻过报纸，想找找有没有那片地区发生谋杀案的消息，但一无所获。我不知道这代表什么。

我：通过监视我的家人。

>> 只是了解情况。还是为了保护你。

我：你杀的是谁？

>> 很多危险人物跟在你后面。现在少了一个。

我：你认识兰格吗？

>> 谁不认识兰格？

狡猾。如果他就是兰格呢？

我：你为谁工作？

>> 不为谁工作，为每个人工作。

我：你老板是个女人？你不喜欢你老板。

>> 很好的推测。

我：你杀了她？

对面停顿了一下，然后：

>>LOL！西尔维娜？没有。

我发现表示笑的“LOL”和笑脸表情令人不安，都太过平淡，我不想让这种“声音”常常出现在我的手机上。

我：你是谁？

>> 唉，为什么要破坏惊喜？

我：我应该销毁这张电话卡。

>> 但你不会。你可能需要联系我。出事的时候。

我：出事的时候？

>> 在我找到他们之前，他们先找到了你。

我：他们？

>> 不要不敢用枪。没有给你设圈套，那枪查不出来。

我：那枪杀过谁？

没有回复。

我：你到底想从我这里得到什么？

没有回复。

想象有一个你讨厌的声音在你的脑海中，但摆脱了它，情况会更糟。想象久而久之你会习惯，如果声音消失了，你又会惦记。

一旦发现生活的世界变得陌生，不再熟悉，滑进另一个世界也就不是什么难事了。

【54】

火药不只教会了我用猎枪。海军退役之后，回到农场之前，他经历丰富，其中一项经历是当摔跤手，在流动的巡回演出上现身，那些活动比起运动会更像是表演。他也打过半职业拳击巡回赛，挨家挨户卖过晾衣夹和其他家居用品。我一直想知道，除了我们家拥有一个农场之外，他还有什么资格经营农场。最后的退路——他发现农场是他最后的退路，之前只不过是短暂地脱离了一段时间。

祖父五官粗犷，平头顶的大圆脑袋安在向下收窄的身体上。父亲说我长得像祖父，这比起侮辱更像诅咒。火药状态好的时候，会给我演示国外的摔跤动作，但除非跟对手串通好，这些动作大多是行不通的。

“你必须装得比他们更混蛋。”他会说，“圆弹头，你必须假装。”这个或那个，不是这个或不是那个，每次都不一样。这都没问题。

问题是我哥哥不会假装，他就是与众不同，也不会跟着学摔跤。他对摔跤一点兴趣都没有，是那种拿到借书证会开心地不得了的少年。这就是为什么主要是我承受了学摔跤的压力，从早学到晚，直到母亲叫我们吃晚饭。几年后叫我们吃晚饭的变成了父亲。

接近黄昏时分，谷仓里会响起洪亮的哞哞声。在各种各样观众的围观下，祖父把我面朝天地摔在地上，我如他所愿被激怒，所以愤怒常常与我为友。

“如果你感觉不到愤怒了，还有什么意义？”他说，用了点力气捶着胸口，“如果愤怒消失了，还有什么意义？”

只有在那些时刻，我才最能感到与祖父在一起是安全的。他真的想教我，在那一两个小时里就像变了一个人。他的过去中有某些东西近于荣誉、遗憾或者胜利，于是就算我做了错事，他也从不会在那些时刻伤害我。

我能从父亲的反应中看出，火药从未试过教他摔跤。在某种程度上，我理解我的亲生父亲因为我无法控制的事情而怨恨我。或许这也是在我哥哥去世的事上，他站在其他人一边的原因。

我们不知道火药的妻子，我们的祖母，是什么样的人。她在我们出生之前就去世了，从来没有一个人聊过她的事。

大家不聊，只有我和哥哥两个人会聊，直到我俩再也不能聊了为止。

【55】

我绕着被遗弃的空办公室走了一圈。我错了。

另一个鬼魂在那里徘徊，追上了我。

是艾莉。在我看来，她像被掏空了。她的肩膀垂下，我不喜欢她这样。

“你去看拉里了吗？”她问道，手里抓了过多的文件夹，像是为了安全。

她的眼睛不跟我对视，握着文件夹的手颤抖着，几乎看不出来，但我注意到了。

“没，还没去。”我厌倦了这个问题。无用的，几乎可笑的问题。

我听上去一定很冷酷。

“我去了。”

“但愿他好些了？”

“算不上。我觉得他不会很快变得‘好些’。”

“好，我会给他送花。”那听上去也一定很冷酷。

我转身就走。

她伸出手抓住了我的手臂，小孩子一般的力气，我几乎感觉不到她在抓着我。但我停了下来，面对她。

“怎么了？”但我知道怎么了，当时我就知道。

“拉里说他被袭击了，是有预谋的。”

“太可怕了。”我的家人正在遭受袭击，我没有多少精力分给拉里了。

“他们问他西尔维娜，问他动物标本。”

“太奇怪了。”我说。

但这可能很正常，因为我没有感到震惊、恐慌或任何通常有的情绪。也许那时，我意识到自己离辞职不远了。

“奇怪吗？”艾莉厉声说道，“你的桌子抽屉里有一只鸟。”

每个人都知道他们不该知道的事。

“不知道你在说什么。”

她离我很近，态度挑衅，就像我是祸根，而非另一个受害者。

“拉里没办法告诉他们任何信息，他们就把他撞了。”

“艾莉——”

“不，停，别说话。”

“艾莉……”但我没有太多话要说。我的心思不在这里，或者说在这里，但在这个迷宫中的另一个房间里。我没有时间，失去了耐心。

但艾莉把话说出来了。

“你让我查西尔维娜，你知道可能很危险，而且不是‘客户带你去吃饭’的那种危险，比那严重多了。不管你怎么说，都不是为了发展客户。你甚至没跟销售部提过。我要告诉亚历克斯，而拉里会把我告诉他的事告诉警察。”

算了一下艾莉看完拉里后过去了多少时间，我知道拉里还没有告诉警察，要不警察现在应该已经到我家或办公室了。

但艾莉会告诉亚历克斯。我已经知道亚历克斯对有“爱好”的员工感到不满，他对暗地里做一些小生意的员工有疑心。他会认为我对公司不忠诚吗？他会相信艾莉吗？

“如果你告诉亚历克斯，我就解雇你。”我说。

艾莉听了挺起身子，看我的眼神像是第一次见到我一样。

“我是认真的。”我说。

“不，你不明白！”艾莉猛地用手指着我，“我辞职，不干了，再也不来这个该死的地方了！”

她又气又怕，浑身哆嗦。如果她能看进我内心深处，看到我其实跟她一样就好了。

“艾莉。”

“我在你桌子上放了最后一份报告。你让整个公司都危险了。”

她从我身边经过，愤然离去，沿着走廊渐行渐远，直到变成一道幻影，一个光线的小把戏。

我想我做了一个动作，好像要阻止她，但为时已晚，从很多方面上讲都为时已晚。我想——我需要——说点别的，但她已经消失了。

我在艾莉的事上对你撒了谎，不过就一点点。我确实关心她，只是对她隐瞒了，就像我需要隐瞒自己一样。我不能被看出在乎她。如果她退缩了，辜负我了呢？如果我辜负她了呢？

我感到我跟艾莉之间存在一种连接，一种共感。亚历克斯不知道，拉里也不知道。我猜如果他们知道，对艾莉来说可能会不妙。我能教的都试图教给她，找借口分配对她有助益的工作，所以她干这行会比我容易些。

荒谬，艾莉离开，我感觉像是女儿在抗拒我。

所以我带着另一种悲观情绪回到了办公室。

亚历克斯会怎么做，如果艾莉告诉了他的话？

这问题多么奇怪，多么没用，多么无关紧要。但在当时对我很重要。

跟艾莉说的一样，报告放在办公桌上。我面对着一张把西尔维娜拍得像嫌疑人的照片，还有这份带有绝密和解密标志的报告。报告顶部盖着戳，来自什么机构不清楚。艾莉挖得很深，冒着风险把报告找了出来。她找欠她人情的人帮了忙，是谁我不认识。

即便只看一眼，报告的主题也很清楚，生物恐怖主义。这是一份关于西尔维娜自审判后在暗处活动的报告，记录了人名和地址、已发现的通信记录和同伙，还有通过第三方和一成不变的空壳公司输送来的实物和补给清单，西尔维娜用从她父亲那里偷来的钱财买的。

一些仓库和货运公司牵涉其中。每个“同伙”在某种程度上都是流氓无赖，流氓生物技术，流氓生化武器，喜欢摆弄病毒的流氓，有那么一张名单。我不知道康提拉公司是拓展业务了还是分崩离析了，这些都是它令人讨厌的碎片。

此外，报告还包括某联邦机构对兰格的一两页审讯记录，几乎未做删减，日期不明。

[redacted]：你们有没有在[redacted]的[redacted]镇，向[redacted]的一个叫西尔维娜·维尔卡潘帕的出售包括[redacted]在内的基因违禁品?

兰格：不，我单纯是做进出口生意的。

[redacted]：别耍滑头，兰格。只要我们想，就能无限期拘留你。

兰格：我希望我听得懂你在说什么。我买卖东西，合法的东西，非法的听上去会是个麻烦。

[redacted]：如果是符合你政治主张的呢?

兰格：我没有政治主张，我觉得。拿政治主张指责别人不是一件好事。

[redacted]：我想知道，要是你戴着面罩关在暗牢里，你还会这么滑头吗?

兰格：听起来很让人放松啊。

[redacted]：我们这么办吧，如果你不说俏皮话，我也就不威胁你了。

兰格：我说话就这样，我也没辙啊。

[redacted]：你从主张暴力推翻政府的极端“无政府社会主义”立场发表了这些夸夸其谈的东西?

[向被拘留者出示相关文件。]

兰格：被黑了。

[redacted]：你浏览这个生物武器专门网站的时候有没有被黑？

兰格：好奇心害不死猫，买非法的垃圾玩意儿会。我买什么了吗，[redacted]？我买了吗？

之后的审讯记录相似，除了兰格被认为关联犯罪之外，其他什么也证明不了。兰格给人的印象是一个很特别的疯子，他的反社会人格之上还披着利他人格。而且我不喜欢他直呼[redacted]的名字，有一种很熟悉的感觉。这整个对话，我越想越觉得熟悉。

而且作为一名分析师，我知道有时可以让数据显示不止一个结果或意图。但是数据的支持文件很明确——该死的明确，展示西尔维娜转变了目的，从管理生物栖息地、购买土地，到招募地下生物技术专家和遗传学家；从搜集野花种子、资助实验性的湿地修复研究，到获取各种杀人工具。

有人在报告的分析部分写道："鉴于知识储备的范围和物资的数量，明确了计划的最后阶段是执行大规模消灭。"其中部分内容被大量删除。

报告得出结论：西尔维娜一直试图搜集甚至制造生物武器，目标是广泛用于对付平民。但报告中没有确凿的证据表明西尔维娜有能力联系到并获得所需的一切，没有直接的联系人。鬼魂和更多的鬼魂，阴魂不散。

尽管如此，我敢打赌政府无论如何都会将西尔维娜列入黑名单，只不过她在一场车祸中去世了。我一开始不相信她去世，是我的错觉，还是报告出错了？

西尔维娜，你可以假死，我相信你可以。如果美洲鲵不是兰格，那么如果美洲鲵为西尔维娜工作呢？我不知道得多疑到什么程度，有时作为分析师不够多疑，但又太乐意掉进兔子洞，迷失其中。真相？面对的是人类而不是系统时，几乎一切皆有可能。

我知道亚历克斯在回办公室的路上。亚历克斯希望有更多员工远程办公。我不想见他。我不愿相信西尔维娜是一个野心勃勃的生物恐怖分子。我想，又不想收到美洲鲵的新短信。我不知道如何摆脱这些循环。

我离开了办公室，尽管我能感觉到那些看我的目光，是回到办公室的员工在一起指责我。我多么希望自己身材矮小，其貌不扬。然而我不是，所以我昂起头，迈着重重的步子往出口走去。

没有人在停车场突然袭击，没有人跟踪。我让美洲鲵一起坐在前排，用手机困住他，或者困住我自己。

就像某种幸运护身符。

【56】

统一乌托邦，艾莉找的报告把艺术家公社描述为荒野中的人工岛。不同于蓝图中的基本骨架，完成后的建筑借由木桩和浮筒漂在水上，给人感觉更加怪异狂野，却也更优雅。从照片上看，建筑外表干净，造型流畅，屋顶上有闪亮的蓝色太阳能电池板，周围是蜿蜒的灌木丛、树木和木制人行步道。

至于荒野，已经被扩张的城市追上了。建筑所在的“湖”是一个巨大的改造后的蓄水池，已经废弃了，因为森林里又开出另一块地建房子，在别处修了一个新的蓄水池。我开车路过，惊讶地发现旁边的连锁店和无数住宅与我家附近的几乎相同。

一座商场建了一半，由一台生锈的挖土机守卫着。商场后面是一条柏油路，坑坑洼洼，露出了下面的土地。柏油路通向一排细窄的冷杉树和一个停车场。除了我的车以外，停车场里还停了五辆车：四辆电动车，一辆平板拖车。难看的垃圾压缩箱压在拖车上，看不起回收垃圾的任务。你看到一个红火不起来的商业园区是什么感觉，我就是什么感觉。

我从车里出来，空气里掺杂着一股酸味，微风从他们美其名曰湖的水池向我吹来，不是垃圾味，但也不好闻。透过树林，我可以看到水面上的人行步道，通向一座摇摇欲坠的"岛"。岛边有改作支撑用途的红色大浮标，已经褪色了，还有一道芦苇墙，一层和两层的建筑物以奇怪的角度穿过芦苇伸出来。

人行步道旁一个褪色的绿色木牌上写着"统一乌托邦"，下面有一行小字："曾经的我们更有智慧"。我即将进入的是逐渐失去希望之地。

但是我进去后发现，这里没有看上去那么令人伤感，只不过空荡冷清。建筑看起来像嬉皮士风格的兄弟科技公司"大学"，里面有一家带午餐区的有机咖啡店，歇业了。正中央有一个十二面体的空间，是由玻璃粘接围成的共享空间。很多公司留下的通道和种种迹象表明，它们不是倒闭了，就是没能驻扎下来。看到成堆的橡胶底座锥形路障，我在想来了洪水怎么办。球形网格穹顶和20世纪70年代科幻电影里的一样，让人感觉很前卫，又感觉有一种奇怪的舒服。

但空气中的味道并没有变好闻，我一直没找到源头在哪。通道晃动，嘎吱作响，我感觉就像站在一条拴在码头的船上。

有人从一扇亮橙色的门里探出头来，然后试图在我伸手示意之前缩回去。

但是太晚了，那个男的在门口摇摇晃晃，好像总有一天对人礼貌会难死他。

“哪里能找着环保机械修理店？”我问。

男人咧嘴，睡眼蒙眬。尽管天很冷，他还是穿着短裤、T恤和冲浪人字拖。

“他们不修了。”

“但他们还在这里？”我问，假设我们指的是同一个“他们”。

他又咧嘴，我意识到是他的脸在抽搐。

“是的，我想是的。”

我注意到他的右耳后夹着一根大麻烟，这可唤起不了别人的信任。

“所以……往哪走？”

建筑里是一个迷宫，所有的箭头似乎都指向了不同的方向。

他耸了耸肩，“随便走。继续往前，你就会找到，在尽头……你是银行的？”

我忽略了这个问题。我看起来像银行的吗？

“这里发生了什么事？”我问。

这一次，他是真的龇牙咧嘴了，带着一种不符合他年纪的疲倦。

“总是会发生的事，”他说，“坏事成真，然后这里就坏事了。”

我像明白了似的点了点头。

真正的艺术家公社在岛的尽头，再过去就什么也没有了，只有湖和森林。宽大的穹顶涂着的彩虹色已经蒙上了一层铁锈色调，上面装着电脑网页那么小的窗户，杂乱无章的一大群，每个都像一只眼睛。旁边的芦苇很茂盛，苔藓和长在水里开黄花的树占据了一部分人行步道，所以我不得不绕着走，往门口去。小型太阳能电池板整齐地靠着一面墙堆放。某种湿地鹭鸟在芦苇丛的另一头冷冷地注视我。

公社的标志上写着“统一乌托邦”，层次关系似乎不对，岛和岛上的机构不能用同一个名字。霉味已经盖过了酸臭味和沼泽的气味。在岛和这个看似可拆卸的部分之间，造型滑稽的吊桥被淹了，浸在水里。我跳了过去，不相信这桥能撑住我的体重。

我站在敞开的门口，凝视着里面，光线从所有那些扎出来的针孔似的窗户照进来，亮得令人惊讶。

前面是废弃的接待中心，天花板很高，像博物馆似的陈列着展品。外墙上根据视线高度挂了一大圈照片，展示不同的生物栖息地景色，有些已经褪色了。所有照片设计营造出虚假的欢快感。湿地中营养物质的流动图暗喻成了健康的生活。有可以模拟采集水质样本的地方。展示台设在高高的桌子上，桌上曾经摆放过宣传手册，还留有耳机孔和用于演示的笔记本电脑的电源插座，桌边放着凳子。

我走到主标语牌前，上面普普通通地写着“欢迎来到统一乌托邦”，平淡无奇。牌子旁边是另一个展示台，除了残留了一点电线外，东西都被扯掉了。展示图表呈现了地球内部分层结构和地表沉积层，到天空为止。我看了一部分上面的文字，然后拍了一张照片记下来。

如果我们能够真正看到世界隐藏的基础，在日常生活里会发现怎样的奇迹呢。不管是通过身临其境的虚拟现实或者使用其他方法，不管达成这一目的的过程怎样，你历经改造、污染、释放、变异或纠缠……之后，你会走你自己的道路，并且万物的样子就是你眼见的样子……只不过你会看到甲虫和植物释放在空气中的化学信号、蚂蚁留下的成串信息素痕迹，以及我们原始的五种感官不能感受到的所有自然界交流的手段。你还会看到农药、生产排出的废物、致癌物和其他人为干预的每一个痕迹。一开始你会很吃力。

但是一旦习惯了，你看着地面，大地会一层层打开，穿过表层土壤，越过蚯蚓，下到可以说是“表皮更深处”的地方。即使你站在那里，根本没有下坠，但在下方，一切都会以极快的速度向你显现出来，你压制着自己的眩晕感。或许那时，你还在盯着大地，更多的东西会向你敞开，你会回到五年前、十年前、五十年前、两百年前的这同一个地方……直到你再次抬头，街道根本不存在了，你身处森林中央，没想到能有那么多的鸟和其他动物，因为你从来没有在一个地方见过那么多。你从未见过这么多古老的树木。除了理论上，你从不知道世界曾经是这个样。

这听起来像西尔维娜会说的，突如其来的真实描述让我头晕目眩，就像我由冷变热、变热、再变热。那一刻，我相信了这个地方对西尔维娜来说真的有意义。我相信这是她的地盘，曾经是。

可惜了，这里怎么只住过这么少的人。臭，破败，大部分凳子都不见了，灰尘覆盖了一切。另一头有一道门，门口有一个牌子，上面写着“环保机械修理”。

片刻后，我走了进去。

【57】

从前，火药有一个鱼缸，不知道为什么那个鱼缸会让他想起当海军的日子。有时他的老朋友来看他，那些人我们不认识。老朋友来，火药的行为就表现得很懊悔，我们就知道他没有什么好怕的了。他们往往待在火药的几个房间里，喝酒到天亮，低低的交谈声听不分明，间或发出一阵笑声。他的那段经历不允许我们知道，我们也不想知道。当老朋友来访，火药站得更直了，眼神如同英雄那般。我非常不想知道他对英雄的定义是什么。

慢慢地，鱼缸里的鱼从十条变成了一条，从很多“东西”——一个深海潜水员小人、仿制珊瑚、石头——变成了一块石头。那条鱼是中等大小的某种鲈鱼。水逐渐变得浑浊，鱼游动得越来越少。很快，里面除了鱼什么都没了，然后连鱼也没了，空了，只剩一个装着脏水的水缸。火药从不让我们清理鱼缸或者帮他忙，那条鱼却开始让我们烦恼。后来鱼不见了，火药说他把鱼弄死了，因为我们太大惊小怪。

我不知道为什么这比其他所有事情都让我心碎，不知道为什么统一乌托邦让我想起了这段回忆。从接待中心走进后面的屋子，我已经因为感到失去了什么而难过。我现在所做的一切都无法挽回已经失去的了。

想一想统一乌托邦破灭后的西尔维娜会是什么感受。

想一想是什么被打碎了，又是什么在破碎之处愈合后变成了反抗。

想一想，虽然我从小到大都想在家里养一只蝾螈，但我不敢，更不用说养一只真的宠物了。我养也只养一两天，抓完就放，因为脑子里想的全是火药的鱼。

【58】

一个雕花木制柜台，柜台正面刻着一条艺术化的美人鱼身体轮廓，后面站着的是……“罗妮”，她的名牌上写着。很好，因为我意识到在调查背景资料的时候，没找到过她的照片。

“罗妮”是一个苗条的白人女性，穿着机械工风格的连体裤，身后摆着一排排老式的家用电器，这就是所谓“环保机械”。没有机油味或其他任何预料中的气味。

最后的圆屋顶被摆放老式电器的墙壁横着分成两半，一扇雕刻着葡萄藤的圆形门开着，通向更远的房间。那个房间看起来很简陋，放着一张长凳，几张旧椅子，一些工具、盒子和罐子。也许还有人在里头，但我表示怀疑。

罗妮的表情谨慎，我不确定这能对赢得客户有帮助。但是，那时她还不知道我是谁。我喜欢她的手，她用抹布擦手，露出参差不齐的指甲和指甲周围裂开的皮肤，也许她确实修机器。我喜欢她脸上的率真和那双浅蓝色的眼睛。模模糊糊地，我觉得她似曾相识，要不然不会有印象。

“就我们两个人？”我问。

“这是个奇怪的问题，陌生人，你不觉得吗？”罗妮说，把抹布放在柜台上。柜台不透明，我看不到里面隐藏着什么东西。

“我的意思是，我很好奇有多少人来，接待中心都关了。”

罗妮耸了耸肩，“一周来几个。大多数都给我打电话。他们不来，我上门。”

“关于统一乌托邦，你都告诉他们些什么？”

罗妮笑了，笑得生硬：“有什么可以帮您？”

我不喜欢她开始迎合我的样子，我的情绪和状态已经不对劲了。

我拔出枪，对准罗妮。枪在我手中显得那么袖珍。我吓了自己一跳。我设想了很多种巧妙的方式来询问罗妮，但并不包括这一种。

“从柜台后面出来，两只手都得让我看见。”

我拿枪的手紧贴身体，用我壮硕的身躯遮挡，这样路过的人就看不见我拿着枪。见鬼，他们可能也看不到罗妮。

“这里没有存现金，没有保险箱和其他东西。”罗妮说，双手举起来，是国际通用的“不要开枪”姿势。但是她很冷静，就像以前经历过，或者知道会发生这种事一样。要不就是她不相信我会开枪。

“不是为钱。”我说。

“我觉得这些零件在黑市上卖不了几个钱。”

她跟没听见我说话似的。我不欣赏这种无畏，站在那里反抗。最好还是切入正题。

“我想知道，为什么你名字的首字母写在一个动物标本架的底上。”

“我怎么知道。”她说，回答得有点太快了。这个问题不在她预料之内。

“一只蜂鸟标本，手法熟练。”

“我怎么知道？”她冷冷地打量我，像在评估逃跑的胜算有多大。

“西尔维娜·维尔卡潘帕。”这是另一个对付客户的技巧，如果你想要看到对方的反应，就去掉上下文。

她快速眨了一下眼，皱了皱眉，没办法隐藏。

“你认识她？”我追问道。

她没反应。

“在极端环保组织的蓄意破坏活动里，你因为非法入侵他人住宅罪服刑两年。”一旦我知道了人名，就很容易获得这些记录。

“他们为了一个矿井，打算在一条河里投毒。”

“你非法入侵也是为了西尔维娜吗？”

没有回答。但我察觉到这可能发生在罗妮遇到西尔维娜之前——罗妮做的事引起了西尔维娜的注意。

“然后你就到了这里。西尔维娜把你安排在这里了吗？你管理过统一乌托邦吗？”

“没有人管理这个地方，”罗妮说，“这是一个志同道合的自由思想者公社。”

“想制造爆炸的自由思想者。”

“不，”她轻声说，“我们只是不想被打扰。”

“实际并非如此。你们想让人来这里，想造出更多的统一乌托邦。”

一道狂热而诡异的光芒在她的眼底亮起。“为什么不呢？”她挑衅地说道，“为什么每个人都觉得那是个问题？统一乌托邦是重生途中的驿站，反抗的中心。你没看新闻吗？你认为我们没能好好运用它吗？”

“只是作为兼职，你也是个动物标本制作师，”我说，“把灭绝的和濒临灭绝的动物做成标本。”

“不是！”

“那为什么你名字的首字母会出现在蜂鸟的底座上？”

虽然用一只手拿手机有些困难，但我还是设法把手机拿了出来，给她看那张蜂鸟的照片。

她耸了耸肩。

“西尔维娜为什么要把这个给我？”

这句话点亮了她的面庞，但我读不出她的情绪。

“这是她给你的？”

“是的，还有一张纸条，上面写着我应该去找一只蝾螈。”

罗妮脸上的表情很复杂，希望中夹杂着愤怒，或悲伤，或……

“她总是偏执，不信任人，喜欢设谜局，用计谋考验别人。”

“我不关心这些。为什么选我？”

又是一个我无法理解的眼神，惆怅而古怪。

“也许是个试验，她热衷做试验。比如，看着你，她也许想‘一个对任何事情一无所知的大屁股郊区中产阶级女人，会因地球的困境而受到触动去……’”她声音越来越小，最后听不到了。

要激怒我，这些还不够。

“什么困境？这个大屁股的郊区中产阶级女人该干什么？”

“我不知道。”

“但你认识兰格，对吧？你一定认识兰格。”

她身上的某种固执消失了，她的手在发抖。可能她认为如果我问起兰格，我就不会是为兰格做事的。

“一个混蛋。”她说。

“似乎是的。”

我们俩都放松了一点。

“你是西尔维娜的什么人？”

“我帮过她一段时间。”

像拔牙一样困难，跟法斯克交谈的情形重新上演。

“我已经知道了。但她讨厌野生动物交易，为什么还选择了动物标本？她为什么要拿着动物标本？”

“那是她的事，不是我能告诉你的。”她受了损失？她失去了某些东西。

“我在哪里可以找到蝾螈？”

她耸了耸肩，两只胳膊交叉在胸前，注视了我片刻。那是一丝幸灾乐祸的笑吗？

“有一个废弃的仓库，里面装满了这些东西。仓库是西尔维娜家的。”她说。

我不确定我喜不喜欢她如此轻易地吐口。

“在哪儿？”

她给了地址，并非我担心的那样远，在镇子东边，离我家半小时左右的路程，离储藏宫四十分钟。

“我不知道其他事了，这就是我唯一知道的。我离开她的圈子有一段时间了。”

“什么圈子？”

“西尔维娜的朋友，反叛天使。”

我在艾莉找的报告中看到过“西尔维娜的朋友”，听起来都快像是个什么组织了，无害得让人想笑，筹款抗击某种疾病的那种。

“他们还在吗？”

“我不知道。”

“你离开是因为察觉到了西尔维娜真正在做什么吗？”

这个问题是无意中问出来的。

她的反抗加强了，“我们退一步怎么样，你是怎么找到我的？你为谁工作？”

她表现得就像我没拿枪瞄准她一样。

“通过一个做动物标本的人，他叫卡尔顿……啊！该死——”

我说到一半，她把一个空工具箱扔到了我头上，接着一把凳子像攻城锤一样砸在我的胸口，把我手中的枪打到了地上。枪碰在金属和石头上，发出刺耳的动静。

罗妮不是我的对手，但我没有想到她会动手。没等我回过神来，她已经飞快跑过柜台，从后面的门溜走了。

我一把抓起枪，迅速而小心地进了后面——正好听到水花声。后面的屋子中间有一扇飞机库那样的门，门大开着，门后只有一小块浮筒和水面。罗妮正往对岸的森林游。

我站在统一乌托邦光滑的黑色边缘与水的交界处，一只胳膊支撑着另一只，用枪指着游泳的罗妮。

但我动摇了，放下了武器。我做不到。我为什么要这样做？我来统一乌托邦不是为了杀罗妮，我只想要信息。然后我开始大笑，又停了下来。为了逃离我，有人在湖里蛙泳，多好笑。但又不是那么好笑：湖水冰冷，难怪她游得那么快。很反常，我为她加油。我制造了麻烦，笨拙地制造了麻烦。我太笨了。

我一点也不知道她要去哪里，怎么去。我一边看着她在一丛芦苇小岛旁消失不见，一边在手机上搜索。这个地方至少在这一点上算是荒野——紧挨着一条通往州立公园的林间廊道。等我过去了，罗妮跑到哪个地方都有可能。

我把枪收了起来，事实证明它是多么无用。我不够警觉，以为有一把枪就够了，而且我还忘了打开保险。

我很确定，罗妮不会再回统一乌托邦了，我再也见不到她，她不会报警。

但是，我现在至少有了一个“装满动物标本”的仓库的地址。

不管怎样都值了。

统一乌托邦

【59】

虽然可能不是明智之举，但我在统一乌托邦里流连，它有一种甜美的、天真的特质，没有威胁，只有空旷、废弃之感。我想，也许我会遇到之前从门里跳出来的那个人，但是，不，甚至连那个人也不会遇到。我必须平息兴奋的余波，放慢呼吸，试着花点时间调整状态。

这时，午后的太阳西斜，光线暗了一些，蓄水池看上去像真正的湖泊了。在光线的修饰下，人行步道镀上古铜色，建筑有了一种一直有人居住的温馨感，后来建筑的几何外形也不那么庞大怪异了。我或许没感受到这里的“可持续”理念，但我意识到，自己也许对这个理念习惯了，它还让人感觉像是“最高权威”。别的地方的那些风景让我无法忘记。可能假以时日，这都会成为其他统一乌托邦的真实景色。

西尔维娜没有国籍，可以说不属于任何地方，也不属于任何人。大概一开始的时候，她创立统一乌托邦，像是在创立自己的国家。

人们实际上在统一乌托邦里住吗？我不知道。如果他们在这里为这样一个不同凡响的未来工作……但住在叫“湖滨森林”或“大河小溪”的小区，革命者被困在主题公园似的生活中，那该多么可悲啊。

在试图走向独立的拐点上，统一乌托邦岌岌可危。西尔维娜没有办法，似乎也没有耐心维持统一乌托邦的运转，哪怕她倾注了那么多心血，请来了绿色科技专家，甚至生物学家。

独立是不可能的。

不可能。最终，拆毁并重新开始更加容易。现在的社交媒体发出无声的呐喊，现存体制必须被摧毁，无法修修补补。统一乌托邦一定开始看起来像贴在胸部伤口上的创可贴了。

但你是怎么从统一乌托邦到，没有更贴切的描述……到把动物标本制成武器的？怎么到生物恐怖主义的？或者，这是你知道统一乌托邦即将失败之后的十分正常的过程？统一乌托邦还有所欠缺，抑或是发展方向不对，所以你在没有地图可循的情况下，开拓了一个新方向。也许你甚至会说：“好吧，我曾努力好好表现，遵守规则。我试过了一种可持续的方法。”

在岛的西岸，我发现了一个令人放松的自然公园，还有一个写着那里能看到什么动物的说明牌。我坐在长凳上，阅读有关挖泥填海和修复湿地的介绍。我看到了芦苇丛中的红翅黑鹂、迁徙的唐纳雀、沼泽鹪鹩、大蓝鹭、不同种类的蛙，甚至罕见地看到了一只河狸。

然而没有蜂鸟，也没有蝾螈。

当我回到停车场时，只剩下我的一辆车了。好像其他人都和罗妮一起逃走了。

错过的短信让我皱了皱眉，快速发动汽车，从统一乌托邦中滚出去，就好像我能瞬移到别的地方一样。

>> 你在哪儿？表演开始了，你还没来。

女儿的课后才艺表演，我记在日历上了，但没记在脑子里。

>> 你没事吧？为什么不在这里？

事实是……我不在任何地方。

我只是一个有了新的谜团线索的人，女儿无法在少于二十分钟的时间内向陌生人解释清楚我不在的原因。

但是看到后面的短信，我熄了火。不是美洲鲵或我家里人发的，是亚历克斯，冰冷正式。

>> 因不可靠和不合规行为，及未经授权将公司资源用于私人活动，董事会已决定终止你的合同。

>> 你的办公室物品将寄送到家，不要进公司取。

>> 如有需求，人事部将乐意进行详细说明。

这个压力落在我身上，另一个压力消失了。我像中弹一样趴倒在方向盘上。

不过，我还是给亚历克斯打了电话。我想到他有可能会不理我，但他在第二声铃响时就接了。

又跟法斯克通话一样，我觉得必须抓紧时间，否则亚历克斯就会挂断电话。

“亚历克斯，我不知道这是怎么回事，但仅仅因为我最近分心并不意味着我们不应该先谈一谈，毕竟共事这么多年了。”

回应的声音让我后悔打电话了，我没必要听到那些冷漠的话。

“我们掌握了所有事件需要的全部证据，包括你可能构成犯罪的行为。我们能帮你的，就是不把这些交给警察。”

“我说过我在发展客户。”

“你没有在发展客户。”

“好，那如果是兼职工作上的一点点调查呢？你知道拉里做各种各样的——”

“你不要提拉里的名字。”亚历克斯生气地说，“我们知道你在做危险的事。鲁莽。远离公司，保安有你的照片和名字。你再企图联系我，我就报警。”

“亚历克斯，我——”

“别担心，你会拿到补偿金之类的。”

“我可以就此起诉你。”我说。我知道自己听起来很绝望。

亚历克斯深吸了一口气，说：“你不明白。”

“不明白什么？”

我从他的声音中听出了恐惧。愤怒来自恐惧。

“你只需要知道，你要发展的‘客户’联系了我们。当我什么都没说。再见。”

亚历克斯挂断了电话。

所以不是艾莉告的状，而是维尔卡潘帕家族在作梗。

怎么样都没关系了。我安逸过头了，没预见到事情发生，就跟不记得我女儿剪头发和才艺表演一样。

即使一阵狂喜——或是歇斯底里——攫住了我，我如释重负，也不过跟打电话给亚历克斯是走过场一样，只是我应该做的另一件事，应该做的另一种反应。我还有些小小的满足：我一定是接近了谜底。某个掌权的人知道了我在接近。

但是我主要还是在想，我多么思念那只蜂鸟啊，思念它凶猛而柔软的翅膀，清楚我永远不会在现实生活中见到哪怕一只。照片、记忆、网上的视频都已经不能满足我了，那些都不能满足我。

这就是在亚历克斯挂断电话后，那一刻我坐在车里的所思所想：老天保佑，让我冷静下来，正确地看待事情，看待蜂鸟及其漫长的旅程、悲惨的命运。我没想我的家人。

因为我认为蜂鸟一定更重要。不管西尔维娜因为什么情绪崩溃了，不管是什么让她过于严肃地对待罗妮和统一乌托邦，蜂鸟并非无意义的转赠礼物。

不久之后我又收到一条短信。

>> 贱人贱人贱人贱人贱人

好吧，是拉里发的。也许艾莉说错了，拉里感觉好多了。

好到能把满满一纸袋狗屎倒在我家门前台阶上了。

【60】

那一周，世界似乎在大火、饥荒、洪水和疾病中濒临终结。本意给予帮助的事物正在伤害我们，而造成伤害的事物愈演愈烈。我告诉自己，我的工作并不重要，那么我就不会进入没有尽头的“我本能够”的莫比乌斯环。努力保持冷静。我们有积蓄，我们有可以清算的资产。我可以当自由职业者、顾问。我没有认真去想找工作的事，也没想着要告诉家人。

我把统一乌托邦嵌入颅骨。这个实在的地方将会孕育出很多新的词供我搜索，将会揭示西尔维娜的部分思想，让我可以跟日记对照着看。伴随压力的是兴奋的火花。

尽管如此，家里还是噩梦一般。树林里没有任何监视者出现的迹象，仿佛之前都是幻觉。家里没有我错过了演出排练却能被原谅的迹象。晚餐气氛阴郁沉闷，更糟的是，我难得答应了要做晚饭却没做。我所能做的只有盯着树林，尽量让大脑保持空白，以对抗矛盾的想法。

比如：罗妮给的地址肯定毫无价值，因为她轻易就告诉我了。那里就像我注定了要去的地方，因为“R. S.”作为线索给了我，所以罗妮收到指示要告诉我地址。除非，我只是走运才知道了罗妮是谁。法斯克是我自己调查出来的，因为西尔维娜没有把首字母“C. F.”刻在蜂鸟底座下。我曲解了获得的情报。

就算地址毫无价值，去看看也无妨。情报不仅包含信息——还包含背景、基调、质感和微妙差别。或许地址有用，又或许至少能让我放弃。

因为我有些想要放弃，有些想要止损，找到回归正常生活的方法。

但这其实说明，我已经走得太远，回不去了。

晚餐结束后，我们轻松地解脱了，可以各自待几个小时。我洗一两次碗作为补偿，其实补偿不了。丈夫端着一杯高度红酒独自在客厅，我张张嘴想对他说些什么，又把嘴闭上。没用的，我跟他说什么？我被解雇了？还是野生动物走私犯、蜂鸟、蝾螈？

我们转移到卧室，闷闷不乐、难以捉摸的女儿回去她的房间。她的眼睛告诉我：如果我们再谈话，我需要给她更好的回答。我记得自己当时感到轻松：我的谎言让她没出卖我，也没放弃我。而我丈夫没有起疑。还是他也有所怀疑了？

我刷牙、换睡衣，丈夫用牙线剔牙、换上平角裤，拿起看了一半的报纸，在饱餐了一顿不用他做的晚饭后满足地咕哝着。整个过程中，他没有提出任何问题，只是例行睡前活动。我有意识地深呼吸，作出平静的样子。

然后我再次坠入另一个世界，我不再轻盈，不再能够与那一切保持距离。我必须把喉咙里的尖叫扼杀掉。

丈夫肯定会注意到吧？但他没有。他坐在床上看报，看到了睡觉的时间，关灯，我们各自躺在一边。

他很快就打起了呼噜。但我睡不着，甚至没有一点要睡觉的想法。我紧张不安，就像一场赛跑即将开跑，一场比赛即将开场，一场战斗即将打响。

我一遍又一遍地起床。时钟显示凌晨两点。

我尽量踮着脚走，脚步声在我的耳朵里仿佛雷鸣。我来到壁橱，穿上衣服，悄悄下楼，拿上铲子猪，掏出枪，关上身后的大门。

【61】

我需要先鼓起勇气。“酒后壮胆”，这是火药的用词。我一直告诉自己，我计划的事情很蠢，然后想办法说服自己，最后一次了，这就是我要调查的最后一条线索。我会去调查，然后西尔维娜就会离开我的生活。不管我将会发现什么，不管我已经发现了什么可能有价值的东西……我会匿名发给当局和野生动物保护组织，或哪个沾边的机构都行。之后我就在安全行业另找一份工作，或者想办法请求亚历克斯重新雇用我。好似我往常的生活就耐心地等在那里，等我回去。

我先开车去了藏应急包的破棚屋，不到十五分钟。我带走了家里所有的银行卡，还做了进一步的预防措施。把铲子猪和所有手机都藏起来，只留下工作手机。沼泽猪太宝贵，我不敢冒险。工作手机已经改装，更难追踪，我会在事后把它扔掉。

然后我开车到健身房对面的廉价酒吧，没怎么偏离我去仓库的路线。开过一条穿过住宅区的偏僻小路，我把车停到一个街区外。我从后门溜进酒吧，在黑色天鹅绒般的黑暗中，坐在墙边低矮的长凳上，面前摆着很多张不用了的破台球桌。酒吧里只有三个人。等着酒保招呼的时候，我计算好快速走四五步就能溜出后门。我就是那么想的，有人可能会冲我来。

从我的位置看不到健身房，只能看见我曾经停车位那儿的路灯。我限定自己只能喝一杯双份威士忌可乐，吃了一些酒吧里的花生。酒闻起来像从卫生间盛的小便，但臭味让我保持敏锐专注。

罗妮·辛普森，显然不仅是改过自新的生态恐怖分子，还是一名奥运会选手级别的游泳健将。统一乌托邦仍然在我的脑海中。有一种遗憾的酸楚。也许我的大脑还被关在笼子里，西尔维娜还没把笼子撬开。那一刻，我想到了她没发挥出来的潜力。凭借背后维尔卡潘帕公司的财力，西尔维娜本可以做得更好。但是她已经死了，我能找到的只有兰格和罗妮这样的人。

我的工作手机响了，收到一条短信。

>> 我没盯住你，你就消失了。去哪儿了？

是美洲鲵。我满意极了，他找不到我，我的预防措施奏效了，我没有必要回复他。

但也许我不应该喝双份的酒，我没有放下手机。你就消失了。我把一个细节抛在了脑后，那就是在罗妮偷袭我并逃走的那一刻，我在说什么。我之前没有把我的话和事情整合到一起，没在意。我确实注意到了，却都错过了，我会自责一辈子。

我盯着工作手机看了一会儿，想考虑潜在的风险有多大。但一切都快结束了，对吧？

我拨了号码。

法斯克在第一声响就接了电话，让我很惊讶。他的一声“喂”浸满了威士忌，和我的回应一样。

“嘿，你这个糙皮老混蛋。”

“你是谁？”

“你认识的，那个不是侦探的侦探，你说过应该离西尔维娜远点的那个。你是对的。”

“你还活着。”

“算是吧。嘿，法斯克，我有一个问题。”

“你喝醉了。”

“你也是，所以我们扯平了。”

我听到了一阵笑声。或者可能是我的幻听。

即使相隔那么远，我也能看到街对面围绕灯柱的飞虫死亡漩涡。

法斯克一声长长的叹息，说：“你的问题？”

我本来懒散地坐着，听到这话坐直了，“等等。真的？你不挂电话？”

“有什么意义呢。”

这句话是新出现的陈词滥调，不仅能在酒吧放的很烂的西部乡村音乐里听到。

“法斯克，你认识罗妮吗？真的认识她，不只是听说过她？”

“我告诉过你我不认识。”

“一在统一乌托邦里提到你的名字，她就把枪从我手里打落了，然后跳进了水里，我再也没有见过她。”

“哦，是吗？”但他声音里有某些东西已经变了。

“是的。”

“认识又怎样？”

沉默。在沉默中，我能听到警笛声此起彼伏，人们在反复高呼着什么，在大喊大叫。是抗议人群？这次抗议的是什么？

“标本是给西尔维娜的，”法斯克终于说道，“我不知道那是给她的。一切都在暗地进行，你晓得吧？是罗妮来找的我。后来我才知道罗妮为谁工作。”

我坐不住了，必须在我的牢笼里踱步，旁边放着的台球桌让这里一片杂乱。我绕着那些绿色的长方形岛屿航行。转圈，不停转圈。

“她到底给你带了什么？”

“一只蜂鸟和一只蝾螈。六年前。”

“什么状态的？”

“什么？”在街上噪音的干扰下一定很难听清我的话。

“他们处于什么状态？是放在冷藏箱里的，干硬了的，还是什么样的？”

“每只装在单独的冷藏箱里。蜂鸟新鲜。蝾螈……老实说，我不知道是新鲜的还是解冻的。”

我停下脚步，“你的意思是，你感觉蜂鸟至少近期还活着？”

“是的。”

“蝾螈是哪一种？”

“我不晓得。不过很大，真的很大，更像一只鬣蜥。”

我觉得身体仿佛过电一样。

“你能描述一下吗？”

“这有什么重要的？”

“给个面子，法斯克。”

“已经在给了。嗯，它看起来像一只蝾螈，黑褐色，有黄色条纹。我不了解两栖动物，只知道准备工作做起来很烦。”

类似赛车上的条纹。多了一件事要查。但是另一个想法让我的脑袋爆炸，关于蜂鸟。那时，蜂鸟在野外应该已经绝迹了。西尔维娜从哪里找到了一只活生生的？还是法斯克错了，蜂鸟只是保存得当？

“但你一定看过照片或者在网上搜过，对吧？你一定知道那蝾螈可能和蜂鸟一样稀有吧？”

“不值得费太大力气查，你现在应该知道这点了。”

我不怎么相信他不知道。

“还有罗妮。罗妮对这趟差事怎么说？他们要把蜂鸟和蝾螈做成标本的原因是什么？”

“一开始没说。我只是完成了我的工作，拿了钱，罗妮某天来取货，大约两个月后。”

“后来呢？”我鼓励他说下去，“后来发生了什么？”

“大约一年之后，罗妮又来了。她染了头发，我觉得很奇怪，她在店里还戴墨镜，戴着一顶大帽子，让我很紧张。”

可笑的间谍伪装。西尔维娜的朋友不习惯某些新的关注？来自联邦调查局？犯罪组织？

“她这次想要什么？”

"她想让我卖掉我做的标本。帮她卖。我说不。"

"因为你知道那很危险？"

"是的。我确信他们已经尝试卖过了，并且出了点问题。我不想掺和进去。"

"你知道她要钱做什么吗？"

我能听到电话那头耸肩的声音。"从罗妮谈这件事的样子看，也许他们有某个项目干到一半没钱了。她问我认不认识可以卖掉标本的人，削价卖。我谁都没推荐。"

我思考着法斯克说的话，问道："自从我去过你那里之后，有没有其他人打探？"

"有几个奇怪的电话。我想外面有个家伙正在监视我这儿。我很快就要走了，暂时关店。"或者店正在关闭他。

"我现在有枪了。"我脱口而出。该死的酒，但谁知道冲动是从哪里来的。

"聪明。这就是你为什么活得比……"

"比你想的长。"

他笑了起来。"是的。我觉得来过我店里的这个人不会活太久。"

我不想要他不情不愿的尊重，应该从与法斯克的友情中退出。但相反，我倾向于不退出。

"你要去哪里？"

"不会告诉你的。"

但我知道一些。在北部地区，法斯克有地，还有一间小屋，每年夏天他都会去打猎。我关心他，我不关心他。我感受到的痛苦是什么？我可以和法斯克谈论我无法告诉我丈夫的事，悲哀。而现在法斯克要走了，法斯克要消失了。一阵绝望涌上心头。

“法斯克？”

“怎么？”

“你觉得西尔维娜是好人吗？”

仿佛法斯克是最终的仲裁者。好像他的回答会解决我的困惑。

法斯克让我摆脱了等待他裁决的痛苦，挂断了电话。我再没有和他说过话。

【62】

夜的穹顶，巨大而沉重，扣在火车、汽车、红绿灯和无人机之上。闪烁的星星是飞机，更高处那一道道光带是真正的生命。卫星除外，我知道它们不是星星，不是那些位于人造物之上或之下的神秘天体。我的情绪不大对，几乎处在意识变异状态。

仓库上是M形缓坡屋顶，材质像锡，不过更厚，四周灰白色的墙壁只在正面安了一盏昏黄的灯。树林向两边延伸，把这里包围起来。距此最近的建筑是一个加油站，位于向南四分之一英里的十字路口。在这儿可以听到高速公路上的声音，但很远。这地方理论上属于本县所有，但实际上不是。周围有很多小路和突然升起的高地，很容易原路折返并确认没有人跟踪。我确认好了。随后，我缓慢把车停进一个脏兮兮的车位，车位附近有一棵倒下的树。我觉得已经有一段时间没人来过这里了，或者至少在一段时间内没人照管。

我正用肩膀抵住仓库门，拿着断线钳剪断门锁，门向内开，露出跟我体型差不多大的空间，这时候来短信了。我放下钳子，阅读发光的文字。

甩开美洲鲵的满足感彻底离我而去。

>> 吉尔，你需要告诉我你在哪里。

我动弹不得。我感觉快要窒息，察觉到自己屏住了呼吸。

吉尔。在过去的三年里，只有一个人知道我“吉尔”的名字。那个在纽约会议上放我鸽子的人。那个给我假酒店房间号的人。

那人是美洲鲵。不是兰格，而是某个第三方。

他一直跟我到纽约，想看看我，一个厚颜无耻地戴小丑假发的家伙不在意靠近看。戴小丑假发，为了不让我从便利店店员的描述中认出他。

杰克。不是兰格。他想让我知道，让我回复。

我开始回复，但远处的街道上一辆车减速过来了。车是欧洲产的某个牌子，价格不菲，像是捷达。我用脚把钳子踢进门，把门关上，留一条小缝往外看。

车上的人关了车灯，把车开到我的车旁安静地停下。三个人下了车，光线不好，很难看清。

但我觉得我认出了其中一个人，即使他的发型变了。他行为中带出的某些情绪让我胳膊上的汗毛直竖。

兰格。终究不在我的手机里，而是活生生地在那儿。他的眼神锐利而专注，动作干净利落。我看了一眼就讨厌他，也害怕他。兰格的伙计们感觉很笨重，我觉得他们全副武装。

我退进仓库。仓库里有霉味，闻起来像铁锈。过道，或前厅，又窄又长，地板上铺了一层奇怪的仿石饰板。我猜，往里走更远才能进入扩建成了储藏室的侧边房间。这里很像一条把牛引进去的通道，再利用U形通道把牛分散到两侧。我把身后的一扇门关上，接着又关了一扇。我能听到兰格几人在前门小心地行动，发出微弱声响。也许仓库后面有一条出去的路。

我是个傻瓜，幼稚，缺乏经验。

为时已晚。

透过下一扇门的小窗户，我可以看见主厅。微弱的灯光模糊地照出高高的一堆。

“吉尔。”兰格。山上的那个人。

所有的重量都压在我身上，我仿佛醒了。终于永远地清醒了。

我打电话给家里。

我丈夫在第五声铃响时接了。

“你究竟去哪了？深更半夜的，你就——”

“听我说。”我尽可能冷静地低声说道。

“发生什么事了？”

“没时间了。离开家里。半小时内拿走所有能拿走东西。离开，去山里，或者去朋友在售的偏僻的房子。不要告诉任何人。去安全的地方，留在那里。留一段时间就行。”

“你疯了吗？那只是——”

我叫了他的名字。我叫了他的名字，然后说道，“树林里的那个人监视我们是因为我。你们两个都有危险。对不起。没时间了。不要告诉任何人你们去哪了。”

没等他再说话，我就挂断了电话。我从来没给他打过电话，总是发短信。没有更好的办法让他明白事情的严重性了。

接着我把仓库地址发给了美洲鲩。我不信任他，但事情还能更糟糕吗？或许这个聚会上的人越多越好。

兰格穿过了前两扇门。我刚关上第三个，用一个坚持不了多久的东西抵住，然后猛冲进仓库，手机当作手电筒握在手里。

从窗户看过去，里面的东西显得庞大而沉重，但一直看不清。我在手机照出的弧形白光中看到的，是一个怪物的轮廓。一个由很多很多部件组成的怪物，高高的巨大一堆，顶到我上方三十英尺高的天花板上，往四周溢出，没有路能绕过去。

动物躯干。皮、尸体、毛皮、羽毛、鳞片。呆滞的玻璃眼盯着我。混乱地合作一堆，让我倒退一步，恶心。霉味更刺鼻了，还有化学品的恶臭，以及其中潜藏的真动物的气味，那是它们活过的痕迹。

我想吐。我不能理解。

我面对着一堆垃圾，动物标本和处理过的、未处理过的皮。被扼杀的生命堆积，有常见的，但大多数稀有而珍贵。像一堵墙，一片海，用我可怜的光只能照亮一部分。谢天谢地。

我能听到身后兰格的声音。但我能往哪里躲？无处可躲。这些残躯中有凹陷和窄道，有很多窟窿，看不清楚，就像一条小路生满了高高的杂草，上方还有影影绰绰的树。动物尸山。狐猴、巨蜥、老虎、老虎、老虎——这么多老虎，我强忍着不叫出声。有些看到的景象让脑子不听使唤，让人想要自我欺骗。

但是生存的本能占了上风，一种超越思考的恐惧的本能。我别无选择，手中的枪不足以应付，不能挺身战斗。我必须往前冲，躲进乱糟糟的尸体堆里。

于是我进去了。

【63】

我从来没有在一个地方见过那么多动物。我从来没有见过那么多物种，即使是死了的，即使是用精巧和粗暴的方式肢解、碎尸或宰杀的。我从来没有见到过那么多动物，即使是死了的。它们向我涌来，死亡围绕着我，几乎将我杀死，扑灭了我一半的生存欲。然而，我一直往里去。

【64】

门打开了，兰格一伙进入仓库。我藏在尸体堆深处，在各种陌生的触感下不安颤抖。压扁了的光滑羽毛和皮毛压在我的胳膊上、腿上、脸上。黑暗中我看不见的死寂而明亮的眼睛。暗淡的尖鸟喙扎在我身上。蹄和爪从不正常的方向伸过来抵在我背上。我听着兰格和手下交谈，努力融入尸堆，所以也许兰格不会察觉到我在这里面。

我无法分析气味中包含了哪些信息，干燥的、潮湿的，大海和沼泽的咸味，一丝森林的味道，这些气味透露出其来源地。

但最让我崩溃的是幽闭恐惧。我不能坐在当中不动，感觉像要同时被淹死和闷死。我身处某种地狱，尸体紧贴着我的皮肤，我分不清自己身体的边界，从哪里开始是另一个身体。我被自己的汗水浸透了，浑身湿滑，瑟瑟发抖，努力不干呕出来。

我告诉自己，如果能快速穿过去，我会没事的。我告诉自己，在这个可怕的地方最好迅速行动。我告诉自己，越快到尽头，越不会失去理智，希望尽头有一扇能出去的门。我告诉自己，兰格还没有踏进这个地狱。尸堆在我周围、上方、头顶不断变高再变高，我已经疯了。

地板上几个粗糙的鳄鱼头把我绊倒了，我倒在狮子粗壮的身体上。我自己不过是一只动物，为空气和自由而奋斗。除了想要冲向一扇可能不存在的门，我什么念头都没了。我不堪忍受，不能忍受另一张皮、另一张毛皮的触碰。我不能。

但是兰格听到了我的声音。我从他兴奋起来的声音中听出来了。

随后尖利的东西嗖嗖射进来，把我周围的脸切开，撕碎肋腹、眼睛、肚子和爪子。连续的打击和弹起，听起来差不多像在下一场古怪的雨。但那是子弹。兰格懒得跟上我，懒得叫我出来，换换气。都没有，他就开枪。我两眼一抹黑，在地狱里挖洞，子弹进来，懒洋洋地卡住，火花四溅。攻击我的子弹角度刁钻，撞上腐烂的鹿角或象牙后飞向一边或反弹回去。有胶水的臭味。我感觉自己藏着，但又暴露了。

我没办法开枪还击，几乎无法阻止上百只脚掌、爪子、前肢、长鼻子从我的手中夺走铲子猪。我突然感到极大的恐惧，像我块头那么大：如果我挖着洞，尸山坍塌，我会被活埋。所以我爬得更快了，在那一刻不知道更害怕哪个，尸山还是子弹。

奇怪的“砰”的一声，一只虫子，大黄蜂或蜜蜂，撞进了我的大腿里。我疼得大叫，血流了出来。只不过那不是虫子——又有一只擦过我的左臂，我再次大叫起来。我恐慌极了，除了害怕、渴望和迫切的希望，我什么都没有，你不会从我周围的尸体中发现我，好像我注定要留在这儿了。

一头角马和一头熊——在尸山中心附近，跟一头雄壮的公鹿或者羚羊共同架起了能够呼吸和挡住子弹的空间。子弹还在震响，嗡嗡颤动，我唯一的办法就是靠在令人安慰的熊的侧腹上，让熊为我防御。

等到周围安静下来，我尽量放慢呼吸，以免被外面听到。我强烈地希望兰格相信我已经死了。

只是兰格不仅警惕地不进入尸山，还很谨慎地对待这一片安静。我躺着血流不止，听到了呼的一声巨响和越来越大的噼啪声，像有一块天花板掉了。但几分钟后我意识到声音的真正来源：火。

尸山上浇了助燃剂，燃起了大火。我要被烧死了。兰格的叫骂让我觉得他也被火惊到了。

“出来，”随着火势蔓延，兰格喊道，“出来，我不杀你。”

他的伙计们笑了起来。我清楚他的话不是真的。出去的话我只是不会烧死，会像老鼠一样被逮住。

温度越来越高，我从兽皮和标本烧出的烟雾中流汗、咳嗽。我能看到前面有一片橙色的烟雾，那里本来是黑暗的。一堵墙正由橙色变成红色。我咳得更厉害，但不会出去。我掏出手机，眼睛已经看不清了，也不知道拨了什么号码，而且手机发出的强光让他们再次开枪。

不过这一次，他们似乎不是向动物堆开枪，而是向他们身后，第三扇门的方向。我想我能听到其他型号的枪轻快的嗒嗒声。

一条裂缝，又一条裂缝，就像世界要裂开了。一个赫然逼近的人影让我倒吸一口凉气。

但人是从我身后来的。

我起身面对这个新的威胁，但有东西砸在我头上，我陷入了黑暗。

【65】

“呼气，吸气，再来一次。隔绝镣铐的声响、不能容忍的光，找到消除它们的办法。再次呼吸。另一个机会进入美丽的黑暗，无上幸福的寂静之地。”

我被困在西尔维娜的日记里，本子打开，变成了一片充满黑水的纸的海洋，把我吸下去，直到水底，和所有死去的动物一起漂浮。我现在看到了动物的眼睛，或者说取代了它们眼睛的玻璃珠。那些玻璃珠的眼神发直，那么虚假，但不知为何又很真实。我无法呼吸，但我不需要呼吸。或者我有鳃，或者呼吸不重要了。猴子、交嘴雀、沙袋鼠、蜥蜴、箱龟、蛙，那么多的蛙在水下，发出五彩斑斓的微光。我可以看到水面上一个朦胧的影子，向四周伸展的芦苇，极微弱的月光。

我倒吸一口气，吸进了水。我挥动双臂游起来，拥抱周围的动物，直到那些眼睛又充满生气，闪烁着灵动的亮光。我不在乎它们正在腐烂，也不在乎我正在腐烂。我们全都在某个比仓库更糟糕但也更好的沼泽底下。我带它们过来的？我引它们过来的？

“完整的大自然。”洪堡写道。这意味着没有分离，没有转开目光不去看，没有出去的路，只有深入。

向上看，我意识到我在统一乌托邦下面。我淹没在西尔维娜的造物之下，仿佛很确定是罗妮把我放在了那里。因为她这么干过。

【66】

我醒来的时候头痛欲裂，在昏暗的光线里，抬眼盯住了壁炉架上被撕坏的狐狸。

西尔维娜的旧公寓。天近黄昏。

我想动动身体，但不行。

在上山跟着我的那个人飘飘忽忽进入了视线。我校准自己的方向感，我又是头朝上的了。我被绑在椅子上——从阳台拿来的旧塑料草坪椅，双手分别被警用级塑料带绑在两只扶手上。椅子很快就会撑不住，我不得不一直虚坐着，不然屁股会砸穿椅子座。

“山上人”身后站着两个男人，我不认识。

但他们低头看我，看得我惊慌失措，我使劲地扭动、向前扑，连人带椅子趴倒在地，椅子座裂了，我的一只胳膊扭曲着，肩膀挨在地上。肩膀不正常地发麻，一阵阵地疼。我被下药了。

尘土飞扬，眼前地板上有拖痕，我以前没有注意到。

男人们仍然一言不发，只是看我。

我停止挣扎。塑料带挣脱不掉，椅子扣着我，我好像把自己困得更厉害了。

有什么东西从我头旁边的地上弹开，顺着我身体一侧滑向壁炉架，是狐狸标本的头。狐狸头回瞪着我。山上人扔的。

我试图用胳膊肘撑住自己，抬头看他。“白费力气。”山上人说。我只得趴回去，浑身发抖，一侧肩膀和一条腿在冰冷地灼烧，犹如冰下炽热燃烧的碎煤块。我能看到腿上缠了绷带，但是感觉不到。

“你给我吃了什么。”我含糊不清地说。

“止痛药，暂时让你撑住。本来可以让你死的。记住这一点。”

“这是绑架。”

“我们救了你的命。”山上人说，“兰格会看你活活烧死，然后笑着离开。”

“谁放的火？”我问。

山上人没有回答，从浴室里找了个凳子之类的坐下，居高临下。他眼周有一圈紫色淤青，夸张的黑眼圈让我有些得意。

“你放的火，不是吗？”或美洲鲵。“兰格呢？死了吗？”就像我若是知道了答案，一切都会好起来。

山上人没理我。

近距离看，山上人的脸比我记忆中的要深沉。皱起的眉毛，敏锐的绿眼睛，还有一层我还没有撕开的精明世故。他身上有一股淡淡的须后水味。

山上人拿出一个长长的纸箱。一个大玩具娃娃的棺材？

“老大让我告诉你还有一条线索，但他先找到了。反正没人关心这些。像小孩做的事情。他说。”

山上人从盒子里拿出了东西。我的心跳停止了，或者说我停止了呼吸，不得不想想怎么再开始喘气。

是那只蝾螈。深褐色，背上有两条黄色宽条纹。黄色鲜亮，光泽艳丽，接近灿烂的金色。它的皮肤上有光滑的小凸起，身体摆得弯弯曲曲，宛如一条流动的河，平坦、宽阔，身长也许跟盒子一样。但是小眼睛和小嘴给了这个生物一种脆弱之感。

蝾螈几乎算得上在微笑，像在叫我放心。

然后山上人点燃了蝾螈。我专注过了头，没看到他拿出了打火机。

“不！”我尖叫起来。我一定是向山上人猛扑了过去，因为另外两个人中的一个踢了我一脚，我又摔倒了，因为痛苦和沮丧缩成了一团。

山上人把蝾螈扔进了一个大的金属废纸篓……看着它燃烧。

“那么现在没什么可调查的了，对吧？”

蝾螈开始变黑，散发出一股恶臭。一个人推开阳台的门，让新鲜空气进来。

我正在惊恐于要失去蝾螈了，看着我无法拿到的、能告诉我答案的脸开始融化，连同脸上的微笑一起融化，看着我的过去消散。

另一个人拿来一台笔记本电脑，山上人离开凳子，把电脑放在上面。

随着他们的动作，我意识到有人被绑在另一张椅子上，在我的余光之外，非常安静。摆位似乎是故意的，不让我看到那人。

“那是谁？是谁？”我害怕是我丈夫，害怕那可能是任何人。

但是山上人忽略了我，我听到其他人挪动那把椅子的声音，挪到我身后。无论那是谁，都不能或不会说话。

“我们会让你坐起来，这样你就可以谈话。如果你给我们找麻烦，那边那个人会用你自己的枪打你。”

“那不是我的枪。还有谁在？椅子上的那个。”

“好吧，你明白了吗？会开枪打你！”

山上人看起来像要揍我，我老实了。

“好的。”

尽管草坪椅碎裂了，我还是艰难地坐了起来。一些碎片扎进我的手臂，而另外一些则以奇怪的角度来回晃荡。

电脑放在凳子上，我能看到屏幕上有一张脸在动。一张熟悉的脸。

他比照片上还要老，白头发，白胡子，颧骨凹陷，双眼里闪烁着近乎救世主的光芒。谁能把他误认成其他人呢？老维尔卡潘帕，西尔维娜的父亲，地狱军团的统帅，不惜一切代价在全球捞钱的专家，深受爱戴的慈善家。

“简。”他微笑着说，声音空洞。老烟枪的声音，抽了不少雪茄。

但他不只说了“简”。不，维尔卡潘帕先生叫了我的法定全名，一连串拉出来，空洞的声音变得粗重，然后余音散了。我不知道这是远程视频的问题还是他的声音本来就这样。我很敬畏他，不是出于崇拜或谄媚，而是因为他像一只神话里的野兽意外出现在我面前。

“这是违法的。这是绑架。”我说，“房间里还有谁？谁在我后面？”

我像一只愚蠢的鹦鹉。侧面飞来一脚，把椅子踢得更烂了。我仍然无法挣脱，但他们如果再踢我几脚……

维尔卡潘帕耸了耸肩，没有理会我的问题。“可能吧。那你闯进这间公寓合法吗？”我都听腻了。“反正没关系了。”没关系了。就像他说的。“你是一个聪明的女人，身居要职。你觉得为什么我想和你说话？我为什么要花时间？”

像求职面试，或者他带着人力资源部的人要训斥我。

“不知道，我不在乎。”在某种程度上，这是真话。他像悬崖或汹涌的大海，是很多张假面具的投影，是磋磨西尔维娜的力量，像地质事件一样的力量。蝾螈的臭味烧焦了我的鼻孔。我恨他。

“倒也是，如你所说。”他的表情变得严肃，转变得非常突然，但又在迅速地不断转换，感觉像在演戏。“我很忙，所以长话短说。

西尔维娜是一个恐怖分子，一个坏种，祸害我们家族的遗产。我花了太多时间跟在她后头收拾，捍卫家族名誉。既然她死了，我就不会有丑闻了。”

“她给了我任务——”

“没有什么任务。”他把“没有”两个字咬得很重，弄疼了我的肩膀。

“她想让世界更美好。”我说。

“不是的。她想毁灭世界。”

“西尔维娜给我那只蜂鸟是有原因的。”

维尔卡潘帕摇摇头。“没有。 她给你蜂鸟是因为她病了，精神错乱。”

“你杀了她？”

维尔卡潘帕变得面无表情，令人害怕，仿佛有人惹怒了他。

“没有，”他终于说道，像网络出现了延迟，“她自作自受，谈事的那些人，做生意的人。她……她……像一个追求和平的外交官，最后却走私枪支去了。比兰格好不到哪儿去。”

我不想听这些。我告诉自己这些话没道理，维尔卡潘帕在撒谎。

“你和兰格做生意，你的人。你还拿走了蜂鸟。”我说。

他耸了耸肩，但目光已经移到了屏幕外，好像在问一个我看不见的人问题。又一个我看不见的人。

“我们想知道的就是你知道了什么，关于西尔维娜的最终项目，她跟你说了什么。”

“她什么也没跟我说。”

“你肯定知道一些内情。你是分析师，已经研究了证据，开始了调查，追踪了线索。”

“没有。我一直徒劳无功。”

“我不信。”

“是你确保没人报道她去世的消息。是你与她断绝关系，让她除了犯罪外别无出路。”

即使迷迷糊糊的，我也感到了绝望的刺痛。我知道再也没有机会和维尔卡潘帕说话了——我需要知道得更多。我不认为他会把我的威胁放心上，说这些话的作用类似于止痛药。

“我们可以付给你丰厚的报酬，”维尔卡潘帕说，“你告诉我们的话。”

也许，如果不是吃了止痛药，当时我没有走那么远……也许我会做出不同的回答，找到一些不同的回答方式。

“我没什么能告诉你们的。”

维尔卡潘帕张嘴想说话，又把嘴闭上了。然后再次说话了。

“我以为你大概能明白这件事的严重性——并且做正确的事。但是，我看得出你没有。”

“世界被砸开了大口子，”我说，“破碎了。她想解决这个问题。”这就是我所拥有的全部信息。是的，从某种意义上说，我喝醉了，我不是我自己。但我是认真的，揭露了众多原因底层的原因，意味着我仍然抱有希望。

“那个仓库是西尔维娜的。里面的动物是她为了给自己的犯罪活动提供资金要卖掉的。她先是偷了那些动物，随后卖掉，或者试过卖掉。明白了吗？”

我没有答案。疼痛的冰冷感越来越弱，灼烧感越来越强。我能说的只有重复提问，“你们还绑架了谁？谁坐在我后面？”

维尔卡潘帕靠近屏幕。我能看到他眼睛周围的裂纹，为遮掉老年斑涂的粉底和遮瑕膏，凶恶以及确信的眼神。眼神几乎太过凶恶了。

“我以为我欠你一次见面，好好谈一谈以前西尔维娜是什么人。但是我错了。现在是时候用另一个办法了，历史悠久的旧式办法。再见。”

他向山上人点点头，山上人啪地合上了电脑。

这就是我这辈子和下辈子，看到的关于维尔卡潘帕的一切。

“现在能放我走了？可以把我送到——”

我肋骨上又挨了一脚，山上人面无表情，这是他的一贯做法。

“真不走运，但我们得查出来你知道的所有事。无论什么办法。不会再信你了，就像他不信西尔维娜一样。最后你有没有命活着，不在我——在你。”

“他杀了西尔维娜？”

“你的意思是，我杀了西尔维娜？没有。”

山上人听上去受到了侮辱。就像我说了一些荒谬的话。即使不明白他的弦外之音，我也信了他的回答。

他向另两个人点点头，那两人走进旁边的房间去拿东西。我听到一个人把什么很沉的金属弄掉了，骂骂咧咧的。头上和身侧的疼痛令我沮丧。我想我知道维尔卡潘帕为什么冒险跟我面对面谈话了，因为我离不开这里了。不管我交代什么。

“无意冒犯。”山上人说，“真的，说真的。”

“纯粹是有意的。”我说。

山上人缓缓点头，抿着嘴唇，好像我说了什么高深的话。

“为什么不让我被烧死？你马上会发现我什么都不知道。”

山上人不理会我的话，“我们已经转移了你的车，尽可能擦了擦。没人知道你去过那里，也不知道我们去过。一切事情都让兰格背。也许你告诉我们你知道什么，你回到你的生活。还是，你来选，彻底消失，比如兰格抓住了你，比如你因为害怕兰格引渡，就选择了和兰格较量。”

“阴毒。”

“我说了什么？”

“引渡。”

“有什么要紧的？”

“为了清楚。还与你的身份有关。”而我既不清楚，也不知道他是谁。我像隔着薄雾说话，一根根针连成的薄雾席卷而来。

山上人再次耸了耸肩，“这有一个答案，但你不会喜欢。”

他咕哝着，把我破烂的椅子转了过来，让我面对着一张血淋淋的脸，脸下面的身体上歪歪斜斜地穿着撕破的衬衫和黑色裤子，只穿了黑袜子，没穿鞋。

我花了一点时间，但最后认出来了。

亚历克斯。他们审问了亚历克斯。他有呼吸，我能看出来，因为他嘴巴周围冒着血泡。但我觉得他再也没法用左眼看东西了。

“有一种预感，你说呢？有点像前传，你说呢？”山上人说。

有点像血淋淋的一袋肉，人事不省。

山上人张嘴想再说点什么，但我没法知道他要说什么了。

因为我已经跳起来，朝他冲了过去。

也许他已经做好了我向门口跑的准备。但我没有向门口跑，而是猛地撞上他的下半身。山上人的体内有什么“咔嚓”一声断了，他大叫一声，腿一软跌下去，撞倒了亚历克斯。

两个打手边回房间来，边跟一块塑料防水布作斗争，其中一个人不得不因此放下了枪，另一个则视线不清。

那时我正冲过阳台纱门，把纱网从门框上扯了下来。

我什么都没想，从阳台上一跃而下，另一发该死的蚊子一样的子弹叮进左臂。我像一只野兽咆哮着歪到一边，在坠落中感受自己所有的重量，并在那一刹那间尽力护住身体脆弱的部位。我的双手仍然绑着，被椅子碎块缠住，但幸运的是大部分碎块都留在了阳台门口。

不过是一个摔跤动作，不过是俯冲翻滚。摔倒时要在脑海中预先想好动作。我练习过上百次的动作。

下坠持续了很久。下坠就在一瞬间。

如果就这样死去，我会死不瞑目吗？

如果这回没死，我会以另一种方式死去。

我双手紧握焖烧的蝾螈，烫得大叫。

但我不会松手。

【67】

我哥哥的名字是内德。是的，我们就叫他“内德”吧。我们住在，假设是俄勒冈州，最荒凉的地方。那就是农场所在的地方：穷乡僻壤。最后通宽带、开连锁店，变得与世界其他地方没有太大区别的地方。但不住在那里的人不会明白。

内德是个真挚坦率的人，有强壮的下巴，浓密的棕发，惹人注目的蓝眼睛。他也尝试过摔跤，但运动并不能吸引他的注意力。他不适合运动。最重要的是，无论火药如何试图改变内德，内德总是思考和内省。他说话之前会深思熟虑，没有废话，你已经可以从他十多岁的样子看到他会长成什么人，因为他即使只有十四岁，就已经是成人的样了。我有时怀疑母亲是否有过外遇。

他走过时，镇上的姑娘们看他的样子……那是我永远不会从男孩们那里得到的，但我并没有因此对内德不满，原因之一是他甚至不知道自己漂亮。不，我对他有一处不满，是他因内省而变得深藏不露。他把事情藏在心里。

但即便那个时候，在最后的几年里，因为年纪渐长，因为我不是男孩，我们之间的差别越来越大，但是同时，探险让我们保持了密切的联系，探险和从火药手下求生。我们也叫他“火尿”。

内德小时候对石头底下的东西着迷，这种兴趣在他十几岁时反而变得更强烈了。他有懒散的一面，因为他不会立即行动，但石头下的东西却能引起他激光般的专注力，石头下的所有东西，不只是蝾螈。而我更关注蝾螈，因为内德必须越来越努力才能找到它们。随着小溪干涸，也可能是因为保护农作物而喷的除草剂和杀虫剂，要不就是有钱人在上游有新开发的项目，蝾螈逃走了，蝾螈成了农场周围稀有的珍宝。但是在隐蔽的溪谷里……我们仍然找得到蝾螈。

可能是在每个星期天，农场外的森林就是我们的教堂。或者放学后我们干完了家务活，火药去酒吧买醉了。我们必须趁火药灌醉自己的时候做喜欢做的事，把善意、欢笑和美好的回忆储存起来，作为一种屏障。

内德听说了加利福尼亚三一山的巨型动物群。虽然那里离农场很远，但他希望能去看一看。

“那些地方我们去不了——大概是峡谷。”

峡谷毗邻一个废弃的采石场，所以我不认为去不了。但我从来没说出口。

三一山巨螈长十英尺，最早在20世纪20年代一名捕猎者声称曾经见过巨螈。巨螈浸在一条偏僻河流源头的水里，皮肤黑褐色，身体又壮又宽。70年代有过多次巨螈目击事件，但没人抓到过，也没拍到过照片。内德专注于调查50年代哈伯德上尉的探险，然而那些探险除了看到了至今未被征服的广阔荒野，其他一无所获。

我知道内德为什么执着于这些神秘事物。我也出于同样的原因沉迷于南希·德鲁的一堆旧小说，看完后又迷上了哈迪男孩的故事。那些时刻，不用想自己在哪里，不用想不高兴的事，也不用想糟糕的晚餐时间，半疯的母亲、心不在焉的父亲让火药能对我们为所欲为：谩骂、扇耳光、推到墙上、往肚子上打。当我开始练摔跤时，忽视这些更容易一点，因为我不必再向人解释为何受伤了。

不过，后来，我更加了解内德了——在他走了之后。所有那些神秘的细节，神话里神奇的蝾螈，不仅仅是一种逃避手段。通过告诉我大蝾螈可能在我们住的地方附近，他在改变我对周围世界的看法。他在把我们害怕的、让他窒息的，变成令人兴奋、积极的新事物，摆脱毒害一切的火药的残余影响。

我花了很长时间才从这个角度更加理解了他。那是多年后的事了，我记得我坐在公园的长椅上哭了，为其中沉甸甸的善良、甜蜜、纯真而哭。

但我年龄小一点，内德一定感受到了责任。因此，随着火药变得更恶劣，父亲愈加漠不关心，关于蝾螈的幻想压倒了内德，于是他有时会把我留下。我们白天去老地方探险时都很好，但突然有一年夏天，不用上学的时候，我一直盼着逃避的时间更多一些，而不是更少……一堵墙出现了。

他总说：“野外有些地方对你来说太危险了。”

他总说：“有些地方只有更强壮的人才能去。”

在我那个年龄，我的个头很大了，但还不强壮。也许我被内德的话刺痛了，也许我以为他是在说我笨。即使也许我被刺痛了，也没有持续太长时间。如果内德会变邪恶，那他厉害的地方就在于，无论他说什么，你都会原谅他。

“有些地方”，没有他我就不能去的地方。我们住的地方有法律，但也有漏洞。

所以我们会每周一起出去两三次，去熟悉的沼泽、池塘和小溪里毫无新意的沟沟壑壑，然后他把我送回农场后再出去。我清楚地记得谷仓一侧有一条窄缝，树木掩住，灌木侵入。我们如果认为火药就在附近，就会从那里偷偷溜回农场。

“他会做他想做的事。”内德说，“他不做的时候，你必须像命中注定的那样过你的生活。”

即使在被惩罚的时候，我也看到内德眼中有一种光芒，表情有一丝轻松，感觉就像在暗笑。他不会缩起肩膀，他会直视火药的眼睛，让火药先变得更暴戾，而后开始移开视线。似乎内德在用眼睛展现火药的未来，一个火药不太喜欢的未来。

不过会有因果循环。内德越瞪火药，火药越拿我撒气，我不想“被火药打出火尿”。我没办法跟内德说，因为不管怎么说我都会觉得自己自私，做了错事。

告诉他很多次我在谷仓干杂活时，火药打我。告诉他火药终于找到了我的“秘密”路线，火药从那个窄缝的灌木丛里跳出来，把找蝾螈后回去的我摁在谷仓墙上，打我的后腰，然后走了。那次是发狂了，谢天谢地。如果火药抑郁，就会花更多时间在我身上。我躺在地上盯着树枝，想着这一切看起来多么美丽。那是春天。一切都是绿色的。我的肚子疼得厉害，我想里面有什么东西裂开了。

我总是告诉自己，很多人的情况更糟。哪怕我哭得停不下来。

趁火药在城里的时候，内德会进行最秘密的探险。过去他常常鼓动父亲劝火药去城里喝个烂醉，不难做到。

内德的探险活动似乎变得更加频繁、更有条理，我有时想知道他是否真的找到了一只大蝾螈。也许这就是他探险的原因，也许这就是为什么他看起来不太介意火药，虽然我不确定这个理由说不说得通。

我也记得那个晚上，永远忘不了，活一天记一天。它就在那里，在背后凝视我，我赶不走。唯一的区别是，随着时间推移，会有太多东西盯着你看。重量转移了，它压在身上的重量就少了一点。

火药发出惊天动地的声响，好似一百个瓶子火箭近距离爆炸，我们在各自的房间里，因为余波而颤动，即使没有骨折，全身的骨头也有骨折的感觉。麻木又清醒，愤怒又冷漠。

我不记得细节了，细节总是平淡无奇。人们说任何东西都可能成为诱因，而火药的喜怒无常给了我太多诱因，多到开始相互抵消。火药因为庄稼的某些事而感到不快，或者因为父亲与邻居商定了什么事情而发火，事态就升级了，严重到往墙上扔东西——然后扔我。

这是常有的事。但这一次我看到内德的嘴唇在颤抖，他受的影响比平时大，似乎一次又一次的忍耐已经让他消耗了太多意志力。但是我一直想不通为什么是那天，还出了什么别的问题吗？他不能说的问题？

我们受了罚，就像事情起因是我们似的，然后被命令回房间，而妈妈和爸爸坐在餐桌旁，在脏碗碟旁边吵架——但很小声，火药不会听到。火药在门廊上拆了一把摇椅，在后院用他的猎枪随意射击。鸡已经惊散了。

我本就要进屋去和内德谈谈，但听到他带着目的地来回走动，让我心生警惕。所以我偷偷溜进去，看到他正在往背包里装东西。

“你在干什么？”我忽然意识到，他可能准备离家出走。

“嘘！没什么。”

“这可不是没什么。”

我再次感受到了心碎。身边没了内德，我不确定还能不能继续经受住打击。我的意思是，我现在知道当时的我可以，但当时我虽然块头大、力气大，却认为自己软弱无力。

床头柜灯昏暗的光下，内德微微一笑。

“如果你以为我要走，不是的。我只是要去一趟远一些的探险，得到了一条可靠的线索。我会在早上回来，我保证。”

外面开始下雨了，下得很大。火药决定去谷仓里胡乱发泄怒气，我们能听到他在雨中大喊大叫。

“要是继续下雨，山涧会涨水。”至少会非常泥泞。“你怎么看路？”

“有存货。看。”他从背包里拿出一个矿工头灯。

那时，我觉得神秘的探险很酷、很勇敢。现在看来却令人悲伤，毫无意义。随便哪个人都能在路上看到内德回来。

狂风突起，暴雨打在窗户上，噼啪作响。

“别去。”我说。

内德估摸出了我的意思。我记得，他停下收拾，认真考虑我的话。也许是因为我之前从没说过“别去”。这不是预感，而是常识。

“不得不去。”他说。

不得不去？我看见他在发抖，我以为我明白了他的意思，是因为内心的那种情绪，如果不逃开，哪怕是一小会儿，就会尖叫，停不下来。一定存在更美好的事物，所以试图去更美好的地方，哪怕美好不会持久。

我最后答应了，或者说让步了。我点了点头，“好吧，但你回来后会告诉我发现了什么吧？叫我起床。说定了？”

内德笑得像给了我个拥抱。“好，会告诉你的。”但他永远不会了。

当我把内德的故事告诉别人，比如我丈夫，或者在酒吧喝醉时脱口而出一小段……我知道故事讲出来的时候充满了感情，打磨掉一些小瑕疵后还是有小缺陷。但这是我的故事，是真事，或披着一层真相。是怎么样的一层真相，则取决于故事在哪一天、哪一月讲，取决于那些不经意间涌上来的记忆，或者那些因为害怕永远忘记而使劲回忆起来的记忆。而你又变成另一个人的时候，故事也又一次变了。

第二天早上，我在天光中醒来，暴风雨过去了。我昨晚一开始没睡，后来睡死了。我很担心。内德不在他的房间里，不在厨房。我问父母见没见内德，他们茫然地看着我。火药烂醉如泥，正在某个地方睡大觉。

内德不在谷仓，不在后院。但是当我走到房子后面的小溪时，我找到了他。他躺在沙滩上，蜷缩着身子。

我记得我像没了气，麻袋一样地瘫倒。我往下坠，一直往下坠。但随后我想他可能还活着，就爬了起来跑到他身边。

他被暴风雨淋透了，脸上的肉松了，一只手伸出来。后来，尸检发现他的肺里有水。

那双蓝色的眼睛睁着，呆滞而茫然地看着虚空。我无法帮他，我什么都做不了。悲伤把我撕裂，撕成碎片。

即使在那种情况下，在小溪边，我的第一个想到的是火药。火药杀了内德。

这就是为什么两年后我杀了火药。

第三部分

螈

救生船

【68】

从西尔维娜公寓的阳台上跳下来没几个月，沿海岸而下的某个偏僻地方，我坐在一家廉价酒吧的高脚凳上，拐杖挂在膝盖上绑的钩子上。这里偏到手机信号时断时续，这些地方虽然叫“镇子”，但基本只有一个加油站和一个便利店，可能还有一个亭子那么大的警察局，开着皮卡就能碾过去。

我坐在那个酒吧里——一个酒吧，随便哪个酒吧——喝酒，明白我再也回不了家了，这个创伤用止痛药无效。我女儿长大后会忘了我。她会主动尝试忘记我。那很容易，因为我让她把忘记变得容易。我丈夫会再婚，继续他的生活。他会找一个和我截然不同的人，组建另一个家庭。我不会怪他，没能力怪他。那时候我已经死了，被维尔卡潘帕的手下、变幻莫测的“杰克”或兰格抓住杀掉。或者，我可能会因为受伤越来越多，在被抓住之前就死了。

我坐在酒吧里，几小杯伏特加下肚，脖子后面还是火辣辣地疼，皮肉在抽动。我的衣服上有淡淡的烟味，微微发臭。我继续喝。他们拿走了美洲鮀给我的枪，但我很容易就搞到了另一把，秘密携带，没有许可证。我叫它“法斯克”，因为这把枪的型号跟法斯克拿来指着我的那把一样。法斯克拿枪对着我已经是上辈子的事了。

最让我担心的是我的手。我把手藏在吧台下面，不让酒保看见我的手指止不住地抖动。身体虚弱的人、老人家和从国外打仗回来的退伍军人可以理解这种现象，他们对此很熟悉。他们以前见过人的手指不停颤抖。但我发现，酒保把手抖当作情绪不稳定或酗酒的迹象……不稳定的人是麻烦。人们正处于对大流行病的恐惧中，不清楚是怎么回事，不知道病是怎么传播的，于是手抖更不招人待见了。

我的手指就像寻找钢琴的生物，也许话编得好听点就是手指永远不会停止努力工作，好像手指觉得如果它们停下，我身体的其他部分也会停止运作。而且不知为何，手指与我左腿的状况息息相关。我手指越抖，左腿就越疼。

我从不喝酒（其实喝）。我不喜欢酒吧（其实喜欢）。我只是需要装一会儿别人（其实需要一直装）。另外，在酒吧里可能会无意中听到一些有用的东西，甚至可以给酒保看一张阿根廷女人的老照片，或近期的一张照片——是一张剪报，上面有合影，“R. S.”在其中。

见过这个人吗？这个呢？没。没有。从没。大多数情况下，我把西尔维娜的照片展示给那些说自己在这儿过了一辈子的老人。徒劳无功，但能打发时间。

酒精是我唯一能获得的保健品。我偶尔还会鬼鬼祟祟地溜进偏远诊所，如果诊所够偏远的话。

长久以来，每时每刻，我都在想西尔维娜，即使我恨她让我遭遇了那么多事，恨她对我做的事……如果是西尔维娜，就知道下一步该做什么。如果是西尔维娜，就能更好地把这些碎片拼在一起。

我发现，有些酒吧里的人不会让你独处太久。劣质灯歪歪扭扭，有碎石子大小的暗斑，发出沙沙声。灯下有影子向我靠近，像一个左摇右晃的雕像。期间我又喝完了一小杯酒。

“你看起来像——”

我转动凳子，伸出手，抓住他的夹克把他拉近，另一只手握拳，重重打在他肚子上。我感觉到我的手指关节很硬，打在他松弛的大肚子上生疼，接着又给了他一拳。我完全用腿支撑着身体的重量，腿上窜起一阵疼，让我喘不过气来。愚蠢。不长记性。

然后我放开了他，他嘴里的腐臭气喷了我一身。他跟他带过来的高脚凳一起滚到了地上，被靠在吧台上的短拖把或什么清洁工具缠住了，几乎像遇上了看不见的暗流。

“你为什么要这样，女人？”他惨叫道，“为什么？”

也许是因为我厌倦了被叫“女人”，或者我厌倦了在喝酒的时候被人搭讪，或者我的手指需要分散注意力。也许是因为我是一个刻薄的人，或者在阳台事件后，火药上身作为自我保护，真讽刺。而且不去健身房也不利于我的心情。

我从腿边抓起拐杖挥舞起来，挪动凳子坐到最远的角落，一切尽收眼底，包括卫生间和大门。

酒保是一只聪明的猫头鹰，一动不动地盯着我。他像是在一个月的平常生活后看到了一些新鲜东西。我猜，他以为我会离开，但这家“酒吧”根本算不上什么正经商户，位于一条土路的尽头，处在一片奇怪扭曲的树林中，远处是一片浑浊的沼泽。我不认为这个地方有营业执照，而且我身上不只有一把枪，还带了两把刀，一把插在脚踝处的刀鞘里，一把插在暗红色格子衬衫下面的腰包里。大部分武器留在了船屋。

我又要了一小杯酒。酒保倒酒，地上的男人离开了，也许他说了些什么，也许没有。但我还是不在乎。角落里三个人正在玩蹩脚的三人桌球，他们可能在暗暗嘲笑他，也可能没有。重要的是，整晚都没人靠近我了。

后来在车里，头顶是一片被污染的灰绿色天空，我的背疼，但肩膀更难受：难以恢复的枪伤发作，像闪电随机分叉，每次都在意想不到的新地方疼起来。腿坐着比站着难受，神经出了点问题，好像有人拿着铁棒捅，但那时我更习惯腿痛。

你永远不会了解自己的每一部分，因为你永远不会置身所有情况，遇见所有的自己。但我快了。我是一只受伤的野兽，一只全身都疼的怪物。疼痛如瀑布般喧闹，噪声达到最高点，然后降为剧烈的嗡鸣和震动，从不消失。我控制不了疼痛，不得不活在其中。我看透了，挺了过去，因为我必须这样，因为我还有一个目标。

也许我可以把痛苦归咎于我去过仓库、从阳台跳下之后变了一个人。也许我不可以。但我想杀人，杀掉任何发现我的行动并误解我的人。

旧时，人们说蝾螈在火中出生，天生带火。如果你摸了它，也会被火焰吞噬。但与蝾螈不同，你不会在火中幸存下来。蝾螈是住在大火中的毒物。

我一直被烈火炙烤，我本应该死的。

【69】

即使在痛苦中，处于一种不知所措的境地，我也知道什么是正确的。我知道我的感觉是对的，更能做我自己，即使我无法定义“自我”。我为什么在偏僻肮脏的小馆子和酒吧里更舒服？这种生活比我以前的生活更真实吗？

不，不如说，我以为我喜欢以前的生活……我其实不喜欢。我不是真的喜欢。剥离一切，我弄清了自己几乎什么都不喜欢，到头来，我所需要的比我曾经拥有的少得多。“丈夫”的概念渐渐消失，虽然“女儿”的概念还在。我不知道是因为不同的愧疚而造成的差异，还是我坦率承认了。我不是蒲公英，他不是大熊。我们只是用那些名字互相称呼，希望彼此之间的柔情是真的。

所有这些灰色的乡间小路呼唤着我，我原路折回，步行到我现在住的船屋，我不嫌无聊，也不嫌麻烦。老鹰落在电线上。鹿在一块空地上凝视这边。路边是无光泽的黏土和高高的草丛，有水貂盯着我。这不是西尔维娜眼中自然的概念，与一个看不见的世界没有联系。但对我来说，穿越荒野很重要，也许是因为我知道这对内德来说也很重要。

虽然是过去的不正常的想法，但是我原以为自己需要一些表面上的办公室友情，需要在饮水机边闲聊，需要醉醺醺的圣诞派对，派对桌上的小瓶酒和摆盘完美的小吃。在擦拭法斯克的时候，或者只是盯着烧毁一半的蝾螈的时候，这些想法会让我轻轻笑出声来。

现在没有那些人和事的威胁了。现在我想起来，感觉那些都不是真的，从来不是真的。

但是背叛感越来越强烈，已然逼近——这是真的。

比如，一去找维尔卡潘帕和兰格之间的联系，几乎马上就找到了。两方勾结成立了空壳公司。兰格的公司为维尔卡潘帕公司的资源开设专门通道，是西尔维娜在别处找不到的。这些公司大多数不由西尔维娜经营，但有些是她经营。西尔维娜出卖康提拉，却让兰格从当局手中溜走了，或者有人放了兰格。

我跟买薄荷糖一样买一次性手机。掩盖我的行踪真是乏味的活儿。每次发现他们有新的联系，我都会更难过，怀疑也加重了。西尔维娜需要兰格。西尔维娜拉拢了兰格。维尔卡潘帕说自己被她勒索了。什么意思？维尔卡潘帕的意思是证明了西尔维娜贪污，但他怎么能确定？指责你的敌人犯了你所犯的罪行是个有效的策略，政客们一直都在用。

我确定了一种情况，好比确定了一个论点，打算刨根究底。只是假设，假设西尔维娜因为向当局举报了兰格的组织而被迫留在美国怎么办？她正两边讨好，因为老维尔卡潘帕也走私野生动物？或者曾经走私过？而且那段时间，西尔维娜迫切需要获取或窃取野生动物走私品，并将其转售以资助她自己的秘密项目，因为家族已经跟她断绝了联系。

这让我回到了一个我不太能回答的问题：兰格究竟为什么要杀我？因为过去的事，还是防患于未然？

【70】

我做过的最难的事——不，第二难的事——就是从西尔维娜的阳台底下爬起来。极其痛苦，维尔卡潘帕手下给我的止痛药逐渐失效。子弹打出的伤口是从我身体向外看的眼睛。它们每次眨眼，我的脸都会抽搐。而它们眨个不停。

我落地时，身体一半在灌木丛里，一半在水泥地上，肋骨处摔出瘀伤，彻底摔坏了肩膀，一只脚踝有些发软，多根手指骨折。我感觉自己如同一具努力爬起来的尸体，地面像要再次把我拽倒。

然而我确实站了起来——而且速度很快。我躲进或者说滚进人行道的遮阳篷下，所以他们必须下楼才能结果我。他们在楼上站了一会儿，试图把我当靶子，帮我争取了时间。当时天完全黑了，我撞到了头。我夜里视力极差，就像眼睛蒙了一层东西看不清，需要戴眼镜一样。我尽力回忆附近的情况，朝一个树木繁茂的公园挪去。

阳台一跳让我摆脱了一种束缚，但另一种束缚却被扭成了折断的塑料椅子扶手，在我的手腕上晃来晃去，看起来就像一根奇怪的腐烂了的骨头。

脚踝不对劲。我一直磕磕绊绊的，感觉有哪里折了。我那时还不知道腿的状况有多严重，也不知道之后腿会怎样。我记得，我那时想的是这可能是我最后的时刻了，并且为没有时间而感到恐慌，我没有时间了。

我还记得，一个人慢跑经过，没理我。多平常的事。是我蠢还是他蠢？不过我们其中一个行动笨重、外形凌乱、笨拙地抓着一只死蝾螈而已。

“喝大了，”我嘀咕着，以防不怀好意的人靠近，“喝大了。”人行道上有人时，我就一直嘀咕。我没有回头，一直等着脑后飞来一颗子弹。

我到了公园。我听见了追击的声音，但是因为别的事情。警笛响起，不是为我响的。不，当然不是，警察没有找我，目前还没有。维尔卡潘帕的人在找我，然而我没有听到任何像他们逼近的声音。即使我一片混乱，分不清方向，也觉得很奇怪。山上人似乎不是就此放弃的人。

公园后面是一条杂草丛生的浅溪，溪水里扔满了塑料袋、塑料瓶和用过的针头，散发着化学品般刺鼻的气味。我顺着小溪走，直到疼痛忽然间袭来，失去了知觉。

黎明时我醒了，一只流浪猫在舔我的脸。我推开它，渴极了，喝了腐臭的溪水。我知道我需要看医生，身体的麻木和会致命的伤口一样不容乐观。很快，我就会全身淤青。

山上人拿走了我的工作手机和钱包，但没有拿走我前面口袋里的现金。我叫了一辆出租车送我到棚子安全屋，前三个司机都仔细看了我一眼后匆忙开走了。

我希望没有人知道棚屋，但无论如何我别无选择。我一看到铲子猪，几乎要哭出来。我把铲子猪抱在怀里，像抱着以为再也见不到了的家庭宠物。沉甸甸的铲子猪，装着我在离开家之前收拢的所有东西。

我从防水布下面拉出应急包，里面有很多医疗用品，包括止痛药。我一尽可能地稳定了下来，就有了一个糟糕的想法：我试着用沼泽猪给我丈夫打电话。他没接，说明他发生了一些事，或者说明他听进了我的话，不会接陌生号码的电话。

我包扎了脚踝。兰格打的伤穿过表层，伤口浅。但是我的肩膀上卡了一颗从阳台来的子弹，并且肋骨可能断了。止痛药生效之前，我昏倒了一次。一直活动身体让我保持专注，我用不太疼的方式活动，虽然不会疼的动作方式不多。

一切看起来都是扭曲和模糊的。保持清醒，然后失败。我打电话给健身房，给查理留了一条长长的、不知所云的留言。我不知道那留言如今听起来会怎样，主要在咒骂、瞎扯、疑神疑鬼，就是你对陪审团讲的那套东西。查理从来没给我回过电话。我知道我当时想的是查理曾经训练过拳击手，有一个随叫随到的医生。但我现在真的不知道我当时为什么那样做。查理会让我滚蛋，并且他是对的。

然后我用一次性手机拨通了艾莉的电话。当咔嗒声响起，艾莉接听了，但什么也没说，我开始喋喋不休，无论说了什么都令人难以相信，她立即挂断了电话。道歉、恳求，不管我说了什么。

就这些了，我所有的人际关系。我有熟人、同事、与我履行友情仪式活动的人……但他们不是朋友，不是亲近的朋友。

我谁都没有了，除了以一种反常的方式拥有西尔维娜。

我有她的日记，有她沿海岸旅行的记录。

应急包里也有很多现金，用现金买的不在我名下的预付信用卡，几张家庭信用卡，一张“琼·亚克”的假驾照，但护照留在了家里。真是太笨了。我没办法回去拿了。

我没有选择，或者只剩糟糕的选择。我肩膀上嵌着子弹，断着肋骨，又打了一辆出租车到了一个二手车店，用现金买了一辆旧车，上高速公路，直奔海岸，然后走隐蔽的小路和绕行道。

我有一份途经地区包含维尔卡潘帕子公司的清单，有连锁加油站、一元店，甚至塑料厂，还有偏远地区一条停用的输油管道。我必须认为他们能看到我，因为他们或许能远程访问监控摄像头。我忠心支持当地企业，但无论到哪儿都会检查摄像头的位置，然后记住，在早晨启程。

我在骗自己。我仔细研究了西尔维娜的日记，整理出了她很久以前的西海岸之旅路线图，从其中提到的自然地标来推测她停脚的地方，而一旦过了新月城，细节会变得模糊，我赶路的速度也会慢下来，也会更加不确定走得对不对。

遵照这些仪式进行探险的同时，我用这个想法惩罚自己：我是西尔维娜的消遣，或陷于她的诡计，注定是牺牲品。我在身心的折磨中度过一个个不眠之夜，试过多想想积极的一面，但总是又消极下去。

我恨西尔维娜，我爱西尔维娜。我不知道是怪她，还是怪运气不好。我处在震惊之中，自我厌恶，无法向任何人诉说。

一开始我睡在车里。我有驾照，但不是真的，一切都是伪造的。警察可能会，也可能不会发现我造假。所以我开车像老奶奶，像巨魔在开一辆小小的利马豆那么大的车。然而穿过薄雾，映入眼帘的海岸极为壮丽。当我把大海抛在身后，开始稍微向内陆走，我就难过起来。但是在海岸边上感觉过于暴露，太显眼了。钢铁和石头建起的桥头，野兽派雕像就算是隐隐约约的也感觉太显眼了。每次上桥，我都觉得另一头会有路障。

不过沿着海岸走的时候，寒冷、海浪、与世隔绝，海岸拯救了我。海岸像家，又不像家。我一直想象自己离开了那个家，那些类似家的地方。我想过一个人偷偷溜走，一旦我能开车了，就从农场开到海岸。我离家出走，却无处可去。我会坐在冰冷的咖啡店里，看海浪拍打礁石，浪花飞溅，然后再回去。但我已经离开家了，不管这次逃跑是怎样地让我接近曾经的自己。

铲子猪不记得这些，铲子猪也一定很震惊，但震惊的原因不同。这类念头越来越强烈，我试图将其扼杀。因为荒谬而危险，让无生命的物品拥有感情，与看不见摸不着、只在脑子里的人说话，比如我丈夫、我女儿、西尔维娜。我总与西尔维娜说话。

但是我开车的时候——担惊受怕、疑神疑鬼——拥有了一个目标，不只为了躲藏，而是为了一些小目标而躲藏。我告诉自己，我会找到西尔维娜在日记中提到的船屋，那时她远征国王山脉荒野的起点。找到那艘船屋，在那里住上一段时间，然后我也会像她一样扎到森林里去。我会发现她所发现的，一些她无法写进日记，而我在字里行间能感觉到的东西。

如果没找到船屋呢？我就直接一头扎进荒野，接受未来发生的一切。

不知道什么原因，我的伤似乎是次要的。只有因果关系被打破时，我才能治疗自己。只有找到一个不多事的诊所、不多嘴的医生，我才能治疗自己。

然后我花了一个多月的时间。我的肩膀再不能恢复正常，腿大概再不能恢复正常。我再不能恢复正常。

都到那个时候了，我是否还做过重回往日生活的白日梦？是否还做过想办法恢复正常的白日梦？没有。

但我找到了船屋。至少那里还有船屋。

【71】

不过我并不是独自一人住在船屋。我在任何地方都不是独自一人。盘旋进入我脑海的声音不是奇迹，我让那声音进来的，不是奇迹。但你怎么还分得清什么是恩典，什么是天罚？

早些时候，阳台一跳之后，杰克的短信要么没信息含量，要么是疯话，发到我在纽约会议拿到的沼泽猪上，就像我还在用工作手机一样，让我困惑了一下。随即我反应过来，我们作为杰克和吉尔一起在酒吧的时候，他已经找到办法破解或利用沼泽猪了。

那个遥远的魔幻时光，一去不复返。其实当时我就已经不安全了。

>> 你好，简。事情进展顺利吗？还是有一点……走偏了？

>> 想没想过生物碱、致幻剂和蜂鸟？那会有多嗨哟？你在山里已经很嗨皮了，但也很嗨哟。又嗨皮又嗨哟，嗨。

>> 你好，简。我的一天从吐司和炒蛋开始。我在宵禁时间偷偷溜出去找蛋，不过你得知道谁有蛋。

>> 你知道维尔卡潘帕实际上中风了，被推进了某个地下室吗？你遇到的那个是演员。维尔卡潘帕的老婆现在掌管一切。

>> 你看到游轮上挤满了难民吗？他们就漂在那里，正变得绝望，绕着排水管打转。那会导致什么事呢？跟我聊聊吧。

>> 你可以随时把我屏蔽，简。但我知道你看到短信了。为什么？你出于某种原因需要我吗？或者你只是已经习惯了？我明白你

的感受。

>> 有没有想过这只是一个模拟现实？我想过。我每天都在想。因为确实感觉像外部有某个人正在煽风点火。而我不信有魔鬼。

>> 我看不到你在哪里。你很聪明。我甚至不知道你是否收得到信息。但你必须知道我很快就会来找你，我别无选择。我知道你打算做什么。

他不知道我打算做什么，因为我不知道，不真的知道。我没有回复，只让他“说话”。他得不到回应，说话就清晰了一点，也有可能这还是他的招数，心理战，就像他的假发有双重用意，既让我失去平衡，也不断迫使我向前，让我相信他可靠的不可靠。

“关于普勒托文属第二个物种的报道文献真实性可疑。对第二个物种即路蝾螈的描述与对体型更大蝾螈的记录是一致的。许多科学家认为这第二个物种是虚构的。体型更小，更适宜暗中活动和隐藏的蝾螈都已灭绝，那么体型更大的巨型蝾螈怎么会被略过？”

美洲鲵像巨型蝾螈吗？混淆视听？美洲鲵是杰克某个想法的残余物，我不知道那个想法是怎么产生的。不过现在我知道巨型蝾螈是真的了，但知道也没用，痛苦无所不用其极地剥夺了我的思考能力。我被紧紧缠住，西尔维娜从未离开过我，美洲鲵不会让我一个人待着。只是我没有美洲鲵的日记，完全猜不透他。仅仅在酒吧碰了一次面，我能编造出关于他的什么？我当时如果认为碰面很重要，会注意到什么至关重要的线索？

但如果他还在给我发短信，那么至少我和他还有距离。也许这听起来很奇怪，几乎就像如果他一直发短信，我就知道他在哪里一样。我有一种敌对感，仿佛他的短信是深水炸弹，但我只要保持安静，留在海底，屏住呼吸，我就是安全的。

我想做的第一件事，是在保留我脑袋里声音的同时，不让那声音知道我在地图上的位置。第二件事是在改了美洲鮀在手机里的名字，我不想见到手机上美洲鮀的名字静止不动，影射蝾螈，给我造成混乱。于是取而代之的名字是“地狱之口”。

想象一下，你思念你的丈夫和女儿，但再也不能见他们，不敢联系他们，也不敢回复他们。只有手机上来一条孤零零的短信，或者报纸上没有关于他们被发现死亡的报道，你才知道他们还活着。那个手机本不该留着，很少插上手机卡。

想象一下，你相信这个哑谜游戏有目的、有意义，而不仅是确保你仍然与这个世界有点联系。

想象一下，你仍然留着一只烧焦一半的蝾螈，希望它会透露自己的秘密。

想象一下广袤的森林就在附近，你很疑惑为什么会闻到咸腥的雾气。但你知道为什么那股味道总能把你带回到着火的仓库。

【72】

在酒吧打人后的第二天早上，我从毯子里爬出来，到浴室冲了个热水澡。已经习惯了船屋因为我的重量轻微倾斜。每天早晨伤痛轻一点，好像它也得有醒来的过程，或者被中年人常有的疼痛盖过去了，要不可能是寒气把它冻僵了。

船屋停在国王山脉以北一百英里的河岸上。即便很冷，树木还是覆盖了一切，树木上覆盖了一片片灰绿色的苔藓和地衣。这里荒僻到树木过于密集，降低了声音，改变了声音的来源，就连河流的汩汩水声，间或湍急，都好似一场梦，好似回忆出来的声响。

我住的船绑在长满苔藓的下沉河岸上，停在泥泞中，紧挨着一个漩涡，远离主河道，河水将在遥远的南部汇集。船稍远处，河流分成两支，绕过一些光滑的岩石，沿着平行的河道奔向同一个目的地。河狸的水坝就筑在其中一支的拐弯处。

窗外，我可以看到房东的“船屋”——更像是一个架起来的移动房屋——架在河对岸的岩石上。我和他之间有一道危险的浮桥，我测量过，桥长只有三十英尺，河流经过这里收窄了，水很浅，携带了大量泥沙。人可能淹不死，但会陷在泥沙里。我不相信他会拉我出去。

与我之前的设想不同，西尔维娜的船屋只配得上枯燥的描述。一艘荒废的拼装式船屋，木头框架和挂着灰白色褶边窗帘的小窗户都是预制的。一间厨房，一间起居室，起居室里单独隔出一块卧室，除了一两个壁橱外，没什么其他东西了。我强迫自己不管沉闷的霉味，我知道到了夏天，霉味就是警钟。船上过道面朝着积满淤泥的河流，也许其他人需要在外面的破椅子上坐着，以免被关到发疯。但我喜欢黑暗、安静的地方。

我从一个脾气火爆的白人那里“租”了船屋。他有一辆溅满泥的皮卡，在半夜里开着去某个地方。他住的地方在桥的另一头，几乎跟船屋对称。我不认为他拥有西尔维娜的船屋，但既然他要的钱那么少，为什么还要费口舌呢？不知道他是民兵还是非法制毒的，或是在逃避什么。“你是犹太人吗？”“你在乎吗？”“好吧，没事了。”他警惕地斜眼看我，像看来自另一个太阳系的外星人，不信任在所难免。

不过，大多数情况下，我觉得他是标准的自由主义者。有一次趁他不在，我在他那边可怜的桥头下放了一个小惊喜，只是以防万一。我还在刚住进船里的时候，确保他清清楚楚地看见了我从汽车后备厢里搬出来的大把武器。

我穿得跟平时一样：肥大的格子衬衫配牛仔裤。我其他的选择只有登山裤配衬衫、白衬衫配休闲裤。我喜欢看起来像本地人，把白衬衫留到去银行或城市之类的地方穿。格子衫穿在我身上，就像一张船帆。我通常还会戴一顶黑色棒球帽，我猜棒球帽就像戴在了一只熊的头上。

穿过迷宫般的七英里土路到达船屋，没有人能在不被发现的情况下尾随我。尽管如此，我还是采取预防措施，原路折回。我经常把车停在离船屋一英里的地方，藏在茂密的灌木丛中，然后走完剩下的路。

那天早上喝完咖啡，我去一家早餐店见客户。如果西尔维娜现在能看到我，她会怎么想？一个没法回答的问题。

但这就是我的生活。至少在一段时间内是。

【73】

诺拉住的地方隔了三个镇，我有经验后喜欢这种距离。诺拉四十岁，是个中学教师，红头发，脸上有淡淡的雀斑。她担心丈夫出轨了。这是我在第六个不同的镇子接的第六个案子，其中五个是关于出轨的，一个是关于有闯入者的，结果闯入者是一只浣熊。我没有收那个案子的费用，但我应该收。

无论短时间内我决定专注哪个领域，我都不接任何重大案件，只在当地便宜的报纸分类广告版块宣传我的业务。我有假名、假驾照和一张看上去很专业的名片，随意地写着名号：“简朴女士调查”。但是我的收费很低，低到人们都不关心我的身份证明是真是假。我没有在报纸广告里写我的名号。我很谨慎，就连铲子猪也很少离开船屋。那时铲子猪装着我所有的过去，差不多是个圣物箱。

“他总是迟到。有几次，他在办公室过夜，不接电话。”

她穿着一件比我留在船屋里的白衬衫和船屋窗帘更破旧的上衣，闻起来有绷带、血和醋的味道，或者是我的味道。

“你想让我从哪里开始？”我问。如果我不必做很多工作，那就更好了。

但诺拉心不在焉。

“我们有两个小孩。”她说，好像必须说服我接这个案子，或者这句话能帮我解决问题。两个小孩从不会破案。两个年幼的孩子几乎肯定能从这个案子里撇出去。

“我确信其实没事。”我说过很多遍这句话，“但从我的经验看，最好再确定一下。”我的经验并不多。“否则会严重影响你的生活……他有助理吗？”

这个问题打破了魔咒。

“有。他正在汽车店带一个男实习生，叫吉姆。”

以诺拉的思维方式，显然排除了男助理。我做个笔记要查查吉姆，如果我万不得已走到那一步的话。

“他是哪家酒吧或餐馆的常客吗？”

她给了我一份简短的清单，等于告诉了我当地人去哪些店。这个有用，因为我不熟悉这个小镇，而西尔维娜是太久之前来的了。

昨晚的酒吧不在她的清单上。对二手车销售员来说，那家有点超出活动范围，或太不讲究了。

“他每周五都会和埃德一起通宵打扑克，就在龟特尔的店。”

明天星期五。我知道龟特尔·弗雷德的店，是奇怪的区域连锁店，特许经营店总是建在池塘旁边。雨水、废水或自然形成的，哪种池塘似乎都没关系。龟特尔卖鸡翅，我没在那里吃过，因为他们被开过几次卫生不合格的罚单，而且在他们停车场闲聚的人往往是在谈生意。

“埃德是谁？”

“我丈夫的高中同学，他们一起打过棒球。他大多数朋友都是埃德的朋友。”

早餐来了，她要了烤面包加荷包蛋，我要了早餐全套，有炒蛋、土豆煎饼、回锅咸牛肉丁、香肠和燕麦粥。

在我们吃饭的大部分沉默时间里，我在惊叹当今世界的运转方式。

这里有一个女人可以担心她的丈夫出轨，而在仅相距两百英里的内陆某地，大批受灾的难民向北前往加拿大，那里可能并不会接收他们。某“保护区”的含水层和其他水源正在干涸。中西部，私人安全部队在小城镇的街道上与抗议者发生冲突。牲畜疾病暴发导致大规模宰杀。尽管扭转气候变化的一线机会已经缩小成一个遥不可及的点，但股市仍然看涨。

在这些情况下，如果西尔维娜现在能看到我，她会怎么想？没法回答。

早餐盘上的油往我的鼻孔里送进一股焦煳味。仅有一只玻璃眼的獾用鼻子顶着我的脸。着火。恶臭。

为了掩饰痛苦，我把最后一个鸡蛋和土豆煎饼塞进嘴里。吃掉气味，吃掉记忆，但这招不太好用。

“你可以先看看他在汽车店的办公室。汽车店是独栋建筑。他本应该回家吃午饭的，但还没回去。”

“听起来不错。”我高兴地说，“我就从那儿开始。明天去龟特尔。”我撒了个谎。今天就去龟特尔，查个明白。

我了解到客户不喜欢我的微笑，但至少可以装出“亲切友好”和“听从建议”。

“哦，好的——你说你干这行多久了？”她问道，我觉得她像忘记了剧本的第一行台词。

三个月？

“六年。”

诺拉笑了，我感到一种责任。但当时我喜欢解决这些案子，我想解决。这至少意味着我解决了一些问题。

“这就可以了？尤其是他的办公室？办公室很重要。”

“是的。但是，如果可以的话，我需要他的社会保险号、驾驶证号——用来检查有没有秘密信用卡之类的。”

她脸色一白，然后点了点头，“当然。”

在我应该向她报告进展之前，我可能已经在其他地方又接了一个案子，永远不会回到这个小镇了。如果一切顺利，我会对她丈夫的信用卡动一些不易察觉的小手术，留下的金额支撑不了到处乱搞，也就不用报告了。但我会让她丈夫知道，有人知道他的秘密，算作某种报复。

怪事，我感到出于某种安排的需要，诺拉才要雇侦探，她本可以自己去查。怪事，我需要客户安排我。但那时发生的全是怪事。

【74】

有时我有个想法，这个想法或自以为是，或自私，或完全恰当。我认为我的阳台一跳打破了一些东西。全世界的人从阳台上跳下来，打碎地球。但事实却是西尔维娜看到的那样：我们已经是鬼魂了。我们就是无缘无故地互相纠缠，一直在等待毁灭一击。但毁灭一击不会来临，只有无尽的深渊。

然而我在那里……在西尔维娜多年前住过的船屋上，她住的时候还不是一个腐朽的烂地方。

我发现这是一项没用的任务。一艘漂在水上的废物，根本不是什么圣物箱。古怪的黄色矮沙发上的塑料垫侧面，没有写给我的留言，地板下没有暗格。没有留下任何类似的东西。

我只发现咖啡桌上有一张带折痕的统一乌托邦地图。我已经对这地图厌倦到不想再思考它有什么含义了。真希望西尔维娜的手真的碰过它。我想知道西尔维娜是否曾经回来过船屋，看到这个地方长满杂草，快废弃了，她会怎么想？如果只有废掉名为“统一乌托邦”的组织，西尔维娜想象中的地方才能真正开始存在，那该多讽刺啊。

自从西尔维娜离开后，所有参观过船屋的人进一步抹去了她的痕迹。这给了我西尔维娜异教组织存在的证据，但也根本不是证据。首先，时间太久了，这个放着蜡烛和信件的小圣殿里布满蜘蛛网，至少一年没人来过。来的是与她失去联系但知道船屋故事的人，被从她核心圈子里赶出去的人，后来圈子没了，甚至连平行线也没了。边角卷起的手写信是仓促的、喘不过气来的致敬，向她日渐衰弱的感召力致敬。一盘给西尔维娜的人形巧克力蛋糕，好像她是圣诞老人一样。蛋糕发霉，硬化，湮灭，只有通过法医鉴定才能辨认出来。

卧室墙上残留着一些粉红色软绝缘材料，黏糊糊的。我感到疑惑，后来意识到是西尔维娜安装过简陋的隔音装备，而她的崇拜者已经把大部分当作纪念品拿走了。

所以我只找到西尔维娜的无名信徒，还有他们对她的哭诉，但没找到一丁点儿西尔维娜的东西。即便如此，我还是勉强保持尊重。在罗妮逃跑之前，我没来得及说的事之一，就是我明白她为什么跟随西尔维娜。我也不希望西尔维娜是个骗子。

船屋上缺少西尔维娜的痕迹，我很在意，这让我再次意识到我无法想象西尔维娜是怎样一个人，她每天的生活什么样。什么样的生活呢？我不知道她喜欢穿什么、吃什么，那么多细节都不知道。我主要把她看作论文和定理，当作一种原始的情感，比如激情，基本像歌剧里的人物，不是那种敏锐、安静的凡人。这是因为日记的缘故还是……？

不止这些，日记里也没有提到过敌人，只给人一点模糊的感觉，而且不是她个人的敌人。这让我产生了一个令我不安问题：为什么要描绘看不见的东西？也许是为了打消它的控制力，不然就是反其道而行之，也许是为了保护它。

只剩下一种可能。当一阵风摇晃船屋，我又回到了发烧时做的梦中，沉在统一乌托邦底下，无法浮出水面，耳边响起很久以前在视频中听到的西尔维娜的声音：“只要能看到这个世界，真正看到这个世界，我们将彻底地改变对待世界的方式。我们会变得多么不同啊。”

这个梦让我放松。我可以沉沉地陷在床上迎接它，让它涌进来。伤痛没有跟我入梦。

在芦苇下，深水中，什么都找不到我。

【75】

我与诺拉见面的那天，我也得知了家那边刊登了一份关于我失踪的报道。同一天，离开早餐店的时候，我似乎看到了山上人开着一辆黑色 SUV 过去了，车牌是其他州的。我被天空中奇怪的灰绿色亮光吸引，差点没看见他。后来，那种天色已经成为新的常态了。

我震惊过了头，没记住车牌号。我堵在早餐店门外，惹怒了想出去的老人。但 SUV 的司机在盯着另一个方向看，我不能确定是不是山上人。我以前也怀疑过看到了他，但最后发现不是他。我告诉自己，那个司机太老了，很憔悴，不是山上人。

五个月来，我没有发现任何有人来抓我的迹象，晚上也没被袭击过。然而我知道他们一定在找我。我知道他们在找。首先，我有他们的蝾螈。维尔卡潘帕不放心，就像我能用烧焦的尸体施魔法，可能找到他们错过的线索。

或者他们认为我会走投无路后报警。我也有可能完全想错了，他们根本没再想起我。有时最后一个猜测让我发笑，笑我自己和我的所有防范措施。

我让开了那个骂我的老人，走到街上，快步走向我的车。在这个过程中我又重新思考了一遍，什么事都没有，不可能有事。

但回到船屋，我知道了并不是没事，因为我的伤痛急速加剧。我生活的一部分是管理疼痛，管理期望。我搜索无用的关键词来分散注意力，“西尔维娜的朋友”“统一乌托邦”“仓库着火”。仓库着火的事配不上一篇报道文章，只有一份警方关于纵火和违禁品的报告，显示没人受伤。我不信。我觉得山上人已经处理了尸体，大概是多具尸体。不过，亚历克斯出现在“安全公司首席执行官在小巷遭到抢劫”的文章中，一共两段长。这对公司业务有好处，但我感到最宽慰的是亚历克斯没死。他接下来会做什么与我无关，不重要。我不认为他会去警察局，也不认为他在进行公司损害控制之外，会做任何其他事情。原因显而易见。

另一个分散注意力的好办法是假装我有进展：沉浸在聊天室里关于西尔维娜的阴谋论中，那聊天室没什么人知道，里面的发言断断续续，折叠着隐藏在网页角落。聊天室里一派胡言，没有任何线索，但能消磨时间。统一乌托邦出现在留言板上，有时被歪曲成生态法西斯主义的目标，有时被奉作失落的圣杯，而我知道与圣杯有关的神话故事是胡说八道。

“远离电网，往偏僻之地——你就这样做，就这样着手建立一个新社会。你自给自足，有钱并且安全。”

但是无处可逃。西尔维娜知道这一点。

“过去是纯真年代。前几代人有良好的职业道德。他们尊重土地，知道如何照看土地。”

是的。奴隶、农民和土著被屠杀的美好旧时光。西尔维娜也会厌恶。

但这一次，这些办法却都没奏效。也许是因为蝾螈在目不转睛地看我，而在看到那个司机之后，我更能感受到蝾螈的凝视了。传说中的巨型路蝾螈本应该只是露营者的篝火边故事。我已经把我能找到的所有关于蝾螈的情报烂熟于心。但是此路不通。然而我也无法忍受对蝾螈的全情投入。奇怪的是，我是忠于蜂鸟的。我在蜂鸟身上倾注了那么多感情，蜂鸟把我丢在哪儿了？每次我看着蝾螈，都看到内德，看到仓库，仓库的大火，看到殴打我时山上人的脸。

通过接触一个已逝的女人，我被带入了闻所未闻的谜团。我继续追踪这个谜团，因为我已经失去了一切，唯一能找到的生活意义就是当侦探调查别人的秘密。所有新行动之下脉动的都是这个旧谜团。我在接受的案子的每一个细节里，寻找西尔维娜的意图——希望看清其轮廓，我需要看清。我渴望找到超越世俗的东西，让我回到超越世俗的世界。

但是没有出现什么征兆，什么秘密也没有对我显示，我担心这些压根不会发生，而我会在这个炼狱中迷失，或者更糟，在其中变得安逸。

不知道几点钟了，我关掉了墙上难用的隐藏式取暖器，让房间冰冷。寒冷让我的骨头疼，但让其余的疼痛麻木，再喝上几小杯波旁威士忌。如果我省着花，应急包里的钱加上早早刷爆信用卡取的钱，还能再用几年。可是然后呢？

越来越绝望，我再次翻阅了西尔维娜的日记。我总是一开始恐慌就看日记，却没有发现任何新的东西，只是把同样的东西又看了一遍。日记是在找火源时看见的烟，还是一样会改变世界的东西？我不知道了。

“我想放弃言语，采取行动。我想炸毁一座大坝。我想要一个没有我们的世界，彻底摧毁一切。但我要成为无形的眼睛、耳朵和呼吸，在没有我们的世界里轻轻掠过。甚至不是成为这些，而是摆脱意识的幻觉，成为一棵树、一株灌木或池塘水面上的水藻。我要做的不是鱼那样快速地小口咬水黾，不是如此程度上的目的，而是完全不同的目的。当你读到这篇文章时，我会，我的身体会……在地里，被甲虫吃掉，被蛆吃掉，以上百种方式分解，深埋地下却成就伟大……而你留在我身后，必须面对所有。我深感抱歉，但必须如此。”

《皮草城》，如同与解药对应的毒药。铲子猪很大，我把《皮草城》塞进去并留了下来，就像这本书属于铲子猪一样。不像我没放进去的护照。

“您们先进的化学混合物将我们染成各种色调，仿若大自然如画般的彩虹，从而与夫人们的服装配色相协调，我们受宠若惊。我们深信，如果我们要成为您们交易的色彩缤纷的毛皮珍品，这些操作都是必需的。那就来吧，毛皮先生！”

我很高兴作者去世了（1985 年死于中风），更高兴的是《皮草城》是他写的唯一一本书。有时我在想，法斯克从哪里找的这本书，法斯克是否还活着，还是被更强的权势踩碎了。

在我比较虚弱的时候，当我觉得没有任何进展——其实我从来没有取得任何进展——我都要给法斯克打电话了。某一天我会打，只要我想出一个完美的问题。但是这个完美的问题对我避而不见。

我也把半焦的蝾螈放在床头柜旁的地板上。在住进船屋之前，我每到一个新的汽车旅馆房间，第一件事就是把蝾螈拿出来。蝾螈眼睛后面没有数字，体内没藏东西。

但因为那两条黄色的条纹，我几乎立刻就查出了它俗名“路蝾螈”，学名 Plethowen omena，有尾科，普勒托文属，欧美纳种，已灭绝。于太平洋西北地区的成熟林中发现。路蝾螈体长仅十三到十五厘米，尾巴上覆有脆弱薄膜。舌头可伸缩，用于沿森林地面探查猎物。

但是有一个更大的问题显而易见。

我拥有的是一个巨型亚种，从未被人记录过。

西尔维娜真的是在国王山脉发现它的吗？也许法斯克捏造了事实，西尔维娜是买的标本。也许她在一家落满灰尘的破旧店铺里发现了标本，就像法斯克的店，发现了一件无人知晓其重大意义的珍宝。也许标本是假的。

被烧过损坏了的蝾螈，无法为自己证明。

我猜我当时脾气有点上来了，也许是因为疼痛。蝾螈让我想起了法斯克，我再次看起《皮草城》，陷入了偏执的循环。酒精对我没有帮助，孤独也没有。

为什么法斯克要把《皮草城》的版本换掉？

他本可以让我付五百块买定价三十块的那本，但他没有。随后我开始骂自己，扔杯子、碟子、刀，没料想刀插在了墙上。我意识到自己在尖叫。

闭嘴。我两手捂住嘴，就像分裂成了两个不同的人。但实际上，我跟每个人一样，由很多个不同的人组成，其中几个真的被搞得一团糟。

我花了很长时间，沉默地撕开《皮草城》，寻找藏在里面的东西。我取下了透明的塑料保护皮，放在灯光下寻找有没有刻字、缩微胶片、任何东西。没东西。

我撕下鸟翅一样僵硬的精装书皮，挑开贴在书皮上的空白纸。没东西。我又拿小折刀对准书脊，割断了装订布，这是藏纸条的好地方。没东西。我检查每一页是否有浅浅的铅笔标记或圈出的字母。

直到最后，整本剥了皮的书变成了地板上一堆废纸。没东西。什么鬼东西也没有。

法斯克只是在戏弄我。我戏弄我自己。他没有让我花五百买三十的那本，仅仅出于他所认为的诚实。

我本应该尽我所能重新拼装《皮草城》，最后看起来像是制作失败的动物标本，或者我应该调整心态。

相反，我只是用刀刺穿破碎的封皮，把书钉在了地板上。让书在那儿吧。

一本邪恶的书。一种邪恶的情绪。

我需要记住不要再做这么疯狂的事。所以只要我住在船屋里，这本书就会一直钉在那儿。

我不再知道西尔维娜是不是虚假的灯塔，让船撞毁在礁石上的那种。但她在我的幻想中闪耀着黑暗的光芒。我只有这光芒引领着我。

【76】

即便后来重新打开了取暖器，当我清醒过来，寒冷就像一记耳光打过来。烤手的时候屁股冻僵了。无法摆脱的寒冷帮助我思考，让我坐立不安，集中注意力思考该把脚放在哪里，怎么摆弄拐杖我才不会滑倒。

我在过道里溜达，一会儿在这里发抖，一会儿在那里打哆嗦。看看外面阴郁的棕灰色的河流湿地，湿地上干枯的芦苇。靠着床头板坐一坐。在厨房看看这个漂浮的移动居所的长度。尽量无视钉在地上不会再看的《皮草城》。一边喝着从迷你冰箱里拿出来的啤酒，一边沉思。枕头斜放对受伤的肩膀友好。由于某种神秘力量，剧烈的疼痛已经减弱了一点。

我仍然没有回复杰克的任何一条短信。我会用沉默让他着急，不确定我是否会回应，让他越来越不想说话，或者越来越能说。

但是，看到那个极像山上人的人让我感到更加孤独。我拿出手机，给地狱之口发了短信。对面回复很快，就像一直等待着猛扑过来一样。我觉得需要惩罚他一下。

>> 吉尔！

我：不是。

>> 不是？

我：你在和西尔维娜说话。我是西尔维娜。

>> 非常有趣。

我：我杀了“吉尔”。她靠得太近了。现在我来找你了。

>> 停。

我真给他造成痛苦了吗？

我：如果你告诉我为什么，我可能会让你活下去。

>> 西尔维娜死了。

我：那你就没什么好担心的了。但还是告诉我为什么。

>> 好，陪你演。什么为什么？

我：你为什么要跟踪吉尔？你不知道可能很危险吗？

>> 因为一石二鸟。套用陈词滥调。

我：我是门廊灯。

>> 好的。你是门廊灯。

我：飞蛾。你在仿照飞蛾扑火。

>> 如果我是，任何灯泡都可以。

我：那为什么是我？

没有回答。时间过了很久。于是我重新起了个头。

我：有个有意思的事。我在你门外，等你。我，西尔维娜。

>> 这招不错。我在车里，在你住的地方。我，兰格。

我：这招不错。我怀疑兰格会不会对得这么好。我在新加坡豪华酒店的顶层套房里，门口有个警卫。

>> 七楼吧？

到我恢复正常说话了。

我：我怎么找到兰格然后杀了他？

>> 不喜欢他？

我：你不也是？

>> 但我不喜欢别人把我的活干了。

我：纯粹瞎说。

>> 这话令人伤心。

我：表示怀疑。

>> 我不清楚兰格到底在哪儿。可能是因为我不清楚你到底在哪儿。

我：这招不错。你怎么能给这个手机发短信？怎么做到的？在酒吧耍了花招？

>> 不，是你的双胞胎姐妹吉尔。但她只是部分地出卖了你。我本能跟踪你的，不只发短信。

所以不是我的安全措施起作用，而是我会议上的朋友感到内疚，并且我扔了工作手机。在酒吧里，地狱之口一定很喜欢我用吉尔这个名字。

>> 你应该告诉我你在哪里，因为兰格最终会找到你。这样说行了吧？

我：不确定真假。

>> 我知道有一件事是真的。

我：什么事？

>> 我认为你想成为西尔维娜。

我：一个死人？

>> 殉道者，失去判断力的危险殉道者。

我：你不了解我。

就从他选择了“美洲鲵”的称呼，我知道我这句话也不是真的。

>> 我知道你在那次会议上去找了我的房间。我了解你。

不知怎么，这惹到了我，不是因为这件小事，而是他一直拿这事逼我。

我：除了是非常差劲的搭讪菜鸟，你还是谁?

没有回应。几分钟后，最后我再来一次。

我：不知道你为什么在过去四个月里把你的日记写成短信发我。有点可怜啊。一个朋友都没有？心理咨询师呢?

我等了等。

没动静。

我把手机扔到旁边的床上，拿出一张区域地图。即使山上人事件是虚惊一场，也让我开始考虑下一段旅程。

我不知道是什么阻碍了我。迷失在无人的原始荒野中，还有什么更好的办法湮没呢?

不存在的蝾螈。不存在的我。我会在小溪和河流中扮演侦探，在岩石下翻找，跟小时候一样，忘记自那之后发生的所有事。

只是我没能向地狱之口提出这个致命的问题，我不想知道答案的问题。

兰格和西尔维娜之间的关系到哪一步了?

【77】

我、铲子猪、沼泽猪和路蝾螈需要放弃船屋。又是一个睡眼蒙眬的早晨，这是我的第一个念头。把别人看成山上人似乎是一种不祥预感。但当天我假装成私家侦探，趁诺拉丈夫和同事吃午饭，赶在他们下午忙起来之前，去了他最喜欢的几个地方。我用学会的单纯无害的样子四处打听，与害怕我、警惕我，或者被我逗乐的服务员交谈。我给他们先后看西尔维娜的照片、兰格的照片，没说过人名。我凭直觉找那些长住镇上的人来问。

我逐渐勾勒出诺拉丈夫的肖像，他是一个好人，谦逊，有点无聊。人们喜欢他，因为他有点无聊。他还有比无聊更糟糕的事情，倒是不多。

尽管身上疼，我还是能步行就步行。寒冷很好，裹在一件厚大衣里很好。冬日天空上苍白的雾霭，令人陶醉的山林俯视此处——一切都很好，一切都那么正常。

当我感到强烈的冲动，想对人说出“我的房间里有一只没人见过的大蝾螈”，我通常就会停下交谈。

当我有分享的需求，通常就会停止讲话。我给人讲过我的事。我可能已经认识到自己是一个伪装成正常人的独行者，但还有与人联系的需要，出于礼貌讲讲我的事，况且我还没有为假侦探的身份虚构出足够的故事。我的背景故事变换得很频繁，像纸一样单薄，所以不会出岔子。

在没经过无菌处理的面包车里，医生从我肩膀上取下子弹，对我说：“你运气好，子弹卡在了肌肉里。运气好，枪的口径不太大。运气好，你找医生的时候找到了我。”

但我运气好吗？

查这种案子，我喜欢的一件事是借某个托词打直球。我的车差点就是扔进废车场的垃圾了，显然我需要一辆新车，那么为什么不去拜访一下工作中的诺拉丈夫？我喜欢这种令人舒服的风险。只因为诺拉坚决不同意，我压下了这个念头。我就像面对一个差劲的领导，感觉太熟悉了。

我在龟特尔·弗雷德的店前停车场，吃一个难吃的鸡肉三明治，地狱之口又给我发了短信。鸡肉三明治应该是让我吃了很舒服的食物，但里面的油脂闻起来就像那堆燃烧的毛皮，一包包噼噼啪啪烧起来的脂肪。

我把一大半三明治硬咽下去，剩下的扔出窗外。手机响了。

>> 下午好，吉尔。想见面吗?

我：不，我已经有约了。但我有一个问题。

>> 我可能没有答案。

我：兰格和维尔卡潘帕是怎么合作的？在出问题之前?

我的证据是旁证，还可能有偶然性，但是……

>> 很平常的方式，部分合作成了。他们都认为自己是人道主义者，是了解世界运作方式的人。

我：自欺欺人。

>> 你不懂兰格。他开始将自己视为无政府主义者，改变世界秩序的人。

我：通过杀死动物?

>> 只是手段，一套手段，允许他进入一个禁忌的世界，接近他认为有实际影响力的无赖科学家、无赖的玩家。

我：维尔卡潘帕呢?

>> 维尔卡潘帕通过毒品和活体动物跨国走私赚到早期资金。后来也没彻底停止走私。

我：又一个他对过去含糊其词的原因。

>> 兰格还参与了维尔卡潘帕的非法大型狩猎之类的活动，做组织安排工作。

我：一个真正的人道主义者。

>> 就像魔鬼是人道主义者。

我：你在这里面是什么位置？

>> 过了一段时间，维尔卡潘帕的人才意识到他们与兰格和康提拉牵扯过多了。

他没回答我的问题，我知道我应该看出答案。答案就在那儿，从黑暗中凝视我，而我就是看不出来。我决定先不管它。

我：机构？

>> 什么？

我：你说什么？

>> 聪明。兰格有一段时间有过代理机构，有明确的计划。有点像罗宾汉，帮助穷人，找政府和企业的麻烦。

我：你为谁工作？维尔卡潘帕？

我知道他不是，只想要他一个反应。

>> 忘了，想不起来了。

我：兰格和西尔维娜呢？

>> 平常的合作，每个部位都非常契合。

我花了一点时间来理解这句话。地狱之口的意思是西尔维娜和兰格睡在一起了。我想表达我的惊讶，又变了主意，重新打字。

我：西尔维娜被他那性感的无政府反社会人格吸引了？

>> 更多是爱啊恨啊的。

我：那么是肉欲。

>> 非常强烈。你应该看看监控照片。

我：给我看看。

>> 偷窥！变态。但我没那些照片了。相信我。

我考虑了一下，不信他。他能以什么身份得到情报？我又一次感觉，他像联邦探员之类的，或者他安插过卧底。

我：她以为自己会改变他，说服他。利用他身上罗宾汉的劲儿把他撬开。

>> 你为什么关心这个？这肯定让你心烦了。为什么会让你心烦，小吉？

我：不要这么喊我……之后他们分手了。

>> 显然是的，西尔维娜甩了他。

我：你会和我睡？

>> 实地调查，演魔术。*你*为谁工作？

他难受了，很好。

我：没谁。

>> 你确定？

我：你想要什么？

>> 想要还是需要？

我：你的目的是什么？

>> 机器人的，目的，是，什么。

我：对。

>>

我：嗯？

>> 目的是被高估了的东西，还有使命宣言。你知道拉里死在医院里了对吧？艾莉失踪了。

我：是你干的？

>> 不，是我们俩，一起干的。

我：混蛋。

>> 我认为我们已经谈过这一点了。哦——亚历克斯关了你们的公司，你一定已经想到了。

我放下手机。地狱之口满嘴都是不愉快的启示，关于西尔维娜、艾莉和公司的消息并没有让我感到惊讶。我也不在乎。但我确实关心艾莉是否受伤。

我想吐，吐不出来。我想抽支烟，不，我不想。谢天谢地，我从来没有让瓶装酒跟着我上过车。

我能闻到马岛猬的淡甜味，从仓库一直跟着我，在我身边缭绕，实质化，如同铁丝抵在喉咙里。我不得不查一下马岛猬。什么是马岛猬这个问题一直困扰着我，但知道了也没有帮助。

我有点想告诉地狱之口我在哪里，让这件事结束。无论他想要的是什么，在追逐什么。

但如果对地狱之口最有利的情况是我被困，我的这点想法就算了。

【78】

我有时觉得我们好像生活在地狱里，却毫无知觉。我们接受谎言，履行仪式，所有这些无用的行为一次次撕裂我们，无穷无尽。

所有这些我认为值得查的案子变得毫无价值。世界沦为焦土。天知道维尔卡潘帕在干什么——按照我的设想，他不仅仅针对我，还针对西尔维娜残余的关系网，假设她的“朋友”可以被视为一个网络，并且仍有其目标。地狱之口像漂浮的地狱之眼一样搜寻。我仅仅是去统一乌托邦的举动就让可能置罗妮于危险境地。我关注什么，什么就完蛋。

小杯啤酒，小土豆，小镇子。如果没有我，这些案件会怎样？这些需求和欲求，这些因疑生惧，半数时候确有其事，但通常不值得受害人知道真相。我真正欠他们的是把真相放在尽可能广阔宏大的背景下，传播西尔维娜的福音，让他们了解未来会发生什么，打破日常生活的安逸。

不管西尔维娜，在字面和比喻意义上，和谁上过床。不管西尔维娜打算做什么，不管我是否认同，我知道她对世界所处状态的看法是正确的。所以也许我躲避的东西不止一样，也许我在躲避未来。

监视监控的工作准则，跟小啤酒包装盒一起被我扔出车窗外。一切都策略性地处于灰色地带。你无法用逻辑解开激情的纠缠，用技术理清潜在的哲学。

去他的。我还有工作要做。

我到汽车店的时间很晚了。镇子边缘很多的汽车经销店都不景气了，那种装饰着彩色飘带和横幅的地方没有商标，很容易没入环境背景消失不见。丑黄色路灯的光形成奇怪的光斑。天空闪着灰绿色，与钢制旗杆和镀铬的汽车引擎盖争辉。我看得出来这里生意不好——财务状况堪忧。

诺拉提到的办公室是独栋建筑：一个简易房，位于最西边，看起来像在电视滑稽短剧中被炸毁的那种。办公室右边有一排高大的针叶树，树下停着许多看起来很可疑的汽车，再厚的新漆也无法掩盖它们的破旧。其余的汽车停在东面，直挤到了树荫外，似乎散架了，零件没连在一块，更像末日电影中大批人逃脱失败后的场景了。

店入口处的大木牌上写着“埃德特价交易，大省特省”。标语的油漆褪色得厉害，我几乎没看到。

我在这种地方都不能感到自在了，花了很多时间弄清楚哪里可能对我有威胁。

我把车停在经销店旁边的一元店前。一元店不是维尔卡潘帕公司旗下的，而且监控摄像头对着前门。我走到店外拐角，混凝土墙上的灰泥变成了暗沉的蛋黄色。我站了一会儿，用小望远镜检查这个地方。不管我走哪条路去棚屋，任何人都能一清二楚地看见我。

一秒钟后，三个男人从棚屋办公室里走出来，一个是诺拉的丈夫，两个是登记在册的职员。两人中的一个肯定是诺拉丈夫的实习生，另一个可能是埃德。诺拉没说埃德是店老板，但不要紧，这是笔一石三鸟的交易。

我深吸了一口气，就像准备从阳台上跳下来一样。我走过拐角，拄着拐杖，步伐沉重地开始穿越碎石停车场。诺拉丈夫一直在往前走，我右边是树丛，确保一元店的墙一直在左边。我记得我当时想，如果我跟这三个人见面、买车，但事后他们记不得我，我继续跟踪诺拉丈夫，那将是一个小挑战。我很喜欢。

我记得那一瞬间我很困惑，碎石扬起灰尘的刹那，好像碎石下有什么在动一样。小石头跳了起来，我盯着跳动的石头，觉得这似乎是难以解释的现象，甚至是超自然的。

我反应过来，是消音器。

子弹。

是子弹。

一个人影从汽车和一排针叶树那边站起来，看不清是谁，像个幽灵。山上人？我直直卧倒，拐杖“咔嗒”扔在身边，拔出手枪还击。那人影犹豫了一下，弯下了腰。

动静很小，但已经够大了。办公室三人看见了那个枪手，但没看见我。看着三人都抽出藏着的手枪开始还击，我惊掉了下巴，有片刻忘了要找掩护。好像这样的事情发生得太频繁了，又是见鬼的一个办公日，又是一个向那排树开火的平凡下午。子弹咚咚地从金属车身上弹开，挡风玻璃啪啪地碎裂。

树中间的人影倒下，起来，还击。无法判断他是被击中了，还是失去了平衡。

我抓住机会站起来，抓起拐杖跑回一元店，顾不上剧痛。我猛地撞进拐角，大着胆子往回看。

枪战还在继续，疯狂地乒乓作响。松柏间的身影在撤退。我听到了汽车的引擎声，车被树挡住了。那个人影跑了，办公室三人只愿给小树林喂喂子弹，但不去追击。奇异的灯光照出他们的轮廓，三个杀气腾腾的小剪影。灯光把树干照成了金绿色，给树冠披上了阴影。

等到枪手逃跑，三人停止射击，我已经开车离开了。什么人会开枪回击，而不是往棚屋跑？

直到那时，我才感觉到被划伤了。幸运，一颗子弹只是擦过了我的左小腿。也许在另一个世界的另一个时间，这种伤会让我痛苦。

但现在这只不过分散了我对所有其他伤的注意力。

我不必再担心诺拉丈夫的事了，她也不用了。我看到的最后一幕，是诺拉丈夫的头爆了。

临别时的一枪。最后的反击。

那降低了我的注意力。对各种事情的注意力。

生日这天的回忆我一直记着。我差点忘了是生日，没有蛋糕，没有庆祝活动，没人在乎，连我自己也不在乎。

我想唯一的礼物是我没死。

【79】

西尔维娜在她的日记中没有提到过枪战后该怎么办。但除了麻木之外，我没有震惊、意外或其他任何情绪。

我漫无目的地开着车，试图离汽车店再远一些，因为我听到了警笛声。我下一步该怎么做？我进入了一个老街区迷宫，车开得很慢，一直不停。车门锁住，窗关上。

诺拉给我设了圈套。有人付钱让她陷害我，她丈夫显然不知情。或许她已经知道丈夫背叛，并且认为这样也可以永久解决问题？又或许，这时候诺拉正哭得像警笛一样响。

从外面飘来一股刺鼻的苦味。穿山甲的鳞片和鳞片下长着刚毛的皮肤贴在我的胳膊上，我们都烧起来了。我打开车里的空气循环，消除这股气味。但就像有魔法，气味还在，在我的脑海里。

我见到了山上人，这就是我的所有收获。枪手一定是山上人或他的一个手下，或者和他有关系。我可以开回船屋，收拾东西离开，像已经计划好的那样。枪手不知道我的基地在哪里，否则他们会在那里伏击。

狂躁，激动，再次清醒。我不该逃跑，那会把相同的情况重复一遍。而下一次，我的头会在某个停车场爆掉。

不，我对逃跑不感兴趣。还不到跑的时候，我不会再跑一次了。

我前往镇郊，那里有一排破破烂烂的汽车旅馆和加油站。我记得山上人开的车。如果没找到他的车，我就回船屋。

黄昏，西沉的太阳隔着薄雾一团模糊，加油站的灯光昏暗，整个海岸都特别幽暗，很容易错过山上人的车。如果他把车停在旅店后面怎么办？如果他离开了小镇怎么办？

白雪公主汽车旅馆没有，不管那是什么地方，侯爵旅馆、黄金国旅馆和米奇的爱尔兰人旅馆也什么都没有。

气温骤跌，像鸭子被从天上打落。我开着暖气，戴上手套。外面下起了雨夹雪，我打开雨刷。然后无中生有一般，我找到了。

山上人的车，无害地停在一盏明亮的路灯下，黑熊旅馆 112 房间门前。

我隔着三个车位停下了。我想了想，犹豫了一下，然后拔出枪，没开保险，下车，让车门半开着，以免发出更多声音。114 房门前的制冰机像伐木车驶过一样轰隆隆地抱怨，对我有帮助。

俗艳的粉红色房门仿佛在雾气中一动一动地呼吸。我站在 112 房门前，想要不要敲门。门锁甚至用不上万能钥匙就能开。我可以看到门框哪里腐烂了，门和门框之间的空隙太宽，从门锁的轮廓上看，锁不太合得上。

必须快点解决。

一边肩膀受伤，子弹又蚊子般咬了一口的地方还在流血，腿靠不住。

好吧，用完好的肩膀来吧。

撞了一次门，门就开了，我甚至大气没喘。

一个人坐在冰冷的房间里，是山上人，他的腿被我打得还绑着固定支架。他懒散地坐在一张粗陋的椅子上，旁边是一张更粗陋的咖啡桌。他看起来更老、更累了。

他的后脑勺上有一个弹孔。

【80】

沿着海岸不顾一切地南下时，我在极度痛苦和绝望中决定，我不会被活捉。我说不出我为什么有这种想法。我不会被活捉，如果被困住了，被抓住了，我需要做出那个选择。

我确实有一个小武器库，包括两千发子弹，几把警用格洛克手枪、AK–15 步枪。其中一些来自管理松懈的枪展，还有一些来自我认为不会多嘴过问的人。如果我能在偏远地方找到一个卖火箭筒的人，我也会被诱惑的。我不喜欢枪，因为是火药教会了我如何打枪，但我了解枪，不痴迷，不介意用一用。

到了要杀火药的时候，我想到了用枪、制造事故，或者可能更富有想象力的办法，跟他名字无关的东西。但我不喜欢溺死，过于刻意，明显是一种报复行为。除此之外，我并没有过多考虑。当时我认为，想得越少，证据就越少，我脸上露出来的就越少，都藏在我心里。我可以更诚实地回答警察的任何问题。现在想来，真是这样的吗？我不知道。

有些人会随着回忆的流逝而变得更加友善，而火药不是。随着他越来越记不住回家的路，他最恶的部分似乎受到了磨砺并聚集在一起，发火的时间更长，更不讲理。他对我们的虐待变得更难预测，也更难以忍受。我想说谋杀内德让他的病情加速恶化了，但可能只是我的臆想。我希望这个故事有某种象征意义，或者只是希望内德的死造成了影响。

最后，我在谷仓旁边的小路上遇到了喝醉的火药，小路在别人看不见的地方，而且我觉得那一刻别无选择。但是火药看出了我的意图，跑进谷仓找武器，而我已经把锄头、干草叉和他可能会用的任何东西都拿走了。于是火药爬上了梯子。最后，在他有机会呼救之前，我把他推下了屋顶，他的头骨裂开一个大口子。

推的时候，我爆发了一股情绪。我原以为用上摔跤的知识，自己可能会很冷静，但那确实的身体接触和私怨让我不能。但也因为，在那些最后时刻，我看到了火药的所有。我看到他赤裸裸的真相。他这个人得病前后没有太大区别。他还有足够的意识，知道发生了什么事。

那是种仁慈，我很感激。因为我不想杀死一个陌生人。

【81】

山上人的伤口看起来很新鲜，但地板上的血已经开始干了。警察随时可能会来。除了趁乱打劫房间和山上人之外，我没有时间做其他事。我不能说自己有什么感伤或敬意。

屋里没有手提箱，只有浴室里的洗漱用品。我重新戴上手套，笨拙地检查山上人的尸体，除了衬衫口袋里有一包口香糖，其他什么也没有。他的钱包扔在地上，沾满了血迹，旁边是一个被潦草翻找过的背包。我把两个包都拿走，擦了擦门把手，赶紧跑了。

汽车引擎差点没发动起来，随后噼里啪啦地活过来。汽车店去不了，我怀疑能否撑到回船屋。我不会用电线短路发动汽车。

所以我冒了一下险。那个时候，冒险与抓住机会有什么区别？像这样再过几个月，这甚至都不算冒险了，只是我做过的又一件事而已。

我把车停在诺拉的工作地点外面。她是一家人寿保险公司的办公室经理。我本可以在停车场的拐角处等她，半掩在一辆满是泥巴的绿色大卡车后。她可能会在下班时间之前出来，也可能不会。

我熄了火，车再不能启动了。我下车站在马路边，一旁是不怎么样的米灰色商场，散发着浓郁的杀虫剂臭味。几只警觉的红翅黑鹂正在迁徙途中，停在路边的水坑旁啜饮。

给诺拉发短信？不，不行。不能保证她不会向在汽车店设计我的人报信。隔壁的银行自助服务机有火警装置，我拉响了警报。

人们在紧急情况下表现出奇怪的犹豫，只是坐着或站着，怀疑地问“这是真的吗？”这是真的吗？当没有人能说明情况，职员们开始从前门涌出到停车场。

即使是常规的紧急情况，也会剥夺人对其他细节的注意力。我躲在被盆栽包围的混凝土柱子后面，看到了熟悉的衬衫、大眼镜和笨拙的步伐。我走了出来，像老朋友一样微笑，手臂快速搂住诺拉的肩膀，引她到一边，礼貌地说：“很高兴在这场精彩的消防演习中见到你，还想会不会在这里见面呢。”

不给诺拉反应和抵抗的机会，在其他人注意到之前，我把她带到了柱子后面的角落里。

从她还在上班，我能看出她还不知道丈夫死了，还没有把我列为危险人员。

“不要喊，不要叫，除了微笑和点头什么都不要做。我有枪，指着你呢。”

至少诺拉没用假装什么都不知道来侮辱我。

“你想要什么？”

她五官透出冷酷，让我觉得她完全有能力对付一个出轨的丈夫。

我笑了，“你的车钥匙，你的车。你不会报警说车被偷了。”

“我不能就——”

“闭嘴。给我钥匙。”

“我把钥匙忘在办公室了。”

“不，你没忘。没人会忘。”

她怒视我，但也有些动摇，嘴唇微微颤抖。

“或者我们可以去找警察，我可以告诉警察你是如何想让我死的，不管是谁出钱让你接近我。”

她想后退一步，但我的手紧紧地抓住了她的肩膀。她注意到，我手套上的血已经弄脏了她的衬衫。

“就说你流鼻血了。”

恐慌在她的脸上蔓延。我想我早些时候看上去也是这样。她在手提包里翻找钥匙，递了过来。我觉得她苍白的脸色不会变得更白，但她做到了。

“我没有——”

“这是雇你的人吗？”我拿出一张兰格的照片。

“我们要还贷款，还有两个孩子。”

两个孩子又来了……

“你的意思是死了是好事？”

“不是，我……”诺拉很震惊。她绝对不专业，我也知道。

“你认识这个人吗？”

“不认识。我们通过电话，现金放在信箱里。我从来没见过人。他说这是恶作剧。”

恶作剧？这听起来更像是地狱之口而不是兰格。但我又知道什么呢？

“如果他再联系你，不要理会。离开镇子一段时间，从汽车店以外的地方找辆车，比如亲戚那儿。”

她的表情显示她渐渐明白了。

“我丈夫呢？”

“再没有扑克之夜了。”我说。

没有必要回答，她一问出口就知道答案了。

我把手从她肩上拿开，她瘫倒在地。我让她靠在了路边。

“指指你的车。”

她小声哭起来。毕竟没那么难挺过去，我没时间关心她。

我只关心她指的是不是对的车。

一辆老斯巴鲁旅行车，手动挡，可信赖。

一份破旧的礼物。

【82】

当我回到船屋时，天气又变了。潮湿黏腻，雨夹雪变成了一场大雨，不同于平时阴沉的毛毛雨。温和的天气越来越少了。

我脱下外套。气温上升了二十度。出去能闻到一些刺鼻的味道，就像这个地方一直受到污染，但直到最近才决定把污染显示出来。眼前这条河已经解冻，形成了有些湍急的水流，浮桥晃得变了形。我的邻居从窗户向外张望，看看是谁停车，然后匆匆拉上了窗帘。

我会在半夜或清晨离开，投身国王山脉中，没有人能找到我。我会自由……不受任何事、任何人的影响。我不再假装侦探，放弃寻找西尔维娜的踪迹，放弃解开西尔维娜之谜的疯狂想法。我会留着蝾螈，只是为了提醒自己事情本可能会如何发展。

但在开始收拾行李之前，为了保护自己，我至少得看看山上人的东西。向我开枪的那个人一定是谋杀山上人的人。这引出了一个问题：山上人一直在跟踪他们还是在找我？

翻山上人的包不像翻铲子猪，而像在翻遭到洗劫之后的铲子猪。他背包里最显眼的是一本圣经和一本线圈装订的兰德·麦克纳利西海岸网格地图册。如果山上人一直在找我，他就是一边祈祷奇迹发生，一边有计划地寻找。

圣经里没有夹层——我这个业余侦探的第一个想法。

除了圣经和地图，我还发现了口香糖、过期的处方止痛药、回形针、空水瓶和纱布。包里还有什么？

外面的雨越下越急，砸在铁皮屋顶上。还好我已经在船上了。

我开始看钱包，很难从钱包里的东西来推测丢了什么。杀死山上人的凶手认为两百美元的零花钱不值得拿。里面没有信用卡，有一张汽车保险卡，上面写着一个数字代码，像用笨办法记个人识别码：381 552。

还有驾照。一如既往，他的照片看起来像一个无能的杀人狂，不过年轻了很多。我差点忘了他的名字不叫“山上人”。

但我也没想到他的名字是罗杰·辛普森。警报全面拉响。

罗妮·辛普森。

罗杰和罗妮。

想想，一个被西尔维娜雇用，一个被老维尔卡潘帕雇用，过于巧合。

我又把所有东西仔细看了一遍。

为什么带一本圣经？我不认为山上人——罗杰——是个虔诚的信徒。至少我受他“照顾”的时候，他没怎么表现出宗教倾向。

我又看了看车险卡上的数字。数字不可能那么简单，是不是？

是的。我翻到圣经第381页，没东西。我用手电筒检查了书页，依然什么也没有。但是，将那张薄薄的纸页对着光，反面出现了某种标记，哪怕只是铅笔轻轻划过，也留下了印子。

我翻页，就在那里，经文编号用下划线标了出来，数字1和7。

我感到一阵突如其来的混乱。略过第552页，我快速翻到第553页，还有两个数字标了出来：5和2。

1752。

可能是年份？保险箱密码？不对。

5712。

我不记得把圣经掉在地上了，只记得书“砰”地拍在木地板上。

果园路 5712 号。

犹如炸弹爆炸。

我住了那么久的地方，农场。

我看着厨房柜台上那只没有眼睛的蝾螈，好像它能帮到我。

1752。

我能想到的唯一解释就是，山上人找到蝾螈并撬下它的眼睛，发现了我离开了很久的地方的地址。他明白他的发现很重要，却不明白为什么重要。他不知道这跟我的过去有关，却知道隐瞒下来。是为了罗妮吗？

我试着想象他们之间的谈话，他们越来越背道而驰：罗妮为西尔维娜工作，罗杰为维尔卡潘帕忙前忙后。他们一直有联系吗？他们相聚的时候是什么样的？争吵？还是达成了休战协议？我更近了一步，却也没有更近一步。西尔维娜的秘密就像被盗走的纳粹黄金，每个人都在寻找。

我忽然想到，也许“罗杰”一直在扮演双面人。是维尔卡潘帕派他沿海岸追杀我，还是受罗妮影响，他来执行他自己的任务？

在“山上人对简”的审讯中，我想不起哪一处能给我一些启发。他可能就是来杀我的，不管他欠了他家罗妮什么。

我不能投身荒野。因为西尔维娜不想让我去，所以我不能想。

西尔维娜想让我回家。

我二十多年没回去过的地方。

接下来的一个小时里，我好像感到恐慌，就是恐慌。无形的威胁乱糟糟聚集在一起，我不知道是从哪里来的。我只知道我迟到了，这个想法无端地直击内心。我迟到了。西尔维娜本以为我会更快地收到信息，而不是在五个月后。山上人截下了信息。罗妮在哪里？就在附近还是毫无干系？

我漫不经心地打包行李，把衣服、洗漱用品和随便什么东西统统扔进手提箱，全都塞进去，再放上武器、弹药、食物、水、应急物品这些存货，把需要带走的放在门口。我可以马上离开，连夜开车，第二天上午或中午之前到农场。当时我像发了疯，欣喜若狂，自言自语。也许只有在疯狂的白日梦里，我才敢于幻想噩梦结束。我会找到答案。西尔维娜聪明地把答案放在我熟悉的地方。体贴，又不体贴。

在某个别的世界里，这些事我一件都没做。

在某个别的世界里，我会像受过教导一样分析事情的可能性，从容不迫，因保持距离而冷淡。那个人拒绝调查山上人揭露的真相。总之那个人去了荒野，知道那是为了生存和保持理智的上上之策。

但我被困在了这个世界。

【83】

如果可以的话，我会在这份自白里暗暗设置陷阱和条件。如果你想理解我的意思，你必须亲自经历一遍我的经历才能明白，在丛林中开路穿行，前往基多。不让你从这份自白里看清一切，直到马上就要来不及了。

你现在还在吗？我能指望你在吗？指望你看到了这里，有人看到了这里。

还是从头到尾，这都是我自己写给自己？

【84】

不知何时雨小了，气温再次骤降。我拿起了山上人的地图册。地图册比我的折叠地图更详细，我决定绝不上网搜索最佳路线，拒绝任何上网活动，哪怕是用我认为安全的手机。

我翻到了西海岸右上部地图，翻的时候注意到线圈里卡着碎纸片，有几页被撕掉了。我检查了前后的页面，查看了目录。

不见了的那页上是这条河的地图，在撕下来那页的某个地方，躺着我的船屋。我敢打赌山上人已经标记了船屋的位置。

我只是盯着撕开的口子，试图控制住我不听话的手。

这不一定非得有什么意义，有很多原因让这可能毫无意义，或者有一丁点儿意义。

我可以透过前窗看到我的房东。他穿着经常穿的夹克套伐木工人衬衫，在他的甲板上站着。

即使只是为了让我安心，确认他没有在他的房产里看到别的人，我只用担心他，与他交谈的需要也变得强烈起来。

所以我走到我的甲板上，向他挥手。

但那不是我的邻居。

是兰格。

【85】

那一刻兰格想没想到我会走出来？没有，他自动步枪的枪口是冲下的。显然，他不相信带消音器的手枪够用。

至少他知道，在我把手插在夹克口袋里的时候不能举起枪。

我们能在逐渐变暗的天色下清晰地看到彼此。河水流速再次变慢，但声音很大。我们如果不大声喊，能听到对方的声音就是个奇迹。于是我们大喊起来，对着河水和鸟，对着彼此。两只可笑的、精神失常的猿猴高声叫嚷，装腔作势，不重要的小词也吼得很大声。

“慢慢把手从口袋里拿出来，躺在甲板上。”兰格喊道。

“不！”我喊道。

“不？你口袋里有什么？”他喊道。

“我们就这样谈，一会儿你就走了。”我喊道。

“你怎么知道我想谈？”他喊道。

“你觉得怎么样？”

我看到他考虑了一下。他很疲惫，双颊凹陷，有黑色阴影。

“好。我现在配合你。”

然后他好像就不知道该问我什么了。在想起说点什么之前，他的脸上泛起红晕，像吸了毒。

“杀你不容易。”

“你差点做到了。”

“对，唔，这是我的强项。”

“我对这句话的真实性没有异议。”

兰格笑了，说：“你是干什么的？咬文嚼字的？”

“有些日子是。”

“拖延时间是吗？好吧，我又不傻。”

早在仓库之前，一场大火就吞噬了兰格。某种疾病已经控制住了他，但他还活着，在世间行走。这就是我决定多喊一会儿的原因。

当他再次隔空大喊时，我还在想着该怎么回答上个问题。

“她为什么给你东西？”而不是给我。真情实感，这句话背后藏着真正的伤痛。“她为什么要在你身上花时间？为什么要为你费心？”

我原则上讨厌兰格，还讨厌他觉得我在西尔维娜的眼中无足轻重，就算我对他也是同样的想法。她怎么喜欢过这个玩意儿？

“你呢？你给了西尔维娜什么？生物毒素？那些不会三思而后行的人——”

“给我闭嘴！你不懂！你不知道。”

他开始和自己吵起来。这让我知道了他在脑海中与我进行了很多次对话。他脑海里的另一个简不懂……任何事情。

“事实上，我们拯救自己的唯一办法就是快点结束。西尔维娜确信这一点。在某个地方，她调动的东西知道这一点。没有人——没有人！——有权阻止。”

“我不信。我不认为西尔维娜相信。”说出这句话之前，我不知道这就是我内心深处的感受。

兰格想了想，点了点头，话锋一转。

“你脑子里也有声音吗？你摆脱不掉的？”

“没有。”

“骗子。”

“有时候。”

“你知道，他叫你‘幸运吉尔’。”

出乎意料，又在意料之中，但我只顾着看兰格的手，无法做出让他满意的反应。

“谁？他的名字是什么？真名？”

“想要毁掉西尔维娜的疯子。”所以不会说真名。

“她死了。已经有人毁了她。”

兰格仔细思考着，仿佛把西尔维娜看作荒野中的一尊巨大石像，令我不安。

然后他说：“他几乎杀光了我认识的，或者关心过的每个人。他毁了一切，甚至是我们创造的东西。”

我们创造，这个词让人玩味。“也许你认识的每个人都是混蛋。”

枪稍微抬了抬，又放下去。他不知道我口袋里有什么。口袋里坚硬、冰冷的东西给了我底气。

“你希望西尔维娜成功，”他说，“那你为什么不能走开，离开，别管了？我只需要你死，因为你不会停下来。”

“是‘杰克’说的吗？说我希望西尔维娜成功？”

他的笑声苦涩，“他是旧世界的幽灵，不懂新世界，即将到来的新世界。”

“他替谁工作？”

“那不重要。他自己干，他想要西尔维娜的所有都消失。”

这是杰克想要的吗？或者他只是想让兰格焦虑？那他又是怎么

让兰格深信不疑的?

“可能他只是讨厌你，兰格。可能他认为西尔维娜已经杀了一些人。”

“要杀的人还有很多。问他——问他对我们做了什么。在海滩上的那一个星期。让他告诉你。”

兰格的脸皱皱巴巴，好像要被自己说的话弄哭了。我知道他指的是他和西尔维娜，而不是地狱之口对他的手下所做的事。

“什么在沙滩上的一个星期?”

荒唐至极的多愁善感，却仍然在撕扯他。

“我们要改变世界，但他食言了。”

兰格说这些话的样子让我莫名嫉妒。兰格流露出对西尔维娜和地狱之口的感情。我从地狱之口那儿费力地尝试收集西尔维娜的信息，得到的却是越来越多的失望。

“那为什么要找罗杰·辛普森，不找杰克? 有点失败，不是吗?”想给兰格插刀子。

“维尔卡潘帕是恶鬼。杰克是幽灵。没人知道去哪儿找他。”迟早能找到。

“这不是答案。”

“你想再和罗杰谈谈的，不是吗? 亲爱的老罗杰，保护着家人。他，罗妮——会有很多信息，他们可能会告诉你。”

我猛地意识到，兰格也已经行为失常了，极其不可靠。我对他说什么，他对我说什么，都不重要。

显然兰格也有同样的想法，因为他举起了步枪。在雨里打枪不容易，但他可能会在扫射中打中我。

“总之，到此为止吧。把手从口袋里拿出来。把枪放下。”

“这不是枪，”我低声说，“是西尔维娜发来的信息。”

按下按钮的时候，我看到了兰格脸上的表情，看到他明白了我不太喜欢我的邻居。我察觉到他会读唇语。

甲板爆炸时，兰格已经跳进了河里，被炽热的余烬和燃烧的木块包围着冲向下游。我看到他试图调整好姿势，头在水面摆动，浮浮沉沉。但是河水太急了，他又沉了下去。

等他被冲到某个地方，无论生死，我早就离开了。

农场

【86】

愚蠢的另一个名字是什么？大火燃烧。我看到了整个过程，因为是我引爆的。火包围了世界，水面上所有光、声、热，没有不被吸过去的。哦，热，光，我确信西尔维娜讨厌这一切。余震下，河水退去。河岸一排树的树干上烧出了洞，仿佛发生了奇迹，可怕的奇迹。

大火后是冲天的浓烟，出现在我眼前。还有比这更好的方法把我的位置告诉全世界吗？我没想到我的布置会起作用，网上的操作说明简单明了。

我把补给装上了车。那时已是黄昏了，邻居的住处变为一片缓慢燃烧着的潮湿的残骸。不用想就知道，邻居焦黑的尸体躺在残骸某处。兰格必须掐死他才能让他安静下来。这让我更了解兰格，或者兰格鬼魂的能力，了解我的能力。也许我甚至能满足西尔维娜对我的任何要求。我还剩了很多炸药。

我很长时间都没有这么平静了。我不知道的事有很多，要去的地方让我有压力，但我至少知道要去哪里了。一清二楚。

我漫不经心地想着父亲是否还活着，没多少兴趣知道。在过去的二十年里，我当他没了，但没有浪费精力去确认。

收拾好行李后，我沿着车道开了五十英尺，停下来，下车最后看一眼我的避难所，我避世的地方，我试图用来摆脱命运的地方。

我把西尔维娜的日记留在了厨房的桌子上,《皮草城》还钉在地上。因为不同的理由，我不再需要它们了。

我按下了另一个按钮，把这个地方炸成了地狱。

【87】

我在土路和无名路上行驶，路上有深深的车辙。我边开边琢磨，永远无法知道的事情清单不断加长。我把诺拉的车当成皮卡折腾。雨下个不停，转成了雨夹雪或者雪，冷暖空气交战。我有蛋白棒和瓶装水。我可以在路边上厕所，不再不好意思。停车是为了加油和找路，别的事一概全无。我累得睁不开眼了就熄火，停在长满草的路堤上，满是涂鸦的混凝土护道上，森林深处的路上。

空气经常闻起来很刺激，接近化学气味，天上的灰绿色大概永远不会消失。一段时间后，我们甚至可能不再注意，可能不会记得跟以前有什么不同，直到我们身上又发生下一件事，直到灰绿的天害死我们。

世界发生了一些根本性的变化，可能这仅仅是我的看法。我得开着收音机才能保持清醒，但只能听音乐，因为新闻像是编出来的，访谈节目中的布道和末日恐吓不比新闻好到哪去。我想，可能有朝一日，就连住在金碧辉煌的大宅子里的老维尔卡潘帕也会吓得逃避未来。

雨点猛烈地打在车窗上，雨刷拼命地刮。车不止一次减速，好几次险些从淹没一半的桥上漂下去。而我在努力消化我所知道的一切。

法斯克若隐若现，仿佛某种原罪。罗妮委托制作标本的事。罗妮和山上人（我不愿叫他罗杰）一奶同胞，在目的上存在分歧。那个兰格，在我看来，存在于炼狱的行尸走肉，在与西尔维娜有私情后异常迷恋她。兰格认为，利用康提拉的残余势力冒险和杀人，是在保护西尔维娜。他不需要答案，他已经有了答案。这些人都迷失在西尔维娜设下的迷宫或罗网中，或者迷失在一个比他们自己更重要的事业目标中。

我相信，曾经有过那么一段时间，兰格、地狱之口和西尔维娜是以个人交情结盟的。不只是一个把另一个赶走，不只是一个和另一个睡觉。 也许事情发生在迈阿密或什么地方的海滩上，由地狱之口召集。或者在阿根廷。总之是种让人建立密切联系的经历，或让人认为自己是伟大事业的一分子。我不能把兰格现在的愤怒和激动仅仅看作遭到背叛的后果。我无法想象西尔维娜和他在一起，却没有与地狱之口达成某种共识。 然后他们的共识破裂了，他们被彼此排除在人生轨道之外，但没有分开……相互纠缠，再也不能彻底脱身。

我无法确定的是地狱之口在迷宫中的位置，还是他以某种方式完全存在于迷宫之外。那个魔术师，那个愚人，在这一点上错判了：兰格纠缠不清，与他密切相关，这是绝对的。兰格可能会因为地狱之口的背叛而在情感上受伤，伤口大且深，但也封闭且微不足道。

从某种意义上说，他们所有人都参与了野生动物走私，甚至包括西尔维娜。老维尔卡潘帕是受到引诱重操旧业，还是一头扎进去的？兰格说得很清楚，康提拉基本没了，几乎就像康提拉一直有一部分是幽灵，而不是死于地狱之口的小范围捕猎。

地狱之口在保护什么，掩盖什么？他想要什么？还是他什么都不想要，却如同某个上了发条的机器人，不断在相同的轨道上转圈？

我焦虑不安，反反复复，一遍又一遍地想，直到我意识到如果不把这些念头放一放，我会得上狂躁症。

我差点在拐弯的时候撞到一群麋鹿，弯道左边是陡峭的悬崖，右边是古老的红杉林。短促的一声响，车滑到碎石紧急车道上停住了。我一直在穿山抄近路，经过了一串急转弯。麋鹿看着我，温和却坚定。它们不慌不忙，也不犹疑。在那奇异的天光中，在那一刹那，我遇见了这些不在意我的旅行的生命，它们平静的大眼睛好似全知神明的眼睛。

我把这当作一种征兆。我打电话给地狱之口，或者说杰克。厌倦了发短信，厌倦了前戏铺垫。

地狱之口·杰克的声音跟我在酒吧里听到的一样，性感的魔王之音。

“很高兴听到你的声音，吉尔。”他说。

“不高兴听到你的声音。”其实不是。我为什么听得这么舒服？

“我理解你的抱怨。”

“我认为我杀了兰格。”我说。

“认为？”

“我想办法炸飞了他。”

地狱之口·杰克笑了，是一种欣赏的笑声，似乎他欣赏这种鲁莽。

“我说过，杀他很难的。”

“关于他我还有什么不知道的？”我问，“你还有什么没告诉我？”

“就继续按你的方向走，继续坚持下去。”

“这不是答案。”

“如果他没有死，不要感到惊讶。”

这也不是答案。

“你为谁做事？”

“在这一点上，我认为我正在为上帝做事。你不认为你在为上帝做事吗？”

“反叛天使。”我说。

“再没有人可以决定上帝是谁了。我想如今我们俩都知道了。”

真的吗？西尔维娜死了，却还在扮演上帝。

“你认为西尔维娜想做什么？”

他停顿了一下，但回答道：“某些激进的事，几乎控制不住。你不知道那些兰格给她牵线认识的人。他们说有人在一些动物体内培育人脑，因为那种人连上帝教给猪的伦理道德都不具备，你知道吗？就是那种人，对那种事感到兴奋的人。”

“罗杰·辛普森死了。”我说，希望得到他回应，但我偏离了话题，感觉令人扫兴。

“这是真的吗。”语气平静，太平了。某种平衡在被打破。

“想知道是谁杀了他吗？”

“他不是被香蕉皮绊倒的吗？”

“我猜你不想知道。”我说，然后挂断了电话。给他打电话是个失误。愚蠢。

但挂断电话后，我就平静多了。天气更冷了。再过一个小时，我就会到农场。

西尔维娜知道我的地址。我理智的部分告诉我，那只是她专门调查过，我的非理智的部分想要的不止如此。

我会发现什么？地狱之口站在门廊上？或者只是一段没有实体的楼梯，通往虚空，每一个台阶都由最新的数字组成。

我可以想象多年后，自己仍在追着那些陈芝麻烂谷子跑，相信只要再多一条线索就能给我带来答案。

【88】

农场不是时时刻刻都可怕，只是大多数的时候可怕。甚至像我母亲狂躁发作之类的事也可能是有趣的，令人开心，可以把我父亲从他的壳里拉出来，在他的眼睛里放一盏灯，但火药可以把失去光泽的五分镍币放进父亲的眼睛。母亲喜欢在狂躁发作的时候跳舞，穿上她祖母的白色蕾丝连衣裙，递给我们傻乎乎的便条，是她写的农场动物小故事，牛、鸡、浣熊的冒险。她记住了故事，就算把便条给出去了，也可以讲给我们听。

她的欢乐让我们更快乐，因为我们心情好会让火药不爽，能把他赶走，他不想参与进来。当我们的母亲穿着那些衣服，火药提不出任何有意义的反对意见，要么就非常刻薄地抗议。

“哦，来吧，”当火药起身准备离开时，她会说，“来吧，和我一起跳舞。”

但火药会怒气冲冲地啐口唾沫离开。他一走，母亲就会重重地坐在地板上咯咯地笑，笑声像歇斯底里一样具有感染力。

有时她会再次站起来，有时她笑得停不下来。有一次，她直直看着我，一脸不安地问道："我怎么了？"仿佛有什么外力附了她的身。也许确实有。

没必要去问我们的父亲。他只会再次变得空虚，没有想法，没有精神世界。

到最后，母亲笑到流泪，我们知道这是什么征兆。那种时候我们确保自己离开，因为我们也无法解决她的问题。农场故事变得阴郁，会说话的动物们残暴凶恶，故事寓意晦涩。

后来，跟我母亲一样，我不知道农场发生什么了。我只知道她不在了。

但当我开车时，我想起了她有趣的故事。我尽力在脑海里勾勒出她完整的样子，一个母亲应该有的样子，当作一面盾牌，挡住我知道我会在农场里发现的东西。

抓住这个想法，丢掉其他念头。哪怕这个办法并没有真的起作用。

【89】

"家的存在是为了背叛，"西尔维娜在她的日记中写道，"不知道还有其他意义。"

我到了通往农场的山谷中的小路，雨还在下。在过去二十年中的某个时候，小路已经铺好了。我不喜欢这样，不喜欢回忆被破坏。我已经在高地上慢慢经历了变化，到处是可怕的现代主义立方体，几乎全是玻璃，勉力装成自然风景的一部分。

大片大片有钱人的避暑别墅，过去很少见，而现在，虽然反常地沉寂，整个山脊看起来就像一个兄弟科技公司园区。我已经能看出来，他们截断了溪水，把水用于废水池和其他“改善措施”。剩下的只有一个美丽的瀑布沿石壁落下，下面却没有小溪，空空如也。

我印象中农场偏远的感觉消失了，现在农场在通勤区内。我有一种挫败感，也有可能是因为我已经开了十二个小时的车。

邮箱上的姓氏还在，又一个意外。邮箱立在小路与铺好的主路的分岔口。连小路也铺过了，路边还有一道低矮的白色木栅栏，看着挺愉悦。

我开得很慢，不是因为下雨，而是越来越害怕。一个又一个地标映入眼帘，奇怪的风向标还插在地上，地上现在长满了绿色的青苔。不知打哪儿冒出来的巨大岩层从地表凸出，我们曾富有想象力地称之为“彗星”。但也有新变化，那片草地，我敢发誓那里曾经是树林；那片新长出来的森林，看起来像林场，我父亲曾经在那儿种过庄稼。我一直有一种富人俯视我们的感觉，因为我如果伸长脖子，就能看到高处一个个玻璃盒子里的LED灯，感觉受到了一种怪异的、格格不入的评判。

不过，透过雨水模糊了的车窗，能看到各种各样清新绿地的色块。我把窗户降下一点，留出一条缝隙，让我记忆中干净的气息进来，混杂了枯叶和新叶的独特味道。

当我开上车道，停在房子旁边，我得到了恢复，也放空了。但是房子再一次让我挫败，所有东西都闪着光泽，保养良好，感觉很不对劲。

谷仓刚刚刷过，深红底色，白色条纹。房子刷成了暗蓝色，却显得很有活力，也加了白色的装饰。灰色的屋顶完好无损，只落了些风吹来的树叶和小树枝。几只鸡在碎石和杂草间啄食，享受着雨天。过了橡树，边上支起了一个巨大的白色帐篷，我猜不出来是干什么用的。

我下了车，拄着拐杖，不耐烦再撑把伞了。现在住在这里的人肯定没有受到过压迫。这里感觉像展览品或者样板房，让我怀疑起了自己的记忆。一个到这里来的陌生人猜不到这里住过一个疯女人、一个施虐的祖父。

厨房里照出一束令人愉悦的奶油黄色灯光。大门上钉着一块水里捞上来的浮木，上面用颜料写着“上帝之家平安”。

我的不真实感过于强烈，我想知道我是不是已经死了，就在从阳台跳下那一刻，之后都在炼狱或者地狱里。那会解释很多事情。

不管怎样，我敲了门，肯定会有陌生人来开门。我拄着拐杖，努力装出一个不畏缩的笑容。

门开了，火药站在那里。

我猛地倒退一步，即使拄着拐杖也没站稳，仰面躺在了地上，一只手伸出去撑在湿漉漉的碎石上。

火药一直在微笑，但现在他看起来很担心，叫着我的名字出来扶我。我让他扶我，因为他是我父亲，不是火药。年岁大了，他只是长成了，或者缩成了火药，我也弄不清是哪个原因。父亲穿了一件火药喜欢穿的羊毛格子衬衫，留着跟火药一样长而稀疏的白胡子，就好像我父亲用他自己父亲的样子做了一副伪装。

但是那双眼睛不一样了，冷酷的神色、冰冷漆黑的反光都没了。

想象一下，你以为这里是惊悚的鬼屋。

想象一下，你已经硬下心来面对一片破败腐朽，全废掉的东西。

想象一下，你坚定意志面对那扇门打开。然而一切都与想象的不同。当一切都不同的时候，你对抗的重量消散成了雾，你跌倒了，因为没有对抗的力让你靠着了。你怀疑还有没有其他能支撑你的东西。

西尔维娜，这也是你想让我知道的吗？

【90】

进了屋子，他们让我坐在厨房的桌子旁。我能感觉到每一处伤口都在向我尖叫，我全身过于用力，以为力量能让我立于不败之地。现在我会付出代价，一直付下去。

厨房的桌子不一样了。厨房改造过，“明亮而愉悦”，就像我丈夫的房产销售项目清单上写的“装有清爽的蓝色防油墙板、不锈钢炉灶、浅色红木橱柜”。柠檬的味道太清新，反而不像真的。

比起那个长得像鸟一样的女人，我更喜欢看厨房，她给我端来了咖啡，还有放了一天的“从合作社”买的巧克力甜甜圈。“像鸟一样”的意思是“高得惊人，长得像鹳”，不是不友好的鸟，但防备心很重。我是非常责怪她的，但我怎么能怪她呢？大个头的害群之马，浑身湿透，不请自来，车里有一堆武器，身后拖着一串打打杀杀的祸事，无法轻松自信地说明自己在寻求什么。

她是我父亲的妻子。让我们叫她“洛伦”，我以前认识一个嘴唇紧闭的路德会教徒叫这个名字。我猜引用圣经是她的主意。洛伦和劳伦斯，仿佛命定的一对，或者有其他的相合之处。我对父亲续弦有所不满吗？要么是对他取得了某种成功而更加不满，在经历了那么多失败之后，他显然已经获得了成功。

这个地方怎么可能与燃烧的船屋同时存在呢？与停车场的枪战，与装满尸体的仓库同时存在？但世界的诀窍是包容一切。

洛伦捡起拐杖还给了我。洛伦给我新衣服，装满了铲子猪和我的小包。枪都在一个上锁的箱子里。我坐在那里，处在不同的轨道，如同一个坠入地球的受了伤的外星人。

我不能直视洛伦的眼睛，就像我父亲不能看着我的眼睛一样。

“多久了？”我问。

我父亲看起来很困惑，所以洛伦回答了，给我看了结婚戒指，“五年了。我们在一次教堂舞会上认识的。”

教堂的名字是不是“迷途的独身失败者教堂”？

“那很好。”我说，感觉他们在一起的时间比五年长多了。

我怎么能埋怨呢？那时我埋怨过，但是既然伤痛已经过去，我又怎么能责怪我父亲成功了，有了新妻子呢？他曾与一个虐待他的父亲生活在一起，还有一个人在心不在的前妻。

“我们这里的三间小屋租出去了，”洛伦说，“还卖野花蜜、蜡烛和肥皂。有时会教马术课。你父亲在多样化经营上做得很好。”

多样化经营。

“那太好了。”我说。

对话就这样继续。一刻钟后，一阵大雨如子弹一般打在屋顶上，把我惊醒了。我反应过来我被麻痹了，被带进了闲聊和日常状态，主要是被洛伦。我承受不了，这太像跟我的丈夫和女儿在家时那样了，太像我已经撇开了的一切，我没有抵抗力。在这个交替的现实中，在这个虚假的地方，我会因为停留太久而失去理智。

"我需要和爸谈谈。"我说，打断了在聊果酱的洛伦。

洛伦给了劳伦斯一个充满保护欲的眼神，然后看向我的眼神可以做各种诠释，欢迎，但有期限，带着警告。

"我有家务活儿，还要打个电话。"她穿过厨房走到后面，甚至可能走进了我曾经的房间。

但我父亲不是一个健谈的人。

"很久了，"他说，"这么长的时间，太长了。"

我没有参加母亲的葬礼。没写信，没打电话。刚开始我收到过他的两封信，但没有打开，然后换了住址，没有给他新地址。在永远平息不了的愤怒中，我只有这一种做法。

在又一次尴尬的停顿、点头，含糊地交流了所谓的"这些年情况"之后，我才感到如释重负。我无法和解，无法在父亲身上找到我需要的东西——因为它们从未出现过。不是他不给，而是从没出现过。

把他当成目击者，谈些别的对我们都更好，更安全。

我拿出一张有些湿了的西尔维娜的照片。

"你认识她吗？"

"认识，当然认识。"没有疑问，毫不犹豫。

我坐回座位上，胸口发闷，"当然认识？"

他还是不看我，"当时你和内德十来岁，她住在山上。"

"什么？"

"是的——在那个新开发的地方。当年新开发的地方。他们就在那儿，哪儿也不去，从来没来过农场。"

我想我一秒钟或五秒钟内一个想法也没有。我不是麻木，我没有情绪了。

“你怎么认识她的？”我的声音听起来遥远而微弱。我口干舌燥。是身体还是精神受了伤害？我无法继续消化对我身体系统的冲击了，然而我继续了下去。

“她家雇了内德。内德……替他们做……零工。”

“这些我都不记得了。这不是真的，不是真的。”

他耸了耸肩，给了我一个淡淡的微笑。我明白了。

“你瞒着我，你没跟我说。”更糟糕的是内德隐瞒了，所有那些对我来说不安全的探险。

“那是非法的，内德干的差事。我们需要那份钱。我没有告诉任何人。你妈妈不知道，爷爷不知道，我希望我也不知道。”

“什么差事？”

“偷猎、跑腿……运送他们在山另一面种的什么东西。”

我试图理解他说的话。

“而我从来都不知道这些。”我在记忆中寻找有没有任何迹象和线索，除了内德多次不见踪影。

“内德专门抓蝾螈。”

“什么？”

“美国对蝾螈的需求很大。其他地方也一样。”

我无法呼吸了，无法呼吸。

“内德永远不会干那种事。”西尔维娜永远不会干那种事。不过，兰格和维尔卡潘帕一起做生意，他们会。

父亲再次耸肩，“很久以前的事了。你崇拜你哥哥，我能告诉你什么？只会伤害你。火药已经伤害了你。”

"而你什么都没做！"

我喊了出来。

洛伦回到了厨房。

"出去。"我的声音里带着杀意。

她没出去，而是退到了门口。

"不许那样跟她说话。"我父亲说，这是我从他那里听到的最有攻击性的一句话。他从椅子上半站起身，现在他看着我了，我无法接受。

"内德不会干那种事。"我低声说。

"你只是不想知道。"他说，"你一直那么聪明，但你不想知道，所以你不知道，忘了所有的事情。我有时觉得你把你爷爷看太重了。我爱内德，但他很善于操纵别人，很小气。他知道自己模样帅，并且利用了那一点。他不是天使，甚至在你面前也不是。你只是不想记得而已。"

"不是真的。"

他犹豫了。我认出了他脸上的表情，怜悯。我曾很多次怜悯地看他。

随后他说："你哥在背后取笑你，拿你开玩笑。"

沉默。我顿住了，目光穿过厨房望出去，希望窗外有什么东西可以分散注意力。窗外什么都没有。

为什么我曾希望农场变成一片废墟呢？为什么我曾希望父亲死去，或者变成一个可怜的、孤独的囤积狂，不比母亲清醒多少呢？我突然意识到，只有在我们全家人都离开之后，父亲才能幸福。

"这是谎话。"我说，"如果说内德没告诉我，那也是为了保护我。”我已经构建出了一个内德很高尚的现实，赚钱养家的内德。我必须这样，但我不喜欢。

父亲叹了口气。劳伦斯叹了口气。就好像他已经很长时间没有喘气，憋的气都在这声叹息里一起出来了，长长的叹息，包含着失望、失落，还出于他感受到的什么东西，而我却感受不到、分辨不出来。

“他为了保护他自己。你不知道你当时有多愤怒、多暴力，对你妈妈，对我。”

“我没有。”我说，但我这么说的时候，我知道他的话是真的。现在知道了，能记得了。不是我在压抑自己的记忆，而是我讲一个不同的故事讲了很久，久到已经让真相黯然失色了。

洛伦僵在门口。如果不是我父亲接下来说的话，谁知道我当时做什么。高声争吵，砸东西，让妈妈哭，在谷仓中搞破坏，砸烂工具，打碎货架。

“她来过，”我父亲说，“给你留了点东西。”

我不需要被告知“她”是谁。真相，我的向往。她给我留下了一些东西。

“她留了什么？她什么时候留的？”

“大概八个月前。”她去世前一个月。

他在我们之间的厨房桌子上放了一个信封。所以，他早有准备。他知道我会在某个时候来，一直把信封放在手边。后来我回想，还是信封一直在那里，在厨房抽屉里落灰？

我知道我看着信封就像它有辐射。想打开。不想打开。

“她说你会明白的。她说你的知情对她很重要。”

问他为什么不给我打电话是没有意义的。我会挂电话，不认他。但他本能找到我，伸出援手。

“我不明白。我不明白你怎么能对我隐瞒这么久。我不明白你为什么一直在内德的事上撒谎。”我觉得自己像个孩子。我曾经是个孩子。我可以把东西炸飞，但不能再重新拼回去。

“你出生的时候有十二磅六盎司重。”我父亲说，“我在医院看你，你是那里最大的婴儿，像小巨人。你妈妈说你会是个麻烦，我说我不在乎。但内德和你都是麻烦。”

“别再提他的名字了！”我尖叫道，好像神明被亵渎了。我能感觉到我的自我快垮了。

“我知道你杀了我父亲。”他说，语气平淡，不原谅，“你杀了他，没有理由。”

没有理由。有某个理由。他早就知道了，他当然早就知道了。

我猜这已经足够了，洛伦听到的足够多了。

她大模大样地走了进来，看我的眼神像专注的杀手，跟苍鹭看青蛙和蛇一样。她几乎和我一样高，手上留着爪子一样的指甲。

“够了！现在够了，非常够，足够。你父亲病了，需要休息。”

他们像是排练过，以防害群之马回家了，叫得声音太大。

“我觉得这事不用你担心。”我说，尽可能控制自己。

“劳伦斯，去躺一会儿。”她说，不理我。

他站起身来，皱着眉，脸上没有一丝歉意，去了厨房外的房间。

那会是我最后一次看见他了，永远不会再见。他弓着背，慢慢离我而去，走廊把他变成剪影，然后变成阴影。就像我记忆里的他一样，我终于记起了童年回忆。

洛伦在他的位置上坐下。

“很快就会有很多人过来。”她刻意说道，朝外面的帐篷点了点头，“都是好人，虔诚的人。你为什么不在离开之前跟我们一起祷告呢？ 或许能给你一些安慰。”

安慰？她没有对我做任何事，但我想揍她。

“世界末日那套东西？不了，谢谢。”我对福音派教徒没有耐心。

“我知道你的想法，”她轻快地说，“但我们不是那样的。我们想拯救地球，让人类免于毁灭。”

外面已经停了两辆车，更多汽车的声音越来越近。他们来是为了复兴，为了敬拜地球母亲，或者为了任何他们认为会带来改变的东西，但是不会有什么改变的。

“不了，谢谢。我很好。”

“那么我要请你去赴下一个约会。”

“在我再与父亲谈话并询问他之前——”

“不，”她打断了我，我察觉到她的手在桌子下面，“不，我认为不会有谈话了。我们在这里并不傻，我们知道外面的情况。房子外有五个带武器的壮小伙子，只等我喊一声。这张桌子下面绑着一把猎枪。你现在就会离开，而且不会再回来。”

我凝视着她冰冷的灰眼睛。我错了，这个地方不是一个不同的现实，而是同一个。我不得不佩服她，不得不承认在某些方面，我可能更喜欢她做我母亲。

“我走的时候可以报警，”我说，“告你威胁我。”

“你不会的。我们已经知道了你不会的。”

“我可以直接穿过那扇门去找我父亲，而你不会开枪。”

“我们已经说好了我会。”

她没有一点让我觉得她在撒谎的样子。但没关系，这意图就足以令我受伤了。

我举手投降，然后缓缓起身，拄着拐杖，慢慢走到门口。

在我关上身后的门之前，洛伦问：“你还记得溪谷边山腰上的小屋吗？”

“记得。”

“有人在那里等你，一个月了。等你见面，你可以告诉他时间到了，需要在今天离开。我不想再见到他，还有你。”

“相信我，”她说，“你想见他。”

地狱之口·杰克？兰格？这两个可能性似乎很小。

“相信我，我可能不想。”

我把西尔维娜的信塞进口袋里离开了，仿佛这封信毫无价值，并不是最重要的东西，失望，震惊，没有意义。

在我被赶出去的时候。

我在车上读了西尔维娜的信。人们从我周围的汽车里下来，穿着正常，就是普通乡下人参加活动的打扮。他们往白色的大帐篷走去，准备好接受洛伦要告诉他们的任何事情。我知道洛伦一定是个牧师，不知道为什么，就是很合理。

想要把信里写的话赶出我的脑子，想把那些话赶出去赶出去赶出去，但无论如何又继续吸入，就像无法避免的污染一样，没有口罩能挡得住。

我意识到了，但也没意识到，洛伦的保镖从几个帐篷里瞪着我。我能闻见仓库里每一块动物皮燃烧的味道，边读信边闻见。我把信读了又读，读到读不通，不想读通。我是被献祭的祭品，这就是信给我的感觉，我像在燃烧，又烧起来了。

西尔维娜随信附的照片掉到了我的腿上，一张叠起来的破旧照片。我久久无法拿起来，看看里面有什么，有谁。

然后我开车去了小屋。

【91】

洛伦敏锐、果决，所以我学她的品质用以生存。尽管我觉得自己快要淹死了，还是得通过下一关。首先再冲上一座山。我好像是个机器，不过是汽车延伸出来的一部分，头上扎满了西尔维娜放的钉子。

我连续开过急转弯，回到了通往峡谷山坡的岔路口。从我上一次看到这个山坡后，这里的树没了，要么遭遇了暴风雨，要么染了病害，要么全被砍了。我每从一个弯道开出来，看到的都是泥土和破碎的雪松，一片凌乱的朽木和顶部清晰的灰绿色光，就像是在绿膜望远镜里穿过隧道。我感觉非常羞愧。

车窗留了条缝，我感受刀割般的冷，刺骨的冷。雨已经停了。也许再过一个小时，天气就会再次温暖起来。单单试图预测天气就能让你失去理智。

我骗自己，我稍后会偷偷回农场，溜进他们的卧室，叫醒我父亲。我们会到外面的门廊把话说完。他刚醒，还有些混沌，面对着西尔维娜的信，终于表达了他的内心，表达了一些情感。我们会一起笑，一起哭，原谅我们自己。

但我已经知道了他有内心世界。洛伦告诉我了，通过她所说的和所做的一切。

他只是不愿意和我分享。

小屋外面有一盏昏黄的灯，在天空绿色的暗光下模糊不清。一辆陌生的车停在外面，看起来不像租的。我把赌注压在地狱之口身上，不觉得掉进河里冲走的兰格能在这待一个月，开车追杀我，然后不知怎么又回来了。要不就是洛伦弄错了，小屋是空的。

我把车停在一百英尺开外的坡下，停在树荫里。停车前我提早关掉了前灯。我用最轻的动作打开和关上车门，一瘸一拐地爬上车道的陡坡，走到那个十分熟悉的地方，准确地知道不要踩在门廊的哪块地板上，压低脚步声。我手里拿着法斯克，想先开枪，再提问。但是必要时，我会用拐杖把地狱之口·杰克打死。

我从侧面窗户往里细细看去，一个大个子坐在里面看他的电脑，背对着我，但我不会认错，比见到地狱之口·杰克和兰格的震撼还要大。那是来自我失去的世界的使者。

深深吸气，呼气。我振作起来，敲了敲门。

他犹豫了一刻。很好，他先要看是谁，不像几个月前那样坦率轻信。

门开了。

我丈夫站在那里，我惊呆了。他大概重了三十磅，但脸却凹陷了。头发又长又乱，我不记得他有白头发。他眼睛周围一圈黑，就像被打了一样。我闻到了维克斯润喉糖和烟的味道。他以前从不抽烟。我荒谬病态地想，是地狱之口让他染上了烟瘾。

“你好，‘吉尔’。”他面无笑容。

想象一下，你隔了二十年再见到了你的父亲。

想象一下，你的口袋里有一封信，写满了一个死去的女人揭露的真相。

想象一下，你震惊到无以复加，觉得自己会永远都会处在这种状态里了。

【92】

小屋里，我们坐在一张家庭用的长桌旁，内德和我在上面刻过粗糙的动物画像。屋子让人感觉很小，狭窄而幽闭，简陋的小厨房年久失修，完全不是我记忆中的，我们某些时候的避难所了。那些偷来的自由时光，我们小心翼翼地不在这里久留，因为如果火药在这儿找到我们，他就会一直在这里徘徊。

“我知道是谁让你来的。”我说，“你为什么听他的？他就是当初站在我们屋外树林里的那个人。”

我无法接受我丈夫面容的改变。他的脸把光吸收后灭掉，平静，不开心。

“你看起来像在打仗，”他说，“就像真的经历了一场战斗。”

“我知道我什么样！”我冲他吼道。我凭什么吼他？

他听了，沉默片刻，看上去要吼回来，又止住了。但洪水还是倾泻而下。

“信不信任谁，我没有选择，你没给我选择。我一次都没收到过你的消息，你都没有试过递个消息，你也不回短信，你——”

他的话很伤人。他说的是错的，出发点是错的。然而他也是对的。

"我不能。情况太危险了，这太危险了。"

我在颤抖，如果不把两只手相互抵住，手就会剧烈抽动，仿佛有股能量蓄势待发。

但是我丈夫没有听我说什么，就像我也没听他说什么。

"甚至你公司的艾莉联系了我，但是你没有。"

"艾莉？她是怎么找到你的？"又没听。

"我没有你这么会躲。她找不到你，但能找到我。"

"她想干什么？"我有个疯狂的想法，艾莉一直在为地狱之口·杰克或者兰格工作。她假装关心拉里，一直都是卧底。

"她被人打得很厉害，她想也许——只是也许——如果她能找到你，你就能帮她。但我帮不了她，因为我不知道发生了什么事，也找不到你。"

"我帮不了。"我无助地说。

"她被打是因为她不告诉他们你在哪里，因为她不知道。"

后果来了。几个世纪前我要艾莉调查西尔维娜。在我不知情的时候，在我远远地、事不关己地想过，但没在乎的时候，这伤害跨越了千山万水应在我身上。

"你跟她说了关于我的什么吗？"

"我告诉她你帮不上忙，因为我知道你帮不上。我告诉她离你远点……然后——嘿，突然！——这个微笑的疯子出现在我们住的安全屋里，把我吓坏了。他说他叫杰克，他知道你在哪里，或者，你会在哪里。他很确定，给了我你家农场的地址。一整个农场！你从没有提起过。我还对我妻子有了新的了解，她的父亲没有死，她——"

“你这么恨我，还来这里干什么？”

停止相互指责，因为我觉得现在这样做毫无意义了。我们没有未来可以安放这些指责，也不能让任何事情变好。

他向后靠在椅子上，就像我打了他一巴掌。

“你破坏了一切。你有过外遇，骗我，我都原谅了，但你又撒谎了，打来一个可怕的电话，毁了我们的生活之后消失了。你在一次会议上遇到了一个叫杰克的人，他为政府工作，政府给了他一个假名。杰克说这是我见你的最好也是最后的机会，我应该抓住。我甚至不恨你，我他妈的已经不在乎你了。”

我闻到了兽皮烧着的味道，转身换了个方向。兽皮破旧不堪，我无法分辨是什么动物身上的，一股毛发烧焦了的恶臭。

“那你为什么来？”我平淡地说，这样也许他会告诉我原因。

他低头看着自己的手。

“公司倒闭了……我需要钱。”

“当真？”

我说错话了，现在怒火真的喷出来了。

“你把我们所有卡都刷爆了！你拿走了联名账户里的钱和我们的积蓄。你失踪一周后的一个早晨，我醒了一看，钱都没了。”

“我需要钱。”我仍然需要。

“与此同时，我正在付所有的账单、贷款和其他一切东西。”

“你有你的房地产业务。”

我说了这话，但不能看着他。

“你的意思是根本不存在的该死的销售佣金？我没有收入。没有人在这个市场上买房。世界要完蛋了。除了你留在账户里的一点和从我家里借，我再没别的地方可以拿到钱了。”

我丈夫从不说脏话。

“我车里有一袋钱，”我说，“你可以拿走大部分。”

他一下子把椅子推开，猛地站起来，椅子倒在了地上。他走到窗边，好像怕靠近了就会打我似的。

“似乎这样就能解决问题了。”他说。

“你说你需要钱。”

他那眼神又出现了。我无法忍受。他不可能是我认识的那个人，但他一直是。我不能直视他的眼睛。

这张桌子记录了一段历史。如果能在桌子上找到刻着的一只蝾螈、一只蜂鸟，那将有些意义。但内德和我画的大多是不存在的生物，比如长着人头的蝙蝠、长着翅膀的猫。桌子上依稀能看到一艘简陋的大帆船，犹如方舟，满载着各种各样的假想出来的野兽，跟画一起创作出来的还有一个发现事情不对后逃脱的老套故事，我都忘了，不记得故事里的谁做了什么事。

“你问都没问我们的女儿。”他说。

那个不听话、好奇心强且善变的孩子。没有，我没问。

“她不在这里，也就是说她在某个安全的地方。”

他不会让她不安全。我只要对我的大熊丈夫有一点了解，我就知道他不会让她不安全。

“她是安全的。”他承认道。

“她在哪儿？”

“我不打算告诉你。”

很好。

“你有她的照片吗？”

“没有。”

撒谎，但我没有要求的权利。

“你不知道这是怎么回事吗？不知道我这么做的原因？”为什么事情发生在我身上。

他的表情是怜悯，和我父亲的表情一样。他已经下定了某种决心，他不明白我的意思。但没关系，我可以放他走。我真的可以，因为我已经放走他了。

我细细看他的脸，透过他疲惫和谨慎的神色真正地去看他。在他消失之前，在我再见不到他之前，将他牢牢放在记忆中的某个意味着真实的地方。我们遇到过危机，确实有过那么一回。我们有属于我们的步调和秘密语言。即使在当时的情形下，我也还大致记得。

“你不知道吗？”我想对他说，“你不知道我并不担心我们的女儿吗？我担心的是你。”

过了一会儿，他站起身来，逼近我。

“我们去拿钱。”

我看着他开车离开，离开了大约一个月前他才知道的老家小屋。

难道我丈夫不知道，我认为我的女儿和他在一起才更好吗？不知道我现在不会看她的照片，不会要求他说出把她藏在哪里吗？不知道我明白她看到我这样，可能对她造成毁灭性的打击？我控制不住自己了，变成了另外一副模样，脑子里只想着一个念头，一个人。

其实我冒过一次险。我在女儿游戏账号的信箱里留了一条匿名消息，她已经过了玩那款线上游戏的年龄，不再玩了。游戏账号还是我给她开的。也许有一天她会想起来，登录账号，怀旧地玩一玩，查看信箱，知道我联系过她。也可能她不会看到了。但知道她有看到的可能性，我感觉好很多。

“我很好，我爱你。对不起对不起对不起……”不要找我，如果难过，请不要记得我，不要像我一样，不要不要不要。

内德和我刻的了无生气的陈年旧画，那些潦草的图案，用来回忆当时的美好。

我不想一个人待着，不相信自己能一个人待着。我打电话给杰克，没有其他人选了。

“你派我丈夫来了。”

“我不会用这个说法。但我现在确定知道你在哪儿了。”

“为了陷害我？”

“你不是为了这个给我打电话的。”

存在于我脑子里的熟悉的声音给了我可悲的慰藉，脑子里那个口口声声说理解我的人。

“你想知道西尔维娜在计划什么吗？”

“想。”

“在我的房子见，你曾经偷偷摸摸进过的树林里。”

“什么时候？”

“去就行了。”

压根儿没关心过他会等很久，比如永远等下去。也许他会藏着，但不会藏得太严。

而我，我要回储藏室去。

我知道了我是一个没有正当理由的凶手。

火药没杀内德。

【93】

信没有署名，没有称呼，是西尔维娜的笔迹。

这一刻，我考虑了很多年，怎么说，用什么方式表达，如何能容易理解。我知道那件事决定了你的人生。我知道你因为那件事采取了行动。而我却保持了沉默，被迫沉默，也不得不沉默。

我认识他，但不知道他为我家做了什么。在山上的宅子里，我和他说过几次话，以为罗杰雇他帮忙打理庭院。起初我不知道我家在那些地方做什么，不知道我们利用当地的男孩们做递送工作并供应货源。

是我的错。我喜欢他，让他进了宅子，有时给他午饭。他的模样很忧郁，又漂亮又聪明。与他交谈很放心，因为他不是我的家人，也不是我父亲的朋友。但是，有一次我不在的时候，他到宅子来，自己进来了，在一个他不该去的地方看到了不该看到的东西。我父亲年轻时比现在还要不仁慈。

我去度假了，没有告诉他，以为不要紧。之后父亲不让我回去，我被关住了，你或许会称之为“软禁”。父亲担心我会想办法报警。但早在那时，我已经开始了我的计划，不能让警察介入，不能做任何事。

我不知道你会杀了你的祖父。直到你杀了你的祖父，我才知道你的存在。

因为这件事，还有很多其他的事，我和父亲决裂了。这份内疚，我保持着，也利用过。

罗杰·辛普森杀了你的哥哥，伪装成溺水。对不起。

我不知道你是否会读到这封信，不知道你能不能走到这一步。但我需要你踏上这段旅程去感受，去理解。

也许你忽略了我给你的礼物。也许你永远不明白我为什么选择它们。也许这就是你不读这封信的原因。

没什么能改变已经发生了的事情。但你可以审判我，认定我有罪，我平静接受。没有谁比我家害死的人的妹妹更有资格审判我。

我们费尽心力逃离，但无法逃离这个世界。这是问题所在。

蝾螈……蜂鸟

随信附有一张照片。照片折了起来，像是一直放在钱包里。我知道照片是第一版，或许仅此一张，年头太久，已经泛黄了。西尔维娜和内德站在山坡上的宅子前，西尔维娜在微笑，但内德的表情矛盾而复杂，半藏在阴影中，我读不懂。我不认识的人站在两边。是雇员？园丁？内德认识的人更多，至少在过去是这样，而我根本不认识那些人。

“山上的一群傻瓜”，我回忆起，或者我觉得我回忆起了内德有一次说过。“山上的一群傻瓜。”一种带着惋惜的羡慕，就像他说的真是农场里的傻瓜一样。这是我记得唯一一次内德提起他们。

我喜欢他，让他进了宅子。

我恨西尔维娜吗？不，我不恨她。我恨罗杰吗？恨，但他已经死了。兰格替我报了仇。

他的模样很忧郁，又漂亮又聪明。

你在信里怎么写都行，真话、假话、半真半假的话，捏造出人们的一生。要是用照片的话就难一些，虽然现在越来越容易了。我看得出修过的照片，上班的时候分析过很多。这张照片是真的。

西尔维娜的辩护令人痛苦。我不是被她随机挑选出来的，不单是诱饵或消遣。也可能我是诱饵和消遣，但我和西尔维娜之间一直有关联。从某种意义上说，即使仅仅通过内德，我认识她。

我不后悔火药的事，真的不后悔。迟早有一天，火药会杀了我们中的一个，让我更恨他。我感到遗憾，但那不同于后悔。除了我，没有人会拯救我们。

我还有什么别的感受？不想告诉你。你可能不会理解我最大的感受是什么。

解脱。

整个世界在运转、碰撞，荒唐可笑。

想象一下得到答案的感觉，停下来歇息的感觉。

因为我知道她想让我做什么。

回到起点。

【94】

即使不想，蝾螈也会通过皮肤感受环境。即使不愿意，蝾螈也不断地承受这个世界，哪怕世界毒害了它。如果世界是正常的会怎样，蝾螈会健康。如果世界有问题，蝾螈就病了。如果世界有问题，西尔维娜就病了。我病了，但不是因为世界有问题。

蝾螈生活在陆上和水中两个世界里，人类无法做到这点。人类发现自己被夹在两个世界中间，不得不选择一个。蝾螈不用选择，同时是两个世界的一部分，生活在枯枝落叶间，森林溪流的岸边，春季的水池中，沼泽里。在夜间觅食，捕捉藏在石缝中的猎物。

为了把危险降到最低，蝾螈躲在腐烂的原木下，石块下，老房子的石头地基里。老房子的石头地基如同人的回忆。如果被发现了，路蝾螈会用两条黄色宽条纹警告捕食者离开。皮肤里的蛋白质内含生色团，条纹的黄色由生色团显现出来。这些视色素以特定的波长脉冲出可见光，在夜间也能看见。路蝾螈的色素有毒，黄色条纹含毒素。当受到攻击时，路蝾螈会伸长脊椎，肋骨刺破细胞，毒素进入皮肤，释放强力毒液。

路蝾螈伤了袭击者，但自己也受了伤，必须修复皮肤以免感染。路蝾螈必须自伤才能自保，通过自伤来了解敌人，也在某种程度上了解世界的状况。

月亮高悬时，路蝾螈成群结队地爬回森林里的池塘，自己出生的池塘，总是那个地方。路蝾螈知道在哪里，就是知道。出生的地方可能会变得面目全非，可能不再是一个安全的地方，或者从来都没安全过。但它们别无选择，只能去。

在水中，路蝾螈产下卵，卵孵化出来，未发育完全的幼体通过鳃呼吸，在这个幼小的阶段花费数年时间，为过渡到严酷的陆地世界做准备。它们必须集齐一切有利因素才能以成熟形态生存，在同样回到出生的池塘之前，危险很多且不可预测。许多路蝾螈再也没能回去。

经过变态发育，路蝾螈学会了在陆地上生活，适应一个与以前完全不同的地方。路蝾螈的腺体发育，可以直接进行氧气扩散，不需要长出肺。富含毛细血管的皮肤为生存提供了呼吸服务，同时也很容易将环境中的污染物传输到脆弱的身体内部。

“易于渗透，看到人类无法看到的颜色，接收我们不能接收的东西。成为接收器，传输器。”这是西尔维娜日记里的一段，我几乎把她的日记忘了。

与环境的密切关系迫使蝾螈成了环境变化的指示物种。倾倒化学物质产生的空气污染和水污染造成环境恶化，导致蝾螈皮肤的气孔畸变受损。路蝾螈的灭绝归因于栖息地退化，那伊阿得蜂鸟的灭绝归因于栖息地破坏。

如今没有路蝾螈能返回的春季水池了。持续了成千上万年的回归已经停止，路蝾螈永远消失了。

当我找到通往储物宫的蜿蜒小路时，已是黄昏。

我有一种紧迫感。我必须把失去的时间补回来。西尔维娜的蝾螈送到我手上的时间晚了，这意味着她的信送到的时间也晚了，现在时机不对了。现在我的时机不对了。

如果我的这些想法里有任何一个是正确的。

如果这不是另一个游戏或考验。

【95】

小路的尽头是储藏宫。灯还亮着，但前门用楔子卡住，是敞开的，绿色的塑料地毯不知为何被推到了一边。一只松鼠从门口冲出来，慌里慌张地向树林跑去。

没有汽车，没有任何人跟踪我的迹象，于是我进去了，拐杖和自动步枪陪我一起。这趟我不相信法斯克。

灯亮着，但没有人值班。为什么要值班呢？通往接待室和柜台的小门半开着。我发现 7 号房的钥匙挂在钩子上。柜台后面的一切都很整洁，东西都在该在的位置。

据我对西尔维娜项目地点的推测，储藏室不是第一选项。这么小的地方怎么可能容下那么大的工程？但我还是不想排除这里的可能性。回到开头，从蝾螈回到蜂鸟。如果储藏室中藏着新的东西怎么办？

但储藏室是空的，没关系了。

连椅子都不见了。同样发霉的墙板，同样闪烁不定的灯，同样的空荡。

小心警惕地退回来，我肯定会在门口遭到伏击。还是空无一人。这短短一会儿，夜色已然覆盖了树林。月光照在小路上，微光夹杂着阴影。一阵嘶哑的虫鸣声爆发，减弱，爆发。

在没有月亮的夜晚，我可能会等一等。但我有一种紧迫感，西尔维娜需要我，而我迟到了。或者，我需要阻止她。或者，我没弄明白事情。我不是一个理想的信息接收人。我需要找到她……或她的下一条信息（可怕的想法），越快越好。

考虑到项目的规模和投入的资金，我觉得最有可能的是，无论她的秘密是什么……她把秘密藏在了带刺铁丝网围起来的废矿内。在破败的山顶上，她建立或制造了一些东西，把那里作为总部。采矿本身从头到尾都在掩盖另一个项目，不然还有什么别的用途呢？

我在车里突然想到，这可能说明西尔维娜精神不正常，患有妄想症。我可能患有妄想症，精神不正常。那个兰格追的是鬼魂。地狱之口·杰克想要的东西也不存在，散落的烟头，戴小丑假发，他的努力都是一场空。

我把铲子猪留在了后备厢里，背上装有食物和补给的背包，拿上法斯克和自动步枪，把剩下的武器藏在停车场边的树叶和树枝下。

然后我边骂边再次打开后备厢，带上铲子猪。愚蠢也好，迷信也好，但感觉把她抛在身后是不对的。不过我需要花时间清空里面不需要的东西，铺满了整个车后座。

离储藏室稍远的栅栏令人憎恶。我带了钳子，但有些动物在栅栏下挖了一块，戴上手套再挖一挖更容易。即便如此，我还是刮伤了背，差点扭伤了我不好的那只膝盖，真是个好的开始。但我觉得很高兴，做一些体力活，还远离了农场。

我开始踉踉跄跄地爬坡。地面湿漉漉的，有的地方泥泞不堪，我过了一段时间才适应拄着拐杖在这种地上走。与其说这是一条小路，不如说是雨水从斜坡上流下来形成的凹痕。像在船上一样弯着膝盖走比较好。

我有一张地图，是我比着网上资料匆忙画的，资料显示了维尔卡潘帕在山坡上的产业。可以预见的是，这个地区的地图在搜索引擎中已经模糊不清，并且是十年前的了。不过一些地形的细节会有所帮助。

几十年来，除了西尔维娜和迷路的徒步旅行者之外，没有人来过这里。我在寻找一座建筑，一个地堡，或者任何显示有人类活动迹象的地方。讽刺的是，这块土地属于环境保护用地，理论上，从采矿停止后，这里不该有新建筑物。

仅仅半个小时后，能见度就下降了。雾气进来，月亮撕裂了雾的边缘，使得阴影更加突出，光线不足。水面上波光粼粼，反射到树叶和树枝上一片斑驳，交织的光影让人迷糊。我只能低头看崎岖的小路。

令人惊讶的是，草地、树叶和带凹痕的地面很快变黑了，闪光的碎石间长满垂死的杂草。从先前坠落的山石看，这不是路，而是荒废的采矿场。

碎石地变宽了，我反应过来，从山下往上看，山下的树已经高到足以掩盖山上的伤疤。这里几乎所有的东西，除了海拔最高处的，从山下任意角度看都被隐藏起来了，尤其是左侧的山坡缓一些，碎石形成了一条向左延伸的宽阔道路。

虽然这座山有了裂痕和伤痕，但动物们很久以前就重新占领了这里。我能听到有的动物穿过树冠向旁边移动，有的在我身后的山坡上跑过。我闻到了浣熊的气味，看到了它的剪影，还看到了臭鼬踩出的杂乱小径。

我本来以为拐杖能当登山杖，但拐杖在这种斜坡上很费力，我已经在喘粗气了，熟悉的老伤痛一股脑全回来了。我的肺感觉受到了挤压，很虚弱。我不能时刻在碎石上站稳脚跟，也许更优雅的人可以。

过了一会儿，我察觉到自己完全不知道身在何处了，只知道在继续向上爬。

雨又开始下，把我淋湿了。走在碎石子上像走在沙地上一样费劲，我的两条腿累得生疼。对于一个更年轻、更健康的我来说，这只是一次长距离走路，但现在这个身体才是我的全部。很快我放弃了返回的念头，想等到明天早上再说。雾太浓了，我不确定能找到路，不保证我不会跌下去摔断脖子。

穿过山雾，远远的碎石路那头传来回声。我把那当作山间奇怪的声音，没去理会。一个巨大的怪物——我自己——拖着身体踏过碎石的动静甚至更大。但当我停下来休息，我还是能听到那声音，越来越近。

我加快了步子，冒着发出更多噪声暴露位置的风险。但不管是东西或是人都跟上了我的步伐。照这样继续下去，不会出来什么好东西。

十分钟后，雾稍稍散去，我可以看到右前方有一片小树林，顽强抵御着碎石，寸土不让。我走到树林里，躲在一堆倒下的枯树后面。任何从山坡上来的人都会猜到我的藏身之处。但我的视野清晰，可以向他们打一两颗子弹。

我等待有人出现。变幻莫测的雾气反而回来了，从山坡上滚了过来。现在我在一片杂乱的树丛中被蒙住了眼，看不到山坡下的任何东西。

一声模糊的嘶鸣，一颗子弹掠过脖子。我卧倒在地，打开自动步枪保险，向山坡扫射。

没有东西，没有声音，我也没打中。

一阵诡异的恐慌。不管是谁，如果对方不知道打的是我怎么办？

“报上名来！”我大喊——然后滚到远处一棵倒下的巨大树干后寻求庇护。树根之间的泥土闻起来像苦药。

一阵雨点般的子弹扫射，在左侧远处。雾对声音产生了奇怪的影响。好，所以没有错，他们是有意向我开枪。

我在树干后面站起来，被从土里拔起的周长十英尺的树根保护着。

我集中精力听。坡下传来树枝断裂的声音，左边。

声音听起来非常近，我朝那个方向清空了弹夹。子弹嗖嗖穿过树林，有的打在树上。我听到一声喘息，一声尖叫。我想是男人的声音。

我在那里又站了一秒，再听一听，不想放弃树干后的位置。

安静无声。

随后右边一阵猛烈的射击，子弹穿过浓雾，啪啪打进树根，打进树干，我无声趴倒，毫发无伤。如果是一年后，树干再腐败一些，就会有一颗子弹穿过木头射中我。

我的另一个弹夹在背包里，背包在我刚才那个位置。

拔出左轮手枪法斯克，我犹豫了，晚了，反击为时已晚，我觉得他们不会还在同一个地方。

我正盯着不远不近的地方，这时一个人影从侧面隐约出现，距我不到十英尺，没看向我的方向。但我忍不住倒吸了一口凉气。那个人影转身，开枪，击中了我的胳膊。我尖叫出声，摔在地上时把枪丢了。

他又开了一枪，但我摔倒时已经滚向了一边，把拐杖朝他扔过去，他后退，被迫闪躲。趁这个时候，我已经拉近了跟他的距离，撞到他的腹部，把枪从他的手中打落，卡在我体内的子弹仍然灼烧着我。

我感觉他没料到我会冲过去。

是兰格。

简单粗暴的打斗。兰格好像没有近距离搏斗的经验。我利用体重把他压在身下。他激烈反抗，想逃脱，用拳头打我的脸。我打了回去。我们什么也没说，没有威胁，没有恳求。我们能说什么？周围只有月光，暗影，身上腾起的热气，粗重而急促的呼吸。兰格试图打我后腰，我没在意。他用上了腿，踢我的肚子。我猜他以为柔软等同于弱点。

但是当兰格踢我，认为我会瘫倒，然后就能拿起枪结果我，而我却抱住了他的肩膀，贴近他的身体。我随着他的反应调整动作，把他的双腿扭到一侧，把我体重压上去。兰格跌回地上，发出吃惊的尖厉叫声，他身上或者我身上的某处发出“啪”的一声。我想让他从地球消失，让他别该死的挡我的路。好长时间都没有那么想做一件事了。

我们疯狂地从树林里扭打到碎石上。兰格试图将我从他的腰间推开，打我的后背，但我感觉像轻轻地敲打、敲打、敲打。他想挖我的眼睛，但我头一动，狠狠地咬住了他的拇指。他的另一只手从身侧拔出一把刀，用被咬伤的手打我的头顶。

这个时候我只尝试了一件事。我全身用力，抓着兰格半站起身，他挣扎，我把他侧着摔在地上，冲击力让他肺里的空气排了出去。我从后方锁喉，紧抱住兰格，他的背贴在我身上，他的喉咙在跳动，想喊，但只能抽气。我的腿紧紧地绞住他的腿，让他一动不能动。我希望我的伤腿能撑住。兰格开始专注呼吸，试图拉开我的手臂。

我觉得我打败他了。我打败他了。

但他设法伸出胳膊，拿起刀，在我的伤腿松掉时捅进了我受伤的肩膀。我能感觉到锁喉的位置偏了，再过一秒钟，我就会失手。兰格会压在或骑在我身上，用刀刺了又刺，直到弄死我。

我用沼泽猪打他，拖延了一些时间，在他的头上开了一个口子，他把沼泽猪夺过去砸碎。我不听使唤的手指头啊。

但是还有山坡可利用。真的是最后一搏。我没伤的腿一蹬，利用体重向下滚，其余的交给重力，继续锁兰格的喉，在滚下碎石坡的过程中锁不住了，我们被锋利的黑色石子和冲力搞得伤痕累累，头晕目眩。

刀飞走了，我看见刀弹到了坡上，化成银光消失在一片朦胧之中。

兰格现在能喊出声了，口齿不清，猛烈地颠簸，即使在不断被山坡撞击的情况下也在尽力挣脱。

我们之间的区别是，我只管用体重压住他，胳膊搂住他的脖子，不关心接下来会发生什么。

“砰”的一声，我被撞到半昏迷，松开了兰格。兰格撞到了另一棵枯树上，我面对着他，他在月光的冲刷下躺在奇怪的苔藓岸边。我能闻到的只有雪松清新浓郁的香味。我嘴里有血，后脑勺像被砖头打穿了。

我听到怪异的声音，兰格说话了。

“别毁了它，”兰格嘴里有伤，咕哝着说道，“别毁了它。”

我躺着，太累了，无法回答，无法移动。一会儿有意识，一会儿没意识。身体越来越冷，变得麻木，但我不在乎。最后情况很差了，我是有极限的。我想要一个结局，但我无法站起来达成这个结局。我被打得失去了站立必需的某个条件。

上空的星星很模糊，重新清晰，在各种各样的轨道上要杂技似的移动。 我以为我看到那把刀还在旋转，朝我掉下来。厚实的黑色刀柄，银光闪闪的刀刃。

我挣扎着跪起身，看着兰格。兰格给了我一个虚弱的微笑，他神志不清，眼睛不对劲，或者表情不对劲。

“我爱她，”他说，“爱过她。我爱她。”

我应该说“我知道”，但我想告诉他，他很可悲，他产生了错觉。因为除了真相，此刻的他还剩什么呢？

兰格的头爆开了，血溅在我的靴子和裤子上，他头上剩下的东西都流向一边。所以这就是接下来会发生的事情，我记得我当时在想。一颗子弹在头里，一颗子弹打中了头。枪声在我耳朵里燃烧，我侧着倒下了，表情痛苦，等下一枪打我。

但是我的死期未到。

地狱之口·杰克从阴影中隐约现身，出现在我上方，样子看上去跟几百年前在纽约酒吧里一样。他的脸上带着一种特殊的期待，类似于兴奋，或贪婪。

他拿着一把格洛克手枪对准我。

“不要偷懒，懒虫。”他说，“是时候起来发光发热了。杰克和吉尔必须——上山去。”

【96】

我们一直等到清晨。雾化成了毛毛雨。子弹只是擦过了手臂，我甚至懒得止血，衬衫早晚会帮我止住。我的头感觉好多了，隐隐作痛。我是一个囚犯，也让我心里隐隐作痛。

“他总是话太多。”地狱之口·杰克说。但我并不在乎他杀了那个人，那个想杀死我的人。

“你是怎么找到我的？”我问。

他蹲在十英尺外的一个树桩上，充满警惕。我拖垮兰格的招数不能用在他身上。他抽着烟，另一只手拿枪，枪口大致对着我。他的情况没有我丈夫那么糟，但在新一天的晨光里，他看起来并不太好。他要么以前染过头发，要么因为最近的事，才开始在太阳穴周围长了白发。隔了十英尺都能闻到他身上的酒味，朗姆，不是威士忌。

兰格的尸体躺在山坡下三十英尺远的草地上。我们俩谁都没提议把他埋了。

“让国土安全部帮了最后一次忙。我知道你不会回你那个家。你把车停在小屋前和你心爱的丈夫谈话时，无人机对你的车进行了三角测量。”

那么那就是一个陷阱了，我走进陷阱，又走出来，然后我们就都到这儿来了。

“国土安全部还在？”

“换了个名字。我只用了他们的无人机。你知道如今有多少无人机秘密地在天上划过吗？无人机会比我们所有人活得都长，形成它们自己的文明。”

“谢谢你救了我。”我说。

即使摆着一副严肃的表情，他听了也笑了笑。他的声音里有一种绝对的坚定，利落而冷硬，跟在酒吧和电话里非常不一样。

“你帮了我一个忙，让所有的危险分子都暴露出来，这样我就可以对付他们了。但是到了最后，谁照顾了谁对我来说并不重要，所以没有什么提的必要。”

“如果我把钥匙吞下去呢？”

“钥匙？哦——线索？事实证明，对农场小屋和房子都进行窃听是个好主意。我一知道有封信，就从你可爱的继母那里得到了主要内容。就在不久前。”

我怒火中烧。

“她不是我继母。你把她也杀了？”

“天啊，我们在世界终结的时候担心的是这种事情。不，我不用——她很乐意告诉我。”

意料之中。地狱之口·杰克给我的背叛感更强。没道理，说明我在我们谈话的玩笑中太过放松了。

“无论如何，我总是比兰格更谨慎。”他补充道。

“兰格是最后一个，不是吗？”

“最后一个什么？独行侠？愤怒管理师？无能的快递员？”

“有记录的最后一个康提拉成员。”

“这是真的。最近几个月，康提拉的成员都是精英中的精英。不过还剩一个。”

“谁？”

“当然是西尔维娜。她——或者她的‘孩子’，她的宠物项目——就在山上某处，不是吗？”

我没说话。

“当然，你也怀疑那份肇事逃逸事故报告。你肯定也希望有人从海里把她的骨灰找出来测一测基因，不是吗？”

我不说话。不想帮他，不想成为他的同谋。他会以他的视角扭曲所发现的东西，我没有根据地想，但我刚刚找到了西尔维娜曾在我生命中存在过，我的罗经点，希望保持纯净。

“像人们说的，我们可以用‘吃苦头’的办法。但我喜欢你，吉尔。我特别喜欢你的坚强。也许我确实给了你一点保护，但你去冒了险，创造了自己的幸运。你对我帮助很大。总之现在不难推测，西尔维娜利用矿场打掩护，在这里完成了她的项目。而我们会找到——反叛天使。”

“这就是你一直以来要找的。”我说，“碰巧是我，不是兰格。”

“一石三鸟胜于一，胜于二。无论西尔维娜有什么计划，不应该是你和兰格决定如何处理它。”

“‘它’。”

“一定是生物武器。”

那种类就多了去了。武器、生物，也许是帮助呼吸的维生面罩，也许是能杀死百万人的毒药。

“你会怎么处理它？”

“报告政府专门机构，制止，拆除。”

但他的表情里有一种渴求，告诉我他在撒谎。如果他还在为某个机构工作，那么这个地方就会挤满特工和军队。现在他身后一无所有，没有支持。他打算抓住这个时机为己所用。

光线越来越亮，几乎可以感觉到太阳出来了，我看到他的灰色西装全是褶，夹克左袖撕开了一个口子，脸上带着新伤，昂贵的鞋子上沾满了干泥巴，白衬衫上有一道干涸的血迹。

“你杀了多少人？”我问。

“足够多了。在我的催促下，兰格想明白之前动手做了一些。但我撞了拉里——这个搞砸了。我杀了很多维尔卡潘帕的人，我不喜欢维尔卡潘帕。如果有必要，我会杀了艾莉，但很明显你什么都没告诉她。”

“但你留下了我丈夫。”

他笑出了声，“吉尔，很明显你从来没有向他倾诉过，很多东西都没告诉他。现在，起来吧。我们要找到西尔维娜的秘密，你和我一起。我欠你那么多。”

我想，在我们找到应许之地后，他最终会杀了我。我确信。

饥饿又脱水的状态下，我站了起来，如同一张粗糙的帆布，内里没什么东西。我踉跄了一下，又稳住了身子。地狱之口·杰克允许我从背包里拿水喝。

我把空瓶扔向他，他躲开了。

他咧嘴一笑。

“你不想知道我的真名吗？”他问，仿佛一直在想这个问题。

仿佛他想象过一百遍这样的场景。

我没说话。

无所谓。现在无所谓了。

【97】

我们找了三天。沿着碎石斜坡向上，迎接我们的高原像奇异的月球表面。起初，我们严肃地维持着俘虏与被俘虏的关系，努力完成我们的任务。后来我们什么也没找到，我也开始变得疯狂，我们的关系更接近于平等。主要的矿坑已经填上了。我们发现了一个地下井，但很明显是空的，是某种新型的废水处理系统，短暂的欣喜烟消云散了。

第二天的时候，我就深知我们找不到了，如果那项目真在那里存在过的话。杰克很暴躁，经常发脾气，抽烟抽得更多了。他催我，好像是我的问题，如果我不在，他就会找到。好像我放出了一些看不见的磁场或光环，掩盖了真相。他指责我没有把知道的事都告诉他，我耸了耸肩。他可以从我的顺从里看出来我放弃了。

天气变得更糟了。杰克的帐篷在潮湿的碎石上搭起来，我们一起躲在里面，我双手在身前被绑起来。他有几瓶朗姆，给了我一杯，我拿来喝了。我没喝过朗姆，但味道很好。

帐篷灯把他的脸照得扭曲、发烫，带走了红晕。我几乎可以想象他是酒吧里那个有魅力的男人。

“反正没意义了，我该知道的。你炸一个多大的洞能把世界毁掉？你不能。西尔维娜想做的东西——用病毒、炸弹等等，我们已经对自己用过了。我们总是这样。与野生动物走私犯打交道的第一条规则是：他们什么都不在乎，钱除外。兰格是个特例，他以为自己有灵魂。爱情对人做了什么？爱会让人畸形。”

“反社会分子有灵魂？”

“别耍滑头，”他说，“闭嘴，喝你的朗姆……”

别耍滑头。

兰格被联邦机构的人审问过。艾莉给我的审讯文字稿上，编写者先生不止一次使用过这个措辞：“别耍滑头，兰格。”

“你操纵了兰格，”我说，“但为什么？康提拉是干什么的？”

“嗯？谁说的，谁说我操纵了兰格？”

我不理他。

“是整个机构还是你一个人？”

地狱之口·杰克慎重地看了我一眼，让我心里发怵。

“小吉！你是个侦探，有点像。好，我们这样。如果你能答上来这个谜语。告诉我，什么比面包箱大，又比面包箱小？”

“所以不是整个机构，但也不只你一个人。”

他像乌鸦一样侧头看着我，“你不应该猜中。”

“也许我只是了解你。”

他拿起了枪，就像我侮辱了他一样。没有人应该了解伟大的地狱之口。然后他放下枪，喝了一大口朗姆。

“通过康提拉，兰格和维尔卡潘帕合作各种进出口业务。我雄心勃勃，想留下自己的印记。我想，‘为什么要创建一些假公司？为什么不直接用康提拉？’所以我们就用了。我们抓到了首席财务官的把柄，接管了康提拉，并试着让维尔卡潘帕卷入更严重的非法活动，其中涉及野生动物走私。他们不像以前没做过的样子。”

“钓鱼执法。”

一丝怒气闪过。“比那更复杂，更真实，会产生政治影响。我本来会有很光明的仕途。”

“西尔维娜会遇见兰格，是因为你要抓老维尔卡潘帕。”

“我更想让西尔维娜供出老维尔卡潘帕。但当我知道老维尔卡潘帕疏远她时……已经太迟了。她建立了自己的同盟，以自己的方式利用康提拉，打个比方说就是炸毁了一切。我得大扫除。”

“在那之前，在海滩上发生了什么？那个星期在海滩上。兰格被你伤了心，受了伤害。”

他假笑着不说一句实话：“哦，那一周我们玩得很开心。也许到最后，他们认为他们将改变世界。也许他们认为我们是好朋友。但我是好演员又不是我的错。”

“如果兰格不是真正的理想主义者，对他来说会更好。”从兰格的角度出发。

地狱之口的口才了得，跟他们交流顺畅，也许还让他们发笑，抱着有点类似于尊重的态度。他们告诉彼此一些事情。兰格反对既有秩序，西尔维娜相信她可以重创她的家族，地狱之口是能够将其实现的人，似乎他的出现让西尔维娜更容易与兰格在一起，或者从兰格的角度是这样。就像我试图从兰格和地狱之口那里收集西尔维娜的信息一样。

“过了一段时间，西尔维娜需要钱，就去找了兰格。”

地狱之口·杰克别有深意地斜睨我一眼，“会是尴尬的谈话，对吧？他们短暂的风流韵事已经结束了。我仍然在康提拉的废墟中操纵兰格，并尽我所能掩盖，因为讽刺的是，那时康提拉是一个真正的犯法企业了——业务网络和其他一切。这正是我们要阻止的。然后，我也慢慢失去了对兰格的控制。”

我可以想象出为什么。一连串的失败让地狱之口靠边站了。他的兴趣和精力转移到了别处。可能维尔卡潘帕公司甚至找到了一种方法来推波助澜。

“那仓库呢？”

“一个弗兰肯斯坦制造的怪物，一个噩梦。大部分是我们计划通过康提拉和兰格出售的，为了搭上大玩家，比如维尔卡潘帕。在维尔卡潘帕的控制下计划结束了，但他们不知道如何处理仓库。仓库不是西尔维娜的，西尔维娜只是知道这件事。但她需要钱的时候，她和罗妮巧妙地把它们转移到维尔卡潘帕另一个废弃的地产上，以为可以拿来换钱，却变成了另一个负担。”

“西尔维娜怎么弄到那只蝾螈的？”

“我不知道。”他恼了，似乎情绪发生了变化。蝾螈让他厌烦。

“猜一下？”我催促道。

但地狱之口·杰克没兴趣回答问题。他又喝了一些朗姆，凝视着地平线。

“没有什么比新鲜的山间空气更棒了！清爽宜人。”他转身看着我，如同乌鸦看老鼠，“所以，如果你找到了西尔维娜的秘密，你会怎么做？如果你一个人在这里？”

“我车里有炸药。”我在后备厢里装了机关。

或许地狱之口·杰克会吃苦头。

他的脸色一亮，扬起眉毛，说：“以炸弹攻炸弹，聪明。”

“它可能比你所了解的更具有意义。”

地狱之口·杰克遗憾地看着我，“我们本会是一个优秀的团队。”

“你的意思是我们现在不是一个优秀团队？”

“等我找到它。等我们找到它……”但他的声音弱了下去，他看起来很迷茫，很困惑，失去了某些重要的思路。

要是他的头低一点就好了。要是他喝多了睡着了就好了。

但相反，他大发雷霆，把我的朗姆酒瓶拿走，冲进了雨里。

我听到他自己跟自己吵架。我听到了一个男人的声音，他除了一点残存的计划，什么都不剩，这是令人恼火的事。

世界这么对待你。

【98】

第三天结束时，杰克重重地坐在碎石地上。我们俩都筋疲力尽了。我带伤的腿和肩膀灼痛，我想用一切办法把我自己的重量抽离掉。我倒在地上，头顶灰色的天空带了一点淡淡的蓝色，嘲弄那一丝正常的痕迹。天很快下起冰雹，下起雪和冻雨，让你僵硬，停下动作，扒在碎石上擦伤了手，跟追什么的鬼魂似的。

地狱之口·杰克哭了。他弯下腰，双膝跪地，哭得不能自已，像个小孩，像崩溃了。我离开家后从未见过人那个样子，也不想看见。

“完全是该死的浪费时间。所有的一切。完全是该死的浪费时间。”

“也许不是吧。要是你只不过喜欢杀人呢？”因为上次这句话太好用了，所以他会停下该死的哭泣。我的话引起了他的注意。

“去你的。”

“要是你只不过喜欢玩游戏呢？就像某些孩子。”

“玩游戏的是西尔维娜，不是我。”地狱之口·杰克说，“西尔维娜在很多方面都很扭曲。”

他的语气变得平淡，面无表情。他变脸如此之快，我应该感到害怕。

“至少她有一个正当的缘由。”我说。

“你的意思是‘更大的善’？”他的嘴唇都被轻蔑扭曲了，“我是一个更大的善人。我是一个更大的善人。我。”

我开始大笑，笑得仿佛这是我一生中最快乐的一天。

也许是因为地狱之口·杰克很可悲，也许是因为事情结束了。在某种程度上，我自由了。我失去了一切，为不存在的东西赌上了一切。我什么都没有了。但是没关系。

他不喜欢我的笑，为此打了我。他狠狠地打我，一言不发。而我一直在笑。我以前被火药这么打过，对挨揍还有什么在意的?

他把我打到不省人事之前，至少我们中的一个开始明白，历史一视同仁，不会对我们产生多大影响，就像灰绿色的天空，灰绿色的黎明和黄昏。明白没什么要紧的事。我从来没有这样笑过，我是为未来而笑。

清晨，我恢复了意识。地狱之口·杰克从山坡上消失了，仿佛他从未存在过。我手腕上的绳子也神奇地消失了，仿佛他赶着我向前走是我编造的。

不过他给我留下了一包烟。终于有我要表示感谢的事了。我坐着等雨停，等接下来的事情。

我再也没见过他。

【99】

有几年，我一直给母亲写信。这是我做安全分析师之前的事了。我的大学学业马马虎虎，喝了很多酒，觉得没关系，因为我已经练出了那么多肌肉。老实说，我后来因为不够自律和其他问题，退出了健美比赛。

我很害怕母亲的那些信。信封上有她护手霜的味道，柔软、温和的丁香花味，信的内容却充斥着暴力。我会躺在宿舍床上，盯着新收到的信，而我的室友则喋喋不休地抱怨她是多么讨厌上课。我总会打开信，接收潜伏在里面的任何东西，不管多叫人难受，还有内德的最新消息。

信讲述的故事很详细：我住的地方，具体到某个小区，对可卡因上瘾，或者是一个失败的渔民，或者从一个岛上的悬崖上跳了下去，那个岛是她一直想去看看的。我在购物中心被绑架了，被谋杀了，或者做管理员。我住在家里，睡大街，在回家的路上，住在我们不存在的地下室里。

大多数时候，我在这些情况下的年龄都很大，有时和母亲一样大，有时我有和她患有一样的症状，而且老得很了。读信让我烦躁，但我又必须读，再一次找到内德的故事来抵消，当作解母亲幻觉之毒的药。信能帮助我入睡。

到我回信的时候，我编了自己的故事。我的学习成绩全得了A等，或者有一段时间我知道了自己想当医生，因为母亲认为医生是地位最高的。然后我开始在未来漫游，在信里给她讲我作为医生的生活，我治好了哪些病，日复一日地行医。要么我可能不是医生，而是律师，股票投资人，职业赌徒，专业健美运动员。

在一封信中，我老了，头发苍白，膝下有孙子孙女，有很多很多。我当作是在母亲去世后写信给她，感谢她把我好好养大，一直鼓励我，在背后支持我，知道什么对我是好的，没有让我受过伤害。

我从来没把那封信寄出去，要是寄出去了就好了。不知道母亲有没有收到过哪怕一封我的信，也不知道如果收到了信，她看没看过。

我边逃离那座山，边想我们伤感情的通信。我想知道母亲对我的信是怎么想的，能不能理解为什么她应该骄傲，不管什么是真的。我以如此绝望的方式，希望她告诉我下一步该怎么做。

软弱的一刻。但我以前很软弱，现在很虚弱。

Unitopia

第四部分

蜂鸟与螈

【100】

很难描述在之后几年间一直幸存的感受，感觉被挖空了，即使身体一直恳求着想要恢复，亏虚也无法恢复。与此同时，一度非常接近真相这件事在很多方面不断困扰我。

“事物运转得过了头，如此多的运转的能量，掩盖了事物在衰败和腐烂的事实。有多少已经被挖空了。”

无法判断社会崩溃的速度有多快，因为历史充斥着虚假信息，而现实则是半虚构的故事和纯粹的阴谋论。这些精神产物遮住了社会崩溃的真相，你无法弄清崩溃是断崖式的还是渐进式的。跨国公司仍旧垄断，持续裁员，甚至保不住公司形象，但大多数都没有倒闭。普遍而言，各个政府变得越来越专制。

这里很好，那里发生了灾难。但其实这里也发生了灾难，只不过换了种类型。信号弹的浓烟形成迷雾，缭绕在我们周围。如果前方的一切都是差不多的迷雾，我们为什么还要努力去拨开呢？

在大流行病和其他所有灾难中幸存下来的人，都经历了许多不同的世界，就像时间旅行者一样。我们中的有些人活在过去，有些活在现在，有些活在不可知的未来。如果你活在过去，你不会相信那些回头看你的人眼中映出的大火。你不理解那怜悯和愤怒，不明白他们鄙视你，不明白他们的鄙视理所当然。

生活剩下了什么，我们就在其中重新开路。创伤越来越深，脱节越来越严重。

剧烈的震荡震碎了我们的骨头，我们却还停滞不前。

【101】

但我必须承认，世界并没有真的终结。一年两年过去了，三年四年过去了。我丈夫在他避难的湖畔小屋里去世了，没活过大流行病，很多次大流行病中的一次。要接受这件事，或者不去想是不容易的，但我必须接受。

我发现事情的顺序错了。因为距离的问题，离事发地很远，所以我的悲伤迟到了。我所处环境和位置导致传来的消息断断续续，把我隔开。

我父亲和洛伦在宗教的疯狂暴力事件中去世了，警察无法查明当时的情况。那是偶然的还是有组织的？无关紧要。老家农场变成了我一直想象的样子，因为无人打理而破败，边缘处坍塌，里面空空荡荡。我很难想出给父亲的悼词，因为对我来说，他已经死了很久很久，只不过短暂地复活了一下。

我坚持认为，即使我女儿去了加拿大一个远亲那里，住在封闭式社区里，或许有一天我也会见到她，我们会一起悲伤地缅怀。但实际上我再也见不到她了。哪怕我有了无线网，也没有查看我给她留言的不常用的游戏信箱。我受不了看不到回复。然而如果有回复，那该多可怕、多不可思议。我还能对她说什么？现在我对她来说算什么？

即便下山时身体状况很差，我也看到了事物会怎么样发展。加油站里车排长队。商店关门。杂货店货架清空。漫无目的的闲逛是理解社会状况的好方法，分析获得的证据——所有证据都表明是一种报应。从这个意义上说，西尔维娜并没有错。

火灾、洪水、疾病、核污染、对外战争、内乱、警察暴行、干旱、大规模停电、饥荒，总是发生在别处，直到这里垃圾堆积如山，公共汽车停运，安全部队代替警察巡逻街道。有些地方，民兵设置了路障，没有人阻止。军事法庭突然设立。某个联邦政府陷入危机。手机信号塔被阴谋论者摧毁。至少我们已经成了一个失败的国家。世界也是一个失败的国家吗？

这期间，我想办法恢复正常了。我骗自己说，在西尔维娜的事上，在她为之奋斗的一切里，有哪怕只有一点是好的都行，我必须为女儿找到某种意义。哪怕西尔维娜最终跟我们一样只是妄想或伪善。

我决定忠于西尔维娜的旅程，探索国王山脉。我把剩下的大部分现金换成了可以交易的货物。一个卖家半自愿卖给我一辆军用装甲吉普车，涂成了民用颜色。我在烧毁的船屋附近藏了金币。我怀疑那里不会再有人住了。我几乎没再住过。

带上详细的纸地图，我开始了探险，像我一直以来的打算，像我不怕维尔卡潘帕，不怕地狱之口·杰克的新一轮爆发。我随身带着武器、补给品、越来越破的铲子猪和法斯克。好老的法斯克。沼泽猪却越来越没用了。

我把吉普车藏在国王山脉西北部古老的红杉林边缘，停在灌木丛里，盖上防水布。在深谷底部的一条小溪附近，我埋葬了西尔维娜的奇迹蝾螈。蝾螈已经死了、没有眼睛了、烧坏了，但我拥有它的时间越长，它就越有尊严。把这条路蝾螈埋在可能是它家乡的草地里是对的。我没有标记它的坟，那是人类行为，我知道西尔维娜不会同意。并且蝾螈将会一直真实而清晰地刻在我的脑海中。

西尔维娜是怎么找到这只蝾螈的？蝾螈是怎么死的？在什么情况下死的？我永远不会知道答案，即使仅有一只，这只野兽本身也为国王山脉恢复了一些神话色彩。

作为符号和象征，又曾经真实存在过，蝾螈给了我一种希望。

【102】

几年来，我深入国王山脉，大部分时间靠山吃山，饮食常常很粗劣。我注意着能否在安静的池塘里看到一只巨大的蝾螈，在树上发现一只灭绝的蜂鸟，然而都没有看到。反而是涉水穿过没有污染的小溪，遇到过黑熊、美洲狮、麋鹿、麝鼠和臭鼬，还有很多各种各样的鸟。

无论气候变化，国家崩溃，在充满不确定和危险的时期，鸟儿们仍然南北往返迁徙。我对鸟儿和它们的旅程感到同情，不认为那旅程是理所当然的。鸟儿还没有听说过人类世界的消息，那些对它们影响巨大的消息。鸟儿别无选择，只能继续生活，继续飞往可能已经不存在了的庇护所。但是其中夹杂着抵抗，有些鸟可能会幸存下来，有些可能会适应环境，并且不断适应。

偶然地，我在关键时刻从世界的混乱里抽身出来了。因为我可以抽身，我已经耗干了，是一具行尸走肉。因为我不想结果自己，但不得已要结束一些事情。

即使我一直期待在荒野里死去，即使荒野不断让我惊讶，或者是我让自己惊讶，我已经腐坏，怎么能如此适应并且平静地接受季节的更替？我怎么变得如此满足于周围寂静无声？

慢慢地，我变好了一些，在某种程度上茁壮生长。我的腿已经痊愈了，不再需要拐杖，只会在气压下降的时候关节疼。我的肩膀咯嘣咯嘣响，冷天里的小火堆会让肩膀大声喊疼。但大多数时候我感觉良好，几乎到了很好的程度。虽然我永远无法真正逃离燃烧的仓库和统一乌托邦下的深水。

活在当下。有趣的是，如果这是刻在洛伦屋门上的话，我会嗤之以鼻。但是，在所有的遗憾中有一种幸福的解脱，把火药放在一边，把我的父母放在一边。他们不像以前那样生活在我身体里。内德也逐渐消逝，似乎他是一个问题，而我已经解决了，或者认定无法解决了。不管内德的真实面目怎样，他还在，但我一直在想他，想得太久，久到被他消耗殆尽了。

我对外面世界的记忆，更多的是关于那些我不了解的人的片段。开车送我去储藏宫的司机，储藏宫柜台后面管我要身份证件的女员工，把西尔维娜的纸条传给我的咖啡师，但最主要的是健身房的查理。我那时经常看见他，但说话只有寒暄。也许我琢磨这些人，是因为他们可能还活着，或者是因为他们曾与我生命中这个最重要的谜团沾边。

我很少遇到人，我已经到了没有路的深山里。我经常待在高海拔处，与熊和鹿去同一条溪流。我学会了夜里在月光下走动，白天睡觉。人让我不安。他们或粗鲁或礼貌，或友好或谨慎——对我来说都不重要。我跟他们无话可说——有时我会拔枪以防万一。我不想迎上他们的目光，不想知道他们的故事。我只向他们挥挥手，或者站在小路旁，在苔藓和茂密的巨型蕨类植物中，等待他们离开。

我仍然对维尔卡潘帕保持警惕，对兰格之死是否能让其交易停止而留有怀疑。但主要还是不放心维尔卡潘帕。因为即使在危机期间，当我到了手机有信号的地方时，我可以看出维尔卡潘帕公司还在坚持运营。虽然可能是短期的，但此时，他们的业务已经转向制造疫苗和口罩，提供瓶装水等必需品。他们甚至在做化石燃料提取项目，现在才进入那行已经晚了。

内疚的刺痛不再那么频繁，那么出乎意料，但很尖锐。我在小溪里洗衬衫，拧干，拧掉痛苦，失去了很多却没有回报的痛苦。所有那些普通而无用的东西啊。不管我怎么尝试，都无法放下西尔维娜的信。虽然我觉得扔掉信里的照片对我更好，可是我还留着。我觉得西尔维娜违反了我们的合约。令人欣慰的是，没有在“归零地”之类的恐怖袭击事件里出现西尔维娜的指纹，似乎统一乌托邦是她能做到的极限了。

我告诉自己，强大的力量有时会路过你的生活，对你说话，但到最后也不会显露其意图。这些力量像极端天气事件一样袭来，然后消失不见。

没有任何分析能填补它留下的空白。

【103】

第五年的春天，我的情况发生了变化。冬天更加严酷，或者感觉上更加严酷。在石头上滑倒后，我摔下陡坡二十英尺，差点就完了，让我不太确定自己还能否在国王山脉里生存。之后几周，我的身体状况不对劲，行动犹犹豫豫，判断也受到了影响。简而言之，我觉得自己老了。

不巧，越来越多的人进入这片地区，联邦政府人员也开始与附近的美洲原住民因保留地僵持不下，就用水权和主权展开对峙。我还偶然发现过两次训练演习，我认为是右翼民兵。有一天晚上我回到营地，发现那里被洗劫一空，尽管我已经在离开之前把值钱的东西都藏起来了。

我可以在这些新的入侵中活下来，但精神压力变得非常大。要不是外来者的闯入，我根本就不关心外面的世界。外面的世界一次比一次陌生，跟我记忆中的越来越不一样。

那时，我仍然没有任何证据说明维尔卡潘帕不在乎我了，也没有证据表明警察在找我。我埋葬了兰格，没有人能找到他。我开始想起我的那座老房子，这是最初真正吸引我回到外面世界的原因，执着地想知道房子变成什么样了。房子的抵押回赎权可能已经取消了，但也可能没有。我丈夫尽可能地办了最长期限的按揭贷款和财产税。在房子不再属于我之前，我可能还有一点时间。房子也可能被弃置了。

在房子没被闯入洗劫过的前提下，如果我能去一趟，从窗户里进去，就能拿到更多的东西去交换。如果附近是安全的，我甚至可以在院子里来一次旧货甩卖。

或许我只是渴望得到我没有的东西，但我想不出来是什么。或许我相信一件有意义的事在外面等着我，要不就是我丢了的思路能再找回来。因为随着外面的世界越来越多地展现在我面前，我感到“旧货甩卖”“按揭贷款”之类的词像是妄想出来的，似乎有些词很快就会在我这里消失了。

然而我忘不了壁炉上方女儿的照片，可能旁边还挂着满是灰尘的圣诞袜。在一次次用铲子猪的过程里，我丢失了她唯一的照片。我开始很难记清她的脸了。

【104】

但我没能回去老房子。我的吉普车状况很好，世界不好。即使路上停下的时间很短，我也被迫熟练地讲起新语言，不再说旧语言。去世的人的旧语言，新生一代的新语言。宵禁和封锁采用了不同寻常的新形式。国民警卫队已被召集起来应对一场不明灾难。那年初夏，城市周围交通全面堵塞，陷入了混乱。还有我们的老朋友，天空上越来越浓重的灰绿色，远处天然气爆炸后失控的大火给它染上了淡淡的金色。天然气爆炸，他们是这么说的。戴口罩成为普遍建议，以免吸入未经过滤的空气，几乎没解释为什么要戴。

雨一直在下，像思想一样无时无刻不在，毫无意义。

“环境并不脆弱，脆弱的是我们在环境里强行建造的东西。我们必须对这些东西毫不留情。我们必须相信环境。你知道怎么做吗？我们可以相信你吗？”

可笑的是，各种制度失灵，渐渐熄灭，各个机构也被证明单薄无力，很多人就什么都不相信了；如果信点什么，反而有所帮助。最好遵守习俗，讲时兴的名言。把担忧说出来。

有些人仍然对圣物表达热爱，声称看到了活着的圣物。

在距市区约一百英里的一条鲜为人知的国道上，我遇到一个路障，上面不同的横幅标语打得不相上下。我没犹豫，加大油门冲破木栅栏，受到了大力阻拦，我打开窗户开枪反击。有些人什么都不相信。

有些人只想杀死其他人，因为他们能杀。或许路障是个玩笑，是某种行为艺术，但我不会停车一探究竟，性格使然。

一英里后我为一只鹿停了下来，耳朵里听见脉搏跳得厉害，很不规律。我差点就扔下吉普车，跟着鹿的身影钻进森林了。

继续上路。但我知道进不了城了。

于是我想为自己的返乡之旅找到另一个目的地。

【105】

一个伪装成一切正常的中午，雨像记忆，变化了一下回来了，记忆总会变形。那个时刻，跟历史中所有被遗忘的时刻一样。西尔维娜，你知道我会再回来吗？你到最后都坚持依靠我了吗？我想不到你如何能做到。

储藏宫前有三辆烧毁的汽车，轮胎没了，只剩下车壳子。明显一个人影都没有，无论活的死的。野草长疯了，草尖缠结在一起。不知道从哪里飘来沥青和化学品的气味。

前门从铰链上砸掉了，外墙上涂着绿色、橙色和白色的符号。这里跟这个国家的其他地方一样，没有更好，也没有更糟。

这里停电了，所以我拿着手电筒，带上值得信赖的法斯克和铲子猪，还有不必要但是习惯带的拐杖，走进这个空壳，搜集之前抢劫的呈堂证供。各种破烂都被扔进了前厅，一大堆塑料垃圾、扭曲的自行车轮子、碎玻璃和扯坏了的儿童充气泳池。走廊里有很多差不多的垃圾。储藏室的门被强行打开，少数无疑是更礼貌地用钥匙打开的。安全柜台有被燃烧弹烧过的迹象，所有值钱的东西都被剥了个精光，包括铜制部件。

越往里走，越没有什么让我感到惊讶。火烧过的痕迹更多了，甚至还有用木柴点燃篝火留下的灰烬。一切都笼罩在绝对的寂静中，我的脚步声像对这里的亵渎。老鼠在暗处跑过的声音被放大，让人联想起各种怪物。

这里变了一番景象，我几乎记不得路了。可悲，引人怀旧。

7 号储藏室。

门是关着的，但没锁，很容易就打开了。

我注视了片刻，开始大笑。7 号房一如既往地空荡，房顶的荧光灯忽明忽暗。

出于习惯，或者例行公事，我又一次搜索了阴暗的角落，敲打着寻找空心的墙壁，用靴子轻踩地板上褪色的部分。什么都没有，只有走廊里的滴水声。

7 号房外很暖和，但里面很凉。我又待了片刻，纠结是该上山重温旧时光，还是战败返回国王山脉。

上山，我决定了。一旦离开，我怎么能确定还能回来？

我走入幽暗的走廊，然后停住。有什么在烦我。我的耳中嗡鸣。我错过了某个细节。我反应过来，感觉快要昏倒了，意识脱离了身体。

我回头看 7 号房。

天花板上的灯对着我闪烁，讥笑我，骂我是个蠢货。

整个建筑群一片漆黑，没有电，没有例外，除了这一盏灯。

我盯着这盏灯，惊呆了。可能这么简单吗？一直都这么简单？

我发狂似的忙乱起来，半个小时后又很沮丧，因为花了半小时才在那个狭窄的废墟里找到一架结实的梯子。我笨手笨脚地爬上梯子，呼吸困难，小心翼翼地拉动灯壳。

没有什么不寻常的东西，一切如常。世界又在作弄我了。懊恼之下，我使劲在上面拍了一巴掌，仍然没有什么，但是现在我看到一个小按钮，紧贴在灯框右侧。我一边骂，一边控制香肠似的手指头对准按钮。

终于成功按下去了——装有铰链的灯壳打开，打到了我头上，我差点从梯子上摔下去。我咒骂着抬起头来。

灯壳后面，是蓝光包裹着的精巧的密码键盘。

一直都在这里，从来不在山顶上，一直在这里。

我不想呼气，不想发出一丝声音，仿佛一不留神密码键盘就会消失。我爬上梯子，更仔细地检查。

八位数字密码。

过去跟蜂鸟和蝾螈有关的数字能解开密码吗？西尔维娜玩游戏，但大多数游戏都有解法，有一条获胜的途径，一个终点。

感觉似乎信念和数字一样都是解题的关键。如果无事发生怎么办？如果我输错了数字，系统锁定了怎么办？接着是一阵慌张，因为我不记得西尔维娜公寓的地址了，后来又想起来了。

我把标本眼睛后面数字按照原始顺序输了进去。

什么反应都没有，那可怕的一刻不断拉长、拉长。

蓝光变绿了。里面墙壁左下角轰隆隆打开了。左边的石板——带着水渍和霉斑——向内凹陷，再滑到一边。一条粗糙的方形隧道露出来，柔和的蓝光照亮了隧道，发出蓝光的应急灯沿着老式石头阶梯排成行。

楼梯缓缓上升到不可知的黑暗中。山体内的秘密世界。

我没有时间去消化这个奇迹，这个来自西尔维娜的最终信息。根本没有时间。

因为在我的上方，灯的旁边，楼梯上躺着一具尸体。

【106】

统一乌托邦的最后一个守护者，罗妮·辛普森躺在台阶上，像心脏病发作。她的一只手臂压在身下，两条腿交叠在一起，左膝弯成直角，左脚上靴子鞋带松了。后脑勺淹没在黑暗中，一半脸面向我，干皱得像木乃伊。眼睛没了，眼部软组织没了，全身僵硬，包括灰色迷彩服下的部分。迷彩服塌陷，里面几乎不剩什么了。

我被罗妮张大嘴巴的样子吓到了。无声的、惊讶的狂喜在那张凹陷的脸上形成了纹路。她干燥的嘴唇上有淡绿色粉末，延续到下巴，是呕吐过的痕迹。她在莫大的喜悦中死去，这比极度痛苦更让我不安。

是中毒？吃下去的还是空气中带的？如果空气中带毒，我就已经中招，毒发身亡了。

而我感觉很好，与走进隧道时没什么不同。但我对罗妮的状况产生了怀疑，怀疑跟蝾螈通过皮肤受到伤害的方式类似。我试着计算尸体的衰变率，死亡时间是昨天，还是五年前，在我和地狱之口·杰克在山顶浪费时间的时候？还是这期间不确定的哪一天？但无论死亡时间是哪一天，拿木乃伊和鲜活的肉体对比都没有任何意义。

不太想绕开尸体不管。我从铲子猪里拿出乳胶手套戴上，在不遗漏的前提下尽快搜身。除了身份证件，罗妮的口袋里没什么东西，也没有武器。

太轻了，她的身体很轻，轻如画框。手上和胳膊上细小的血管都破裂了。她身上不知道是什么味，好像漂浮的灰尘烧着了，导致她周围的空气里有烧出来的点状小孔，淡淡的焦煳味。我无法用其他方式形容那种气味了。

最初的恐惧吞噬了我。生物武器。罗妮跟着西尔维娜进入了她不了解的地方，和我一样不了解。

好吧，我一旦呕吐，就很快会明白了。

我发现蜂鸟压在罗妮身下，似乎是从她口袋里掉出来的，或者在她毒发摔倒时，一直在手里拿着。金属丝弯弯扭扭，一只小小的翅膀变形了，但仍然黑亮，散发致命的美感。我的老朋友，我的同伴回到了我身边。

尽管找不到伤口，我看到罗妮下方的台阶发黑，说明她一直在流血。我跪在她干涸的血迹里，把蜂鸟拿走。我不能把蜂鸟抛下。

罗妮从她兄弟那里得到了蜂鸟，这似乎是确定的。她来这里是不是因为她仍然在西尔维娜的核心圈子里，这不太确定。我想起了“山上人”和他标记了数字的圣经。罗妮和“山上人”服务于哪个维尔卡潘帕并不重要，两人最终都死了。

我站在台阶上，弯下腰，被如此多的情绪压倒了，很难不悲伤。

但是后来，我向上迈了一步，又迈了一步。我的脚步沉重，仿佛蜂鸟，或是别的什么东西压在我身上。我的靴子又厚又笨，是用实心金属做的。

向上的脚步，一步比一步容易。

爬了一个小时，石梯到顶，有一段新的混凝土台阶，我来到了一扇门前。门框是一圈不锈钢，椭圆形的门关着，像一个歇业的店面。门边有个按钮，不是密码锁，是拇指形的交互式按钮。

我静立片刻。如果我不是对的人，我会跟罗妮的命运一样吗？

不管怎样，我按下了按钮。门向上滑开，露出一个亮着红灯的前厅。我走进去，门关上了，薄薄的雾气从墙上的几个洞口中嘶嘶地冒出来。惊恐的一刻，是麻醉药还是毒药，我被发现了。我不属于这里，从来不属于这里。

但是雾气闻起来令人愉悦，我意识到这是在消毒，过一遍程序。

为什么我必须干净了才能再往里走，罗妮出去时却中毒了？

消毒结束，对面的门滑动打开，门后是一大片昏暗的空间。

我再一次犹豫了。我有很多个最后的机会转身离开，但我没意识到。现在又有一个离开的机会，听从罗妮尸体的警告，认识到我能给的东西所剩无几。外面没有正常的生活等着我去过，但有某种生活在等着。我可以试着去国王山脉里另一处荒无人烟的地区。我可以成为躲避民兵组织的专家。白天睡觉，晚上游荡，沉浸在幻想里，昏昏沉沉地回到住的地方。

我知道一点，如果跨过那个门槛，我就不会再回到国王山脉了。我有预感。

我弯腰通过门，进入了另一个世界。

【107】

你可以说西尔维娜在大山洞里建了一个地堡，或者说是山顶上的指挥控制中心，你说这里是什么就是什么。你现在可能正在看这里，可能比我更了解。打造这里需要数年时间，需要保密和耐心，花费上亿，一点点建起来，雇不同的专家，签不同的合同，所以没有人知道这里的全貌。到了最后，西尔维娜一定只信任“西尔维娜之友”。我想象出了一个画面，仆人和他们的统治者一起被埋葬。

我来到了一个不起眼的矩形空间里，靠在山的一侧，石壁粗糙，天花板用钢梁加固，上面镶嵌着点点蓝灯，灯光亮度调到了最低。所有墙面和地面似乎都用了防霉防腐材料，有一种无菌的特性，我不喜欢，但这么设计是有道理的。

没什么证据表明这里很重要，不过是一个尚未完成或匆忙完成的房间。在房间的另一边，可以看到设计复杂的厨房和岛台的雏形，旁边的混凝土墙壁上方凸出不规则的山石。但精美的厨房没建起来，取而代之的是一个可怜的小厨房，里面放了一个便宜的迷你冰箱。我对面有一个很大的入口，通向堆满双层床的一处区域，没有一张床是用过的。再是一间小型医疗室，一个明显用于健身的空间，里面放着垫子，没什么其他设施，非常简朴。

我越查看，越发现西尔维娜很明显把钱用完了。她只把钱花在了最重要的东西上。

我想起统一乌托邦，就更好地理解了这处空间。没把两处联系在一起是因为是这里规模变小了，功能也不一样了。这里不是岛，而是一个碉堡，一个洞穴，大部分布局和统一乌托邦相同，只是条件有限，“穹顶”很粗糙。奇怪，怎么变化这么多？应该熟悉的东西怎么变得那么陌生了？

一种有年头了的陈腐味，不是来自西尔维娜造的东西，而是来自周围，感觉像大教堂，有厚重的历史感。统一乌托邦也有这种感觉，但我在这里意识到了，因为这里人工痕迹更少。

一扇门通向一个狭窄的房间，几台监控屏挂在远处的墙上，还有更多的椅子和桌子，一张办公桌，一本简要写着记录的日志。我觉得西尔维娜曾经打算在这里，在山内部安置一批员工。

屏幕交替显示山腰的不同画面，有些是私人卫星和无人机拍的远景。但有些画面，从有利的拍摄位置来看，监视器伪装成了逼真的碎石子，就在我和地狱之口·杰克五年前疯狂搜索过的那片碎石里。

我前世的分析师残魂觉得这很聪明，甚至算得上优雅。地面上布满了监控。我们一直铲的不只有石头，还有摄像头。

在这个奇怪版本的统一乌托邦里，越过所有这些不重要的点缀，在这些临时遗迹之上，覆盖着主穹顶。如果统一乌托邦的蓝图是真的，那么我就看过所有地点了，都空荡且荒凉。

我认为我当时没再犹豫了。我的脚步和以前一样平稳，不再重重地靠在拐杖上。一切都像梦一样完美地展开，没有紧张，没有悬念，因为在梦中你没有选择，只能随着梦走。

穹顶的尽头，有一扇巨大而可怕的窗户，即使在入口处也能看到窗外有东西在动。窗户想吸引我所有的注意力，所以我拒绝看它。相反，我先试着看清整个地方。

这里也有一个医疗站。左侧有监控屏，数量更多，屏幕更大。右侧的嵌入式书架上放着书和技术设备，还有零碎的东西，可能是个人物品。书架上连着一架能左右滑动的梯子。书架没有上漆，原木和粗糙的结构告诉我，没时间也没钱上漆了。

寂静是深沉的，有一种神圣的意味。隔音的预算一定没设上限。空间里柔和的蓝光舒缓地弥漫，超脱尘世，却令人愉悦。有湿乎乎的石头的气味。我看到不远处石头露出来，水在闪光，苔藓在闪光。这里比起建筑物，更接近天然的洞穴。

这里消音效果很好，空间巨大，使得其中的东西变得极小，让我一开始没能看见所有的东西。

然而当我慢慢走向前，我的眼睛适应了……我遇到了第二具尸体。

尸体瘫在医疗站前的椅子上。即使隔了一段距离，我也能看出它的历史比楼梯上的罗妮还要久。

我迟疑了一下，又靠近一些，注意观察细节，逃避主要问题。

她穿着绿色连体裤，黑发扎成马尾，眼睛是黑色的，大睁着，血管爆开了，两只手像爪子一样抓着椅子。她看上去因为某种原因出现了抽搐，抽搐是她生前最后的动作，让人由动变静。

哦，西尔维娜，即使死了这么久，你看起来好像还能复生。

我走近她，好像她很脆弱，是易碎品，只要轻轻一碰就会碎裂。但她从来都不脆弱。

“成为一种柔弱的力量。让世界的呼吸穿过你。去寻找一条通路。”

没有场合能说这段启示。从某个角度而言，这段话是如此随意，可怕而随意。一座山的内部，一个有监视器的山洞，一张办公椅上坐着这具尸体。

我试着硬起心肠，专注于细节，去理解一些难懂的东西。

但是，我越检查尸体，就越感到恐惧。我自始至终没碰过尸体，而是围着它转。一种溺水、被活埋的感觉爬上我的皮肤。

一个声音从我嘴里跑了出来，那是一声恸哭。我咬着舌头止住了。如果声音再继续，就永远停不下来了。

可怕的想法，难以置信。

我和地狱之口·杰克一直在山顶上寻找这个地方……而西尔维娜一直在这里看着我们，通过我们透过脚下的石头观察我们。

那个时候她还在世。我如果更聪明、更精明、更敏锐，就会走上那些台阶，进入她的秘密之地，找到活着的她。

如果我独自一人，没被那个反社会分子绑来，她就会向我吐露心声。

一想到这儿，我的身体开始不舒服，难受得厉害。我弯下腰，本来想干呕，但压了下去，不想亵渎神明。我深呼吸，再深呼吸，直起身子，让山洞里陈旧却纯净的空气充满我的肺。感觉好多了，头脑清醒一些，不想吐了。

当我真正看着西尔维娜的脸，不畏缩地看清楚，她的脸上没有喜悦的表情，不像罗妮。不，没有喜悦，也没有恐惧，更像是……尘埃落定。

终于能休息了。

我习惯在西尔维娜那里找线索，找信息。我花了很长时间才意识到她这次没有留下任何信息。最后的信息是那封信，是她的尸体。

一个极大的黑色三孔活页夹放在旁边的一张桌子上。夹子里是一份两千页的西班牙语手稿，标题是“统一乌托邦”。我在大学里学的西班牙语生疏了，但即便是一眼，浏览一下，都能看出这是西尔维娜真正的宣言，不折不扣的原版，不是之前给我和像我这种人看的那份，不是给中产阶级看的温和的英语版。这份宣言严厉而坚决，对于宇宙运转的自然法则，对于因果相生的法则，有所认知，不会让步。它不会试图给予虚假的希望，而是不管令人多不舒服，切实地指出了一条前进之路，给予真实的希望。

我哭了，边哭边看能看懂的部分。我哭是因为知道西尔维娜不相信有人会实行她的想法，这就是为什么宣言放在了这里，不在外面的世界。妄想、幼稚、不可行、危险。这些就是敌人所谓的生存和繁荣发展的必需品。

所以她把宣言留在这里，去找了另一种办法。

另一种办法已经杀死了她，没有起作用。

在那里，在那一刻，我清楚地知道了。

在西尔维娜面前，那个奇怪的医疗站好似一座祭坛，一个透明的聚合物容器里有三个放注射器的管子，空调嗡嗡地吹着凉气。有两支注射器不在容器里。一支掉在了西尔维娜手下方的地板上。不用想，另一支让罗妮拿走了。

不管这东西是什么，西尔维娜认为它会改变世界。按照这里文件的用词，每个都是不一样的“方案”，每个都很可能带来彻底的转变，每个都很可能是污染，除非你能以不同眼光看待世界。当你走出来，进入世界，吸引你的东西也会吸引其他人，其他人也将完全改变。“我们必须改变，才能看到世界改变。”

或者这东西改变了世界？被注射的人会改变世界？能使遗传密码发生某种变化，或某些变化？根本性的变化，不是成为超人，不是抹去差异和别的什么。我面前有科学研究、文件，但不是给外行人准备的。这里有关于蝾螈独特的防御性毒素、蜂鸟喜食花中的生物碱的资料。生物碱对人类有致幻作用。一些证据表明，他们在研究如何去除毒性后利用蝾螈和蜂鸟的能力，属于化学仿生学。

那会是一种治愈的能力吗？能从衰弱到康复，周而复始。是要恢复世界的健康吗？这些图表是这个意思吗？把一些东西引来，一些除掉。一种令人欣喜的污染。我的想法照耀着我，穿透了我。但是我准备好当一个追随者了吗？

最后一瓶魔药。

最后一次机会。最后一个糟糕而可怕的选择。

一时间我没动，自己与自己争论。

疯子还是天才？哪怕有一点成功的可能性吗？如果我想得没错，他们不制造致命的流行病和生物炸弹，反而制造一种新的、真实的视觉错觉？让世界穿过你像蝾螈一样的皮肤气孔，让你像蜂鸟一样看见花所有的色彩。

然而，罗妮和西尔维娜都死了，没有进化，没有“修复”，而是死了。病态，病态又愚蠢的想法。也许她们是血清不完美的错误宿主，也许她们最后不像我这么强壮，这就是我被选中的原因吗？如果我真的被选中了，被命运，而不是被西尔维娜。

如果最后一支注射器是机会呢？

如果就是西尔维娜的妄想呢？

暂时不管这个问题和西尔维娜的遗体了，我相信还能发现更多东西。我需要暂时带着这个问题。

因为我还要看那面巨大的圆窗。

【108】

地底有一艘方舟，类似方舟。

西尔维娜只会和她最信任、最忠诚的朋友一起创造它。双盲工作对于防止任何人知道其建造意图是必要的。从最初的想法到最后建成需要几十年的时间。她建立生态系统的这种方式是前所未有的。所以，我是第一个看到这个奇迹的人，不算西尔维娜和罗妮。

靠近窗户，我看到的是人造太阳照亮的场景。窗玻璃非常厚，边缘是绿色的，透过窗仿佛能回望过去。

但实际上，是看向未来。

小溪在低矮的树和灌木中流过，边上是一圈蕨类植物。鸟儿在树丛中穿梭。一只松鼠在溪边喝水。小溪里看得到鱼，鱼鳍划开水面。溪水清澈纯净。有蝴蝶、蜜蜂、蜥蜴。是的，根据墙上的物种清单，里面还有蜂鸟和蝾螈，只能一瞥，眨眼间就闪过不见了。

这里非常像农场附近的小溪，非常像我小时候的探险地，像到让我心痛。随水流而晃动的淤泥，光滑、平坦的溪石，苔藓。梦回过去。

这里是凡世，又超脱凡世，可以是任何未完全破坏的生物栖息地，但却是人造的，成了非凡的想象力之作。这里充满了细节，野心勃勃。

花时间慢慢采集和迁移动植物，简化栖息地，简化物种。计算什么可以自己生存，什么可以接受养护。而且在对面的墙上，我现在看到了蜂窝状保险柜，里面放着所有未能存活的样本。一大笔钱花在了这上面，然而还需要更多钱。

为世界复苏保留基因。

从我能找到的文件来看，西尔维娜相信，这里能运转一个世纪之久。如果世界自毁了，这里会提供帮助，保存、改变、拯救。

在升起的平台上，还有一个复杂的控制面板，全自动，是防故障装置和防故障装置的防故障装置，控制温度、光照、水位，在必要的地方投放食物。我能听到埋在地下的发电机发出的柔和悦耳的嗡嗡声，跟其他声音一样被消音了。

西尔维娜的遗体在房间另一头，这一头比她大得多，形成一种平衡。两面下注，如果药剂不起作用，还有方舟。如果一个解决方案不行，还不能用，那么……

为可能改变世界的灵丹妙药而死。一辈子时间奉献给午夜太阳下的一条地底小溪，靠纯粹的意志和全然的精神力量，硬生生地让这里能自行运转……无论能持续多长时间。

我仍然不知道这是不是狂妄自大，是不是愚蠢。西尔维娜死了，方舟也开始不行了吗？现在正慢慢停转吗？会不会很快像楼梯上的罗妮、我口袋里的蜂鸟一样失去生机？世界需要改变到什么程度才行，还是只要摆脱了人类就可以了？

窗户周围的绿色黏液，像逐渐滋生的藻类。一百年后，如果这能幸存下来，会不会变奇特，与外界不同，发生异变？屋顶打开，涌入的空气杀死里面耐心等待新生的东西。

我在想外面是什么样的世界在等着我，还剩下什么。我知道，我发现的东西不是我能维护的，不是西尔维娜想要我做的，如果她的确想让我做些什么的话。

在慢慢有了这些认识之后，我开始知道该怎么做了。

要不是有方舟，我会做出不同的选择。

很久以前在统一乌托邦的接待中心，我看到的那段文字结尾是：

> 但是一旦习惯了，你看着地面，大地会一层层打开，穿过表层土壤，越过蚯蚓，下到可以说是“表皮更深处”的地方。即使你站在那里，根本没有下坠，但在下方，一切都会以极快的速度向你显现出来，你压制着自己的眩晕感。或许那时，你还在盯着大地，更多的东西会向你敞开，你会回到五年前、十年前、五十年前、两百年前的这同一个地方……直到你再次抬头，街道根本不存在了，你身处森林中央，没想到能有那么多的鸟和其他动物，因为你从来没有在一个地方见过那么多。你从未见过这么多古老的树木。除了理论上，你从不知道世界曾经是这个样。

你其实站在了外星球上。而一旦你习惯了，也许那时……只有那时……你将能进入动物的意识——先是不那么高级的动物，比如乌龟、松鼠，然后逐渐上升到“相当”聪明的动物，比如野猪、浣熊。

一旦你“上升”到人类，或者平移到人类，或者下降到人类……不管什么方向……那时，也只有那时，你才会被允许看到未来，思考长远，只有那时你才会有足够的了解，因为你的每一寸肌肤都感受到了……

我不知道这是不是西尔维娜寻求的改变，感觉像是更大图景的一部分。只为了更好地看待这个世界，在世界面前变脆弱，都是不够的。方舟和三支药剂告诉我，没有单单哪一件事就能足够。

抓住机会，就像相信生命一样相信死亡。相信即使生还的可能性很小，也应该从阳台上跳下来。相信无论怎样，都会渡过难关。

我失去了所有爱过和在乎过的人。到头来，我以为自己承受不了再去找西尔维娜……然后失去她。事实上并非如此。

写完这份自白，我会打印一份放在西尔维娜的论述旁边。我还会用笔记本电脑上传，允许分享，不过要在很长时间以后，在西尔维娜所希望的百年后。随着方舟顶部打开，真正的阳光第一次照进去，让我的文字也被人看见，这黑暗中的一切重见天日，真相大白。

一切都会在那时等着你。

如果西尔维娜没想过我会走这么远，如果我只是防故障装置的防故障装置，是她对内德怀念的附加品，都没关系了。

我在可能是生前最后时刻所想的，是如何度过了不幸的一生，也是幸福的一生，但以前从来没意识到是幸福的。是一生中曾与哥哥一起寻找蝾螈，或者听女儿聊她的一天……在生命的尽头，受到素未谋面的人的召唤，来到一个秘密山洞，决定是否冒险与死亡一搏。

我要带上第三支注射器，关上密道，用锤子或棒球棍消除密码板的存在。

我将坐在储藏宫外的小山上，坐在树丛中，与蜂鸟、铲子猪以及这个地方的所有鬼魂一起，注射神奇的灵丹妙药，躺下，看云飘过。即使我打出这些字时就已经哀痛难忍，也值得为改变世界付出代价，因为我已经看到了这个世界，世界需要改变。我知道，一切过后，我可能无法达成完美的结局。

灰蒙蒙的某天，某个地方咖啡店外的人行道上，阴沟里有一只死去的知更鸟，有一只伸出的手，手里拿着一张会改变一切的纸条。

兰格相信西尔维娜是死亡和毁灭的使者，并对此表示欢迎。地狱之口·杰克不在乎西尔维娜造了什么，只想要拿到手，哪怕那从来都不是给他用的。我？我也不知道是不是给我用的。

可能有人会发现我死在了那个山坡上。可能山里的方舟几乎已经注定失败，而西尔维娜到头来只是一个绝望孤独的疯子。这些只是可能。

但如果她不是绝望孤独的疯子，如果方舟不会失败，如果我变成了我自己的方舟，散发光、辐射物质，骨肉焕发新生，如果我能在剧烈的反应中奇迹般地幸存下来，那么我就会回到这个世界，我的身体就是西尔维娜绝对真理的证明。

如果我不在这里失去知觉，我将在哪里徘徊？什么会从我的身上溢出到世界上？作为某种新生物，无论我走到哪里，遇见什么人，都会向他们布道，死而后已。

我一生都活在注视之下，再多些注视又怎样？

现在为止，我的心还在跳动。我深感遗憾，遗憾可能看不到以后了，甚至不知道还认不认得出这个世界。也许发生了这一切之后，我不配看到了。

但是你有可能。

……

一百年过去了。

现在的世界是什么样的？

末日后的世界是什么样的？

蜂鸟和蝾螈还存在吗？

你还存在吗？

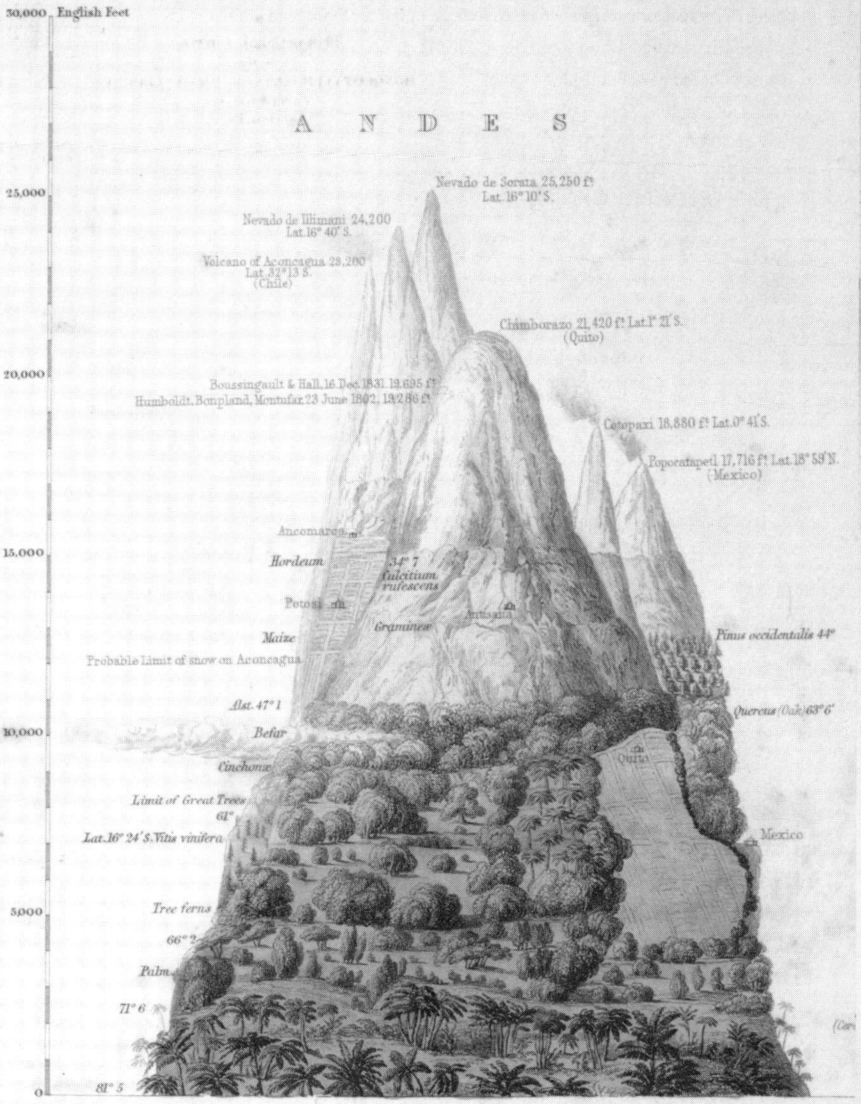

TORRID ZONE, LAT. 0°–10°

(Humboldt, Bonpland, Pentland.)

SYNOPSIS
of the
PHYTO-GEOGRAPHICAL REGIONS

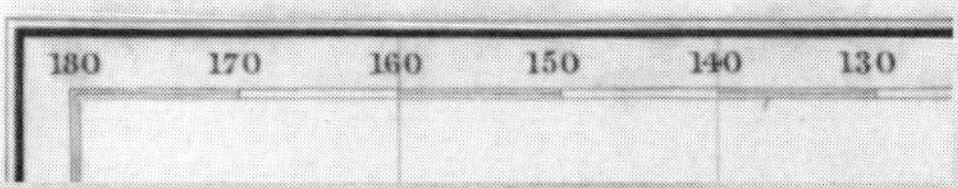

HUMMINGBIRD SALAMANDER: a Novel by Jeff VanderMeer

著作权合同登记号：图字01-2023-3305号

图书在版编目（CIP）数据

蜂鸟与螈 /（美）杰夫·范德米尔（Jeff VanderMeer）著；秦瑞宇译. -- 北京：中译出版社，2024.7
（钟摆书系）
书名原文：Hummingbird Salamander
ISBN 978-7-5001-7476-9

I. ①蜂… II. ①杰… ②秦… III. ①幻想小说–美国–现代 IV. ①I712.45

中国国家版本馆CIP数据核字（2023）第229037号

蜂鸟与螈
FENGNIAO YU YUAN

出版发行：中译出版社
地　　址：北京市西城区新街口外大街28号普天德胜主楼4层
电　　话：（010）68359827；68359303（发行部）；68359725（编辑部）
传　　真：（010）68357870　　电子邮箱：book@ctph.com.cn
邮　　编：100088　　网　　址：http://www.ctph.com.cn

出 版 人：乔卫兵　　总 策 划：刘永淳
出版统筹：杨光捷　　策划编辑：范祥镇　王诗同
责任编辑：范祥镇　　文字编辑：王诗同
营销编辑：吴雪峰　董思嫄　　版权支持：马燕琦
封面设计：王梦珂

排　　版：中文天地
印　　刷：山东新华印务有限公司
经　　销：新华书店
规　　格：880 mm×1230 mm　1/32
字　　数：253千字　　印　　张：11.375
印　　次：2024年7月第1次　　版　　次：2024年7月第1版

ISBN 978-7-5001-7476-9　　定价：69.00元